HUIT SAISONS

Justin Cronin

HUIT SAISONS

ROMAN

Traduit de l'anglais (États-Unis)
par Pierre Charras

MERCVRE DE FRANCE

BIBLIOTHÈQUE ÉTRANGÈRE

Collection dirigée par
Marie-Pierre Bay

Titre original :

MARY AND O'NEIL

pour Leslie

Personne ne voit jamais rien, mais ça arrive. Parce que, tout à coup, dirait-on, les bois ont perdu leurs feuilles.

JOHN UPDIKE,
Automne

LES DERNIÈRES FEUILLES

Novembre 1979

Arthur dans le noir — il dérive, dérive — et la planète tournoie vers l'aube : il est éveillé dans l'aurore grise de novembre par le vacarme de l'eau qui coule et par un grand bras qui frôle le côté de sa maison. *Le vent*, pense-t-il, *le vent*; la fin de l'automne, les dernières feuilles arrachées. Quant à l'eau qui coule, il s'en rend maintenant compte, il l'a inventée. Il est étendu dans l'ombre de la chambre qu'il partage avec sa femme, à attendre que le rêve s'effiloche — un rêve dans lequel, ensemble, ils voguent au-dessus d'une falaise avant d'entrer dans les ténèbres. Quoi encore ? Une sensation de liquide, en dessous, un lac ou un cours d'eau, la main de Miriam dans la sienne, le sentiment que tout échappe à la terre, une impression de finitude, les formes s'emboîtant les unes dans les autres avec une précision mathématique, dans le tintement de toutes les équations du paradis. Un rêve d'ultime bonheur dans lequel eux deux, Arthur et Miriam, ensemble, tout au bout, meurent.

Arthur se lève, prend un pull en laine sur la chaise près du lit, glisse ses pieds dans les chauds fourreaux de ses pantoufles. Il enfile le pull par la tête, par-dessus sa veste de pyjama bouchonnée, il chausse ses lunettes et s'immobilise pour permettre à ses yeux, brouillés de sommeil, de s'adapter. Dans la lumière ténue et tremblante (la lune ? un lampadaire de la rue ? il ne fait plus jour depuis des heures), il distingue la silhouette de sa femme, une crête en croissant sous la couverture, elle lui tourne le dos, corps et visage, et fait face à la fenêtre entrouverte de cinq centimètres pour laisser pénétrer un filet de l'air frais de la nuit. Comment est-ce possible qu'il sache ainsi qu'il va mourir ? Et que cette nouvelle ne lui cause aucune peine ? Mais, croit-il, cette pensée n'est rien d'autre qu'un reste brinquebalant de son rêve, qui rôde encore autour de lui dans l'obscurité et le froid de la chambre prête à accueillir l'aube, Arthur, qui n'a même pas encore ôté son pyjama ; dès le petit déjeuner la pensée commencera à pâlir, et au déjeuner elle disparaîtra tout à fait, se dissolvant dans la lumière du jour comme une goutte de teinture d'iode se dilue dans l'eau. Se peut-il qu'il dorme encore ? Et Arthur comprend que c'est probablement le cas ; il dort à poings fermés, debout dans la chambre glaciale, les genoux bloqués, le menton affaissé sur l'éventail duveteux de son torse ; en réalité, il va ronfler.

... Ronfler ! Et là-dessus sa tête se redresse, attentive ; ses yeux s'ouvrent ; il est, enfin et réellement, éveillé, comme jeté sur la terre depuis une grande hauteur, totalement indemne, ici. C'est Arthur vivant, respirant. Mais avoir cinquante-six ans et rêver de la mort, et ne pas avoir peur ; cette idée a en quelque sorte survécu au voyage vers le jour déjà entamé d'Arthur, et elle se solidifie en une noix de certitude dans son cœur. Il secoue la tête devant cette incongruité, puis devant le froid de la chambre, *Dieu Tout-Puissant* ; même dans l'obscurité Arthur peut voir son souffle ondoyer devant lui tel un nuage cristallin. Sous la masse bleue de leur literie, sa femme a bougé, resserrant la couverture sur elle, comme pour rejoindre la pensée de son époux ; une bosse se détache du creux de ses reins, traverse le matelas en direction d'Arthur et s'esquive dans le bruit de quatre pattes atterrissant sur le plancher à larges lattes. Un jaillissement de queue blonde : Nestor, le chat, dérangé dans son sommeil, entre eux, a foncé entre les draps avant de disparaître. *Ça suffit*, se dit Arthur ; *en avant*. Il ferme la fenêtre — silence, le vent est bloqué au-dehors — et il quitte la chambre, refermant la porte avec un claquement étouffé. De l'autre côté, sa femme va encore dormir plusieurs heures.

En bas, la tête vide, Arthur emplit une carafe au robinet de l'évier, verse l'eau dans la cafetière, dépose la poussière odorante de grains moulus dans le filtre en papier, et met la machine en marche ; il s'assoit contre la table et attend. *Dieu miséricordieux*, songe-t-il, *merci pour ce jour, pour cette tasse de café* (qui ne va plus tarder, maintenant ; la machine, soupirant d'aise à la vie, exhale une volute de vapeur et laisse échapper un jet qui ricoche au fond du pot), *et pendant que nous y sommes, mon Dieu, merci pour la beauté de cette saison, les feuilles encore sur les arbres, au bord du fleuve où je suis allé me promener hier, merci pour le ciel et pour la terre que, je suppose, selon votre volonté, vous allez recouvrir de neige pendant un certain temps, pour que nous n'oubliions pas qui commande ici. J'aime les beaux hivers, et ce serait gentil si celui-ci n'était pas trop moche. Sans vouloir vous imposer quoi que ce soit. Ainsi soit-il.*

Arthur ouvre les yeux ; une pâle clarté se lève au-dehors, révélant le fond de la cour boueuse et le fouillis des bois, au-delà. Il se sert un café, ajoute le sucre, l'adoucit d'un bon nuage de lait ; il reste debout et boit. *Pas trop moche, je vous en prie.*

C'est aujourd'hui qu'ils vont faire six heures de voiture vers le nord pour aller voir leur fils, en seconde année d'université, tombé récemment et totalement (c'est du moins ce qu'il a affirmé au téléphone d'une voix aussi triomphante qu'un bouchon fusant d'une bouteille : *totalement, p'pa*) amoureux. Arthur ne doute pas que ce soit vrai, et pourquoi pas ? Où est le problème ? Pourquoi ne pas être amoureux ? Il se rassoit à la table de la cuisine et l'aube rampe sur le sol de sa maison ; il pense à la rude journée et aux routes de montagne qui l'attendent, au plaisir qu'il éprouvera lorsque, les yeux et le dos encore endoloris par les heures passées au volant, il entrera dans le parking du campus et que son fils, ses longues jambes, son sourire et sa beauté, dévaleront l'escalier pour les accueillir. Depuis le foyer, avec son panneau d'affichage, son linoléum usé et son téléphone à pièces, la jeune fille les regardera à travers la vitre malpropre. Susan ? Susie ? Arthur se remémore les détails. Parents à Boston, capitaine de l'équipe de hockey (là encore le souvenir de la voix de son fils, éclatant de rire ; *Mais elle n'a pas un physique de lutteur, loin de là, tu sais, p'pa !*) ; un cours d'anglais qu'ils ont suivi en commun, sur Shakespeare, ou Shelley, ou Pope, et la façon qu'elle a eue de lire un certain poème en classe, l'émouvante assurance dans sa voix cimentant l'entente érotique qui les liait l'un à l'autre. *(Je veux dire, elle m'a fixé droit dans les yeux, p'pa, pendant tout le temps, je crois qu'elle devait avoir appris le truc entier par cœur, tu aurais vu ça, tout le monde était au courant, du coup !)* Et Arthur sait ce que lui dit alors son fils *: Voilà. Regarde.* Et c'est ce que fait Arthur : Susan ou Suzie (Sarah ?), encore dans l'émotion de sa victoire amoureuse, enflamme le marbre des couloirs de l'université, et joue à lancer la dure balle de caoutchouc qui rebondit dans la plus bleue des journées bleues de l'automne du New Hampshire.

Du bruit au-dessus : Arthur entend s'ouvrir la porte de la chambre, piétiner les chaussons de sa femme sur la moquette du couloir, gronder doucement les tuyaux tandis qu'elle emplit d'eau le lavabo pour se laver. Arthur se sert une deuxième tasse de café et en verse pour Miriam dans un bol — beaucoup de sucre, pas de lait — qu'il pose sur la table près de l'escalier de service, au fond de la cuisine. Dehors le ciel a pris des tons gris délavé, comme du vieux plastique, et c'est décevant. Arthur reste un moment assis contre la table à observer le ciel, et à le prier de faire mieux.

Miriam entre, enveloppée dans sa robe de chambre bleu pâle, et saisit le bol presque sans regarder, une manipulation impeccable qu'il apprécie toujours. Elle boit, s'interrompt et renifle le café.

— C'est du vieux.

— Je suis debout depuis un moment, dit Arthur. J'en prépare un autre, si tu veux.

— Non, je m'en occupe.

Mais elle ne s'en occupe pas ; elle s'installe à table, en face de lui. Elle s'est frotté le visage et a peigné ses cheveux en arrière ; elle ne se teint pas, acceptant sereinement que le blanc gagne du terrain, et elle ne fait pas non plus de permanente comme tant de femmes qu'ils connaissent. Arthur laisse ses yeux s'attarder là, sur l'argent de quelques cheveux, et il pense à son rêve, un vague trouble qui ne produit plus en lui d'émoi spécifique, comme sur une mare les cercles les plus larges atteindront la rive sans effet notable. (Il était question d'un lac ? Il ne s'en souvient plus.) Elle tient son bol de vieux café, posé là sur la table, à deux mains, comme pour les réchauffer autour d'une pierre brûlante.

— Quelle heure est-il ? bâille-t-elle. Six heures et demie ?

Arthur confirme de la tête.

— Je me suis dit qu'on pourrait partir tôt. On s'arrêterait pour déjeuner à cet endroit, tu sais, à Northampton.

— Ah non, pas là, dit-elle. Tu as oublié la dernière fois ? Je t'en supplie. Arrêtons-nous ailleurs.

Arthur hausse les épaules ; il a oublié ce qui n'allait pas, dans ce restaurant.

— Je croyais que c'était bien, dit-il. On pourrait essayer celui d'en face. Ou emporter des sandwiches.

Miriam se lève, vide son bol de café dans l'évier et va à la cafetière pour s'en faire un nouveau. Arthur regarde sa femme, tout plein d'un amour fort et triste ; il sait que cette journée s'annonce pénible. Pas la route, qu'ils ont parcourue de nombreuses fois ; pas de voir O'Neil, leur fils, non plus. Arthur a compris que c'est de la fille qu'elle a peur. Elle essaie d'aimer les filles qu'il aime, mais c'est toujours difficile pour elle.

— Il faudra être sympa, d'accord.

Miriam s'interrompt dans le rinçage de la cafetière.

— Arrête de lire dans mes pensées.

— Si tu veux. Mais il faudra être sympa.

Arthur se lève et va vers elle. Elle a les mains posées sur le bord de l'évier. Il entoure sa taille mince de ses bras et respire la montée de ses larmes — c'est une odeur douce et phosphorescente, comme de la cire d'abeilles en train de fondre.

— C'est idiot, bien sûr.

— Je ne trouve pas ça idiot du tout. Pourquoi serait-ce idiot ?

— J'ai l'impression de jouer dans une pièce, dit-elle. Tu sais, la mère ? La vieille bique qui, quoi qu'il arrive, les juge toutes indignes de son fils.

— Et tu as raison, elles le sont toutes. Et tu n'es pas du tout comme ça.

Un profond soupir. Malgré tout, Arthur continue :

— C'est juste quelqu'un qu'il a rencontré à l'école. On a déjà connu ça — combien de fois ?

— Ils doivent coucher ensemble.

— Probablement, approuve Arthur.

— Mon Dieu, protégez-moi, dit-elle en secouant la tête et en se remettant à rincer la cafetière. Je parie que tu trouves ça très bien.

Arthur ne répond rien. Le chat pointe son nez dans la cuisine et s'enroule d'abord autour des pieds d'Arthur puis autour de ceux de Miriam, pour qu'on le laisse sortir.

— Satané chat, dit Arthur.

Il embrasse le cou de Miriam, encore chaud de sommeil et des draps de leur lit.

— J'ai fait un rêve bizarre, dit-il soudain.

Sans se retourner, Miriam renverse la tête contre la sienne.

— Je crois que moi aussi. Alors, raconte le tien.

Arthur ferme les paupières ; dans ses ténèbres intérieures, le corps de sa femme contre le sien, leurs hanches se touchant — toujours le bon vieux rythme, le métronome du mariage —, il imagine qu'il dort et tente de rattraper son rêve, le poursuivant tout au long d'un interminable couloir, astuce à laquelle il a déjà eu recours.

— Je ne sais plus, dit-il au bout d'un moment. J'ai déjà oublié.

— Est-ce que c'était un mauvais rêve ?

Elle lui caresse les cheveux.

— Je t'ai entendu murmurer.

— Je ne sais pas.

Il fait entrer de l'air dans ses poumons.

— Si on veut.

— Mais encore ?

Arthur réfléchit. C'est maintenant la voix de sa femme qu'il poursuit ; au-dessous de lui il sent tout à coup la tension de l'obscurité, un gouffre se creuse, aussi grand qu'un stade. Et autre chose aussi : une odeur de pain grillé. Jamais encore il n'a fait un rêve pareil, il en est sûr. Se le remémorer le rend étrangement heureux. Il ouvre les yeux.

— Je crois que tu y étais.

Il hausse les épaules sans raison ; l'information s'est déjà évaporée, tout comme l'annonce qu'elle aussi a rêvé et qu'elle allait lui dire à quoi.

— Il me semble que tu me sauvais d'un danger, comme d'habitude. C'était donc un joli rêve. Je te remercie.

Alors elle se tourne vers lui ; les yeux encore humides, elle l'embrasse doucement et sourit. De si près il voit qu'elle a le visage fatigué, et aminci depuis peu. Un regret le traverse, suivi d'un effroi pâle et lumineux qui emplit son esprit éveillé. Combien de fois a-t-elle accompli ce devoir ? Il cherche son regard gris. Combien de fois a-t-elle été arrachée à un profond sommeil par un cri lointain et s'est-elle frayé un chemin dans le noir pour aller prendre dans ses bras un fils ou une fille dont les mains battaient dans le vide, leur disant, Non, non, n'aie pas peur, ce n'était qu'un cauchemar ? Il se le demande et, l'espace d'un instant, il imagine que les enfants dorment à l'étage ; mais, bien sûr, c'est une illusion, une ruse du temps, comme le pois qui passe de gobelet en gobelet sans qu'on le voie et qui se retrouve ainsi en deux endroits à la fois et également nulle part. Non : c'est le matin dans leur cuisine, les enfants sont grands et n'habitent plus ici, O'Neil à l'université qui attend leur visite et sa sœur, Kay — Kay, maussade et mystérieuse —, aujourd'hui mariée et vivant sa vie à New Haven. La fuite des années est stupéfiante, il y a de quoi s'étonner. Il reste planté devant cette énigme comme, dans le passé, il restait devant la porte fermée de la chambre des enfants, à écouter Miriam leur prodiguer du réconfort, ce dont il était lui-même incapable : c'était un verre d'eau, une couverture supplémentaire, Miriam qui prenait la petite main dans les siennes comme pour dire, en serrant, Tu vois ? *Cela*, c'est réel. Combien de fois ? Mille ? Mille milliers ? Compte les étoiles dans le ciel, se dit Arthur, et tu sauras combien.

— Il n'y a pas de quoi, lui répond-elle.

Et leur journée commence.

Chacun d'eux a un secret. Voici celui d'Arthur :

Son secret, c'est une lettre. Et jusqu'à ce matin, au bureau où il travaille, il a toujours repoussé le moment de l'écrire — une lettre qu'il n'enverra jamais. Cette lettre est adressée à une femme, mais pas à *sa* femme.

Chère Dora, écrit-il.

Comment en est-il arrivé là ? Arthur lui-même l'ignore ; il ne pourrait dire avec précision comment, en ce matin de novembre, lui, Arthur, cinquante-six ans, mari fidèle depuis vingt-neuf ans, est tombé amoureux (vraiment ? amoureux ?) de Dora Auclaire. Mais c'est un fait ; il l'est. Confusément, il n'en aime pas moins sa femme ; il croit même, bien conscient qu'il s'agit là d'une forme d'arrogance — quelque chose de terriblement, de pernicieusement *masculin* —, qu'il l'aime encore davantage. Penser à Miriam c'est penser à lui-même, au socle de sa vie et de la vie de ses enfants, et c'est savoir ce que signifie l'existence. Il est humain, et donc faible, mais sa faiblesse est consacrée à Miriam. Il ne peut pas la regarder sans éprouver de l'amour, ou la peur qui va de pair avec l'amour : qu'un jour l'un d'eux se retrouve seul.

Mais Dora Auclaire : il l'a rencontrée — il y a combien de temps ? Dix ans ? Quinze ? Est-ce qu'ils se connaissaient déjà quand leurs enfants étaient petits ? Arthur s'accorde le plaisir de songer à elle, et à ce qu'elle doit être en train de faire, à dix heures et demie du matin, par un vendredi d'automne, dans la clinique bourdonnante d'activité où elle reçoit ses malades en consultation : les jeunes filles enceintes, les vieillards suffoquant après des années de tabagisme, les petits bébés qui ont pleuré toute la nuit sans qu'on comprenne pourquoi. Il la voit, passant de chambre en chambre — entre marche et glisse, d'un pas simplement décidé —, sa blouse blanche enfilée sur un jean et un pull (peu de bijoux ; peut-être des boucles d'oreilles pour parfaire son visage en forme de cœur, et une unique chaîne d'argent), palpant, conseillant, jetant quelques mots sur une ordonnance de sa belle écriture robuste, avant de s'excuser car elle doit téléphoner à l'hôpital de Cooperstown afin de retenir un lit pour l'adolescent des urgences dont le mal de ventre qui dure depuis deux jours n'est sans doute pas causé par la drogue, comme l'affirme sa mère, mais par une appendicite aiguë. Depuis son bureau, à quatre blocs de là, Arthur voit tout cela. (Et avant qu'il n'en prenne conscience, Miriam est là, elle aussi : introduisant une fiche dans l'estampeuse, à l'accueil, reclassant des bobines de microfilms luisants, poussant un chariot chargé de livres, lourd de fictions, au long des allées tranquilles et poussiéreuses.) C'est une femme seule et vive d'environ quarante-cinq ans, médecin et veuve avec deux jeunes fils — une femme capable de fendre une bûche de bois et, la minute d'après, de désinfecter la gorge d'un nourrisson — et Arthur est amoureux d'elle. Il aime ses mains fortes et fines, et le miroitement de son stéthoscope, et sa tristesse, qu'elle ne porte pas drapée sur elle comme un châle — ou tout autre attribut de deuil —, mais à l'intérieur, dans un recoin profond invisible, mais qu'il sent : cette même douleur qui l'accablerait si Miriam était morte. Son mari, Sam, était charpentier et restaurait de vieilles maisons, et c'est une vieille maison qui l'a tué : il y a six ans, par une belle matinée de mai (Arthur se souvient d'avoir lu la nouvelle dans le journal), sur le rebord d'une fenêtre de coupole, au quatrième étage d'une bâtisse en ruine du XVIIe siècle de Devereaux Street, il prit appui sur une poutre rongée de moisissure et tomba vingt mètres plus bas sur le sol d'une cour, dans un fracas d'outils et de matériel.

La ville de Glenn's Mills, État de New York — petite, quelconque, économiquement insignifiante hormis les cardiologues et autres avocats en retraite qui ont acheté d'anciennes demeures pour les rénover —, est nichée dans un méandre du fleuve jadis si pollué par les tanneries qu'on lui avait donné le nom de Vinegar Creek. C'est dans cette ville qu'Arthur a passé toute sa vie. Son bureau juridique, sans employés, situé dans la rue principale constituée de dix blocs — contrats, testaments, immobilier, divorces —, appartenait à son père avant de lui revenir et bien que, pendant ses études, il ait d'abord pensé devenir ingénieur, puis architecte, et enfin avocat dans la capitale, il ne regrette pas de mener l'existence qui avait été, finalement, toute tracée pour lui. Au printemps de la dernière année d'Arthur à la faculté de droit de New York, son père, qui fumait deux paquets de Lucky Strike par jour, entra dans son bureau, ôta son chapeau, son manteau et son écharpe, alluma sa première cigarette du matin en s'asseyant, frotta un peu sa hanche rhumatisante dans la pièce glacée et fut victime d'une attaque si violemment mortelle qu'en un instant indolore tout l'univers de son fils s'en trouva réorganisé. Dès la fin de la semaine, Arthur, âgé de vingt-six ans, rencontrait les clients de son père, nettoyait la moquette de la boue que leurs chaussures y avaient déposée et découvrait que l'ensemble lui plaisait ; parmi les mille choix qui s'offraient à lui, il y avait soudain celui de ne pas choisir, et moins d'un mois plus tard, il avait renoncé à l'aventure qui le conduirait à un poste de juge à Manhattan et se préparait frénétiquement au barreau. Il téléphona à la fille qu'il avait fréquentée à la faculté de New York — Miriam, en dernière année de diplôme de bibliothécaire — et l'invita à lui rendre visite dans le Nord, d'où elle ne repartit que pour un semestre afin de passer son examen ; elle obtint un emploi à la bibliothèque du comté : classement des livres et lecture aux enfants ; moins d'un an plus tard, ils étaient mariés. Jusque-là, lorsqu'on l'interrogeait, Arthur disait qu'à l'époque il n'avait pas tant commencé sa vie qu'il ne l'avait trouvée, comme un portefeuille ou un trousseau de clés qu'il aurait d'abord égaré.

Et maintenant, pour la première fois après trente années dans cette ville paisible d'arbres, de maisons et de boutiques — « Glenn's Mills, État de New York, Porte de l'Hudson » ; une ville où un vol d'outils de jardin dans une remise fait la une des journaux ; où l'homme qui vous coupe les cheveux le mardi se précipite le vendredi pour éteindre un incendie dans votre salon ; où le commerçant qui a surpris votre fils en train de voler des cartes de base-ball fermera sa boutique pour ramener le gamin chez lui (O'Neil, dix ans, avait juré avoir agi à la suite d'un pari) —, Arthur sent que sa vie, cette étoffe tissée d'échanges de biens et de services ou de tendresse, est dérangée, et même menacée — et tout cela parce qu'il est tombé amoureux de Dora Auclaire. Car c'est sa solitude qu'il aime plus que tout chez elle ; lorsqu'il la croise dans la rue ou dans une soirée, ou lorsqu'il s'assoit en face d'elle, le deuxième mardi de chaque mois, dans la petite salle de classe du lycée où se réunit leur groupe de lecteurs, et qu'il écoute sa voix — calme, précise, ironique — livrant une opinion, inévitablement supérieure aux siennes, sur *La Maîtresse du lieutenant français,* ou *Crime et Châtiment* ou *La Conjuration des imbéciles* (et Arthur doit l'avouer : il ne termine jamais ces livres, qui le fatiguent et l'angoissent ; il n'a que l'envie de la revoir, *elle*), c'est sa solitude qu'il perçoit, et c'est sa solitude qui le bouleverse au point d'en être amoureux. S'il la trouvait juste jolie ou intelligente ou sexy ou attentive aux enfants, Arthur saurait quoi faire : rien. Ne rien faire, et laisser le temps éroder le sentiment, comme il le fait avec le flot joyeux qui emplit son cœur après certains films, ou avec la délicieuse nostalgie qui le prend chaque mois de novembre aux premiers flocons, lorsque le soir vient et qu'il rentre à la maison à pied dans l'obscurité précoce et un univers envahi par l'irréalité fantasque de la neige fraîche. (Et n'est-ce pas à cela qu'il a rêvé ce matin, à un survol, à un survol de l'eau ?) Mais il ne peut rien faire. Pour Dora, le cœur de la vie, c'est le deuil — une chute de vingt mètres par un matin humide de mai — et d'une certaine manière, c'est dans ce cœur même qu'Arthur a atterri et qu'il se découvre piégé.

Le bureau est calme ; au-dessus de la porte de la salle d'attente — une pièce sombre et triste encombrée de classeurs usagés, d'un vieux canapé en tissu, d'une table basse débordant de magazines écornés, et du bureau où siège sa secrétaire quand il ne lui a pas donné sa journée, comme aujourd'hui — la pendule indique dix heures quarante-huit. Il a annulé tous ses rendez-vous pour profiter de cette plage de temps entre la fin de son travail et son départ pour le New Hampshire (et il est déjà en retard ; il devrait refermer la porte à onze heures, aller chercher leurs valises et nourrir le chat, puis foncer à la bibliothèque pour y prendre Miriam, et tout cela avant midi) et régler le problème Dora Auclaire. Mais quel est le problème, au juste ? N'est-il pas exact que lui, Arthur, n'a commis aucune faute grave, aucun péché impardonnable contre son mariage ? Il regarde la feuille de papier, les mots qu'il a écrits : *Chère Dora.* C'est un bloc professionnel jaune ; ses dimensions paraissent soudain absurdes. Comment va-t-il remplir une telle surface ? Son intention est de consigner ce qu'il ressent, de le formuler, d'extraire un sens des mots. Au lieu de quoi il arrache la page du bloc, la froisse et la jette à la corbeille, derrière son bureau (petit souci : devra-t-il la laisser là ? Mais elle ne révèle rien, juste un nom...), et il recommence :

Chère Dora.

La difficulté, c'est qu'il n'y a rien à dire, aucune aventure à raconter et à laquelle il pourrait mettre un terme ; c'est que, en réalité, il ne s'est rien passé du tout entre eux. Et pourtant ; comme tous les secrets, celui d'Arthur a une histoire, une progression. Si on insistait, il pourrait remonter jusqu'à cet instant de gêne et de silence, dans son bureau, il y a un peu plus de huit mois, lorsque Dora est venue le voir. Il avait déjà été en relation avec la clinique — un projet d'agrandissement et le permis de construire correspondant, un différend avec un malade qui contestait une facture —, aussi, lorsqu'elle entra en secouant son parapluie et déclara qu'elle avait besoin de lui pour une démarche personnelle, fut-il surpris, et intéressé ; il se demanda de quoi il pouvait s'agir. Elle expliqua qu'elle avait hérité un peu d'argent d'une tante — pas beaucoup, juste 60 000 dollars — et qu'elle désirait léguer cette somme à ses garçons. Pouvait-il établir une sorte de... voyons... comment appelait-on cela ? Une donation ? Elle dit le mot comme si elle venait de l'apprendre, alors qu'elle savait évidemment très bien ce qu'elle voulait. Il y avait des perles de pluie dans ses cheveux, qu'elle portait courts, avec une coupe nette qui encadrait de sombre son visage. Elle aimait le son du mot, dit-elle en lui souriant : *une donation.*

Il lui proposa un siège et se mit au travail. Et comment allait-elle ? Et les garçons ? (Il se souvenait qu'ils étaient deux : Josh, le plus jeune, costaud comme son père ; et Léo, l'aîné, plus délicat, qui adorait la lecture et enseignait la natation à l'université.) Il pêcha les formulaires dans son bureau. C'était une tâche facile, purement technique, mais ce genre d'opération lui plaisait — mettre de l'argent de côté pour les enfants. Dora précisa que son frère, un chirurgien de San Francisco, était un des héritiers et qu'elle était l'autre ; elle avait déjà rencontré son courtier et investi l'argent dans un mélange équilibré de bons du Trésor et de valeurs garanties. Son testament était en ordre, pensait-elle, car elle avait pris ses dispositions juste après la mort de Sam — elle prononça cette dernière phrase très vite, presque comme un seul mot —, mais si ce n'était pas trop lui demander, elle aurait souhaité qu'Arthur y jetât un coup d'œil. C'était une épaisse enveloppe, emplie de feuilles pliées : elle l'avait apportée dans son sac.

Et ainsi de suite, tout cet après-midi-là et une partie d'un autre, jusqu'à ce que les papiers soient prêts à être signés.

Il l'appellerait, dit-il, dès que les documents seraient renvoyés par le frère californien ; il lui posterait un exemplaire, ou elle passerait le prendre, et bien sûr il en conserverait une copie au bureau, dans un dossier, *son* dossier. Très bien, dit-elle. Très bien.

Ils se regardèrent. Ils en avaient fini l'un avec l'autre. C'est drôle, dit-elle alors en boutonnant son manteau — et avait-elle rougi ? Et lui ? —, c'est drôle comme on éprouve du plaisir à faire ce genre de choses, des choses si terre à terre, avec quelqu'un qu'on apprécie. Savait-il qu'elle avait songé parfois — oh, une fois ou deux — qu'ils pourraient déjeuner en tête à tête ? Elle aimait ce qu'il avait dit, dans le groupe de lecture, à propos de ce livre — *Mrs Dalloway*, c'était bien ça — sur la solitude de tous les personnages de l'histoire, et sur la capacité de chacun à surmonter ou non cette solitude. Elle y avait aussitôt pensé ; qu'ils pourraient être amis, de vrais amis qui font des choses ensemble. Mais comment aurait-il deviné ? Il aurait fallu qu'elle le lui dise, évidemment.

Et c'est ainsi que cela arriva, mais pas encore. Il la raccompagna jusqu'à la porte du bureau — pendant un instant il avait paru possible qu'ils s'embrassent là, une image si pressante, si radicalement perturbante qu'Arthur se hâta de la chasser de son esprit — et huit jours plus tard il lui téléphonait pour l'informer qu'il avait reçu les exemplaires signés ; ils se mirent d'accord pour partager le déjeuner qu'elle avait évoqué, afin qu'il les lui donne. La semaine de pluie était devenue une semaine de neige, la température redescendant autour de zéro alors que ce serait bientôt avril, et Arthur se précipita vers le restaurant, à six blocs du bureau, en se demandant ce qu'il faisait. Et faisait-il quelque chose ? Mais lorsqu'il entra et vit Dora installée dans un box retiré, et non à l'une des tables centrales, il sut. Sans ralentir, il avança vers le box et se glissa dans l'espace étroit en face d'elle ; elle buvait du thé. Elle avait gardé sur ses épaules son manteau en grosse laine verte à col châle. Elle souriait, riait presque. Était-il en retard ? s'inquiéta-t-il. Non, non, répondit-elle en secouant la tête. À côté de leur table, la fenêtre était un mur de buée ; quelqu'un, sans doute un enfant, y avait tracé quelques lettres larges qui s'estompaient. Elle souffla sur son thé. La neige avait tenu ses patients à distance pour la journée, dit-elle. Il n'était pas du tout en retard.

Le restaurant était baigné d'une forte lumière blanche, et presque vide. Ils restèrent là une heure à bavarder en consommant leurs sandwiches et leurs boissons sans alcool tandis que les serveuses, deux vieilles femmes qu'Arthur connaissait de vue, disposaient l'argenterie sur la desserte en fumant de longues cigarettes brunes. Arthur savait ce qu'on racontait sur les petites villes, mais en tant qu'avocat, il avait découvert que le contraire était également vrai : tout le monde avait quelque chose à cacher. Il était possible, dans un tel endroit, de préserver une sorte de vie secrète, et si quelqu'un posait des questions il pourrait toujours dire qu'il avait effectué un travail pour elle. Il était avocat depuis suffisamment longtemps pour croire que la vérité n'était pas toujours simple, qu'elle pouvait prendre quantité de formes, dont celle-ci. Ils discutèrent des gens de leur entourage, des malades de la clinique et de leurs tristes histoires, de leurs enfants, comme n'importe qui de leur âge qui se retrouve pour déjeuner. Elle ne parla pas de Sam, même si, d'une certaine manière, elle le fit : il y avait tant d'années, remarqua-t-elle, qu'elle n'était pas revenue ici ; elle était heureuse que rien n'ait changé. Avec son métier et ses deux enfants, elle avait à peine le temps de grignoter sur le coin de son bureau. Elle eut un petit rire. Tout allait si vite, non ? Et pourtant elle avait l'impression d'avoir toujours vécu ainsi, en tirant sa vie et celle de ses enfants comme une charrette.

Puis, comme l'heure tournait, au moment de repartir, Dora tendit la main par-dessus la table, prit la sienne et la serra doucement. Juste cela : Dora lui tint la main. Arthur se sentit remué, comme la surface d'un étang. Vingt-neuf ans et jamais il n'avait fait une chose pareille, tenir la main d'une autre femme ; et pourtant tout le monde le faisait tout le temps, il le savait bien ; tout le monde le faisait comme si ce n'était rien. Arthur vit que sa montre s'ornait de trois cœurs d'or de chaque côté du cadran : un pour chaque garçon, et un pour Sam. Un cadeau : il n'avait pas besoin de poser la question. Fête des mères ? Anniversaire ? C'était le genre de chose qu'il aurait pu offrir à Miriam ; s'il ne l'avait pas fait, c'était un hasard. Sa main était chaude, et un petit peu moite. Elle passa son pouce sur le dessus de sa main à lui, une seule fois, puis elle le lâcha.

Et l'instant se figea, comme si ni l'un ni l'autre ne pouvait s'en extraire. Une sorte de chambre sans portes. Elle serra son manteau autour d'elle ; regardant d'abord vers la desserte, où les femmes conversaient en fumant (les yeux d'Arthur suivirent son mouvement ; non, elles n'avaient rien vu), puis revenant sur Arthur, furtivement.

— Bon.

Elle haussa une épaule et sourit, mal à l'aise. C'est seulement là qu'il s'aperçut qu'elle ne portait pas ses lunettes. Cela lui agrandissait les yeux.

— C'était bien, vous ne trouvez pas ?

Il ne trouvait rien, et en même temps si. Son esprit s'était empli d'un vide blanc, comme un champ envahi de neige — comme une chute de vingt mètres. Il s'entendit répondre :

— Oui.

Quand était-ce ? Mars, l'an dernier. Dans son bureau, Arthur boit son café qui est froid, maintenant. À onze heures et demie il doit prendre Miriam à la bibliothèque, et ils partiront ensemble pour le New Hampshire. Tout au long du printemps et de l'été, Dora et lui ont continué à se voir, dans le bureau de l'un ou de l'autre, ou pour déjeuner, toujours en public et en plein jour, et toujours sous le prétexte d'un travail qu'elle voulait lui confier : un désaccord avec la municipalité au sujet du parking de la clinique, un souci déjà ancien d'impôt abusif, une dispute insignifiante avec un voisin à propos de l'évacuation des eaux usées. Comment ai-je pu me passer d'un avocat aussi longtemps, disait-elle, comment ai-je pu me passer de vous ? Dès qu'un problème était réglé, l'encre n'était pas encore sèche qu'elle lui en soumettait un autre en le reliant au précédent pour former une chaîne de petits services comme les foulards noués les uns aux autres que le magicien sort de sa manche. Son visage ravi annonçait : *Regardez ce que je vous apporte !* Si ça continue, plaisantait-elle, je vais devenir votre meilleure cliente.

Mais que signifiait *ça* ? Et — la vraie question était là — pourquoi lui, Arthur — le Arthur heureux en ménage —, n'était-il pas troublé, ou davantage troublé ? Dans le passé, il s'était imaginé ayant une aventure — tout le monde en avait, on ne pouvait pas ne pas y *penser* — mais jamais comme celle-ci, cette aventure qui n'en était pas une, pas tout à fait. Ils se tenaient la main, pas même une vraie étreinte ; elle lui effleurait l'épaule quand il disait qu'il était fatigué, ou elle lui touchait la joue du bout du doigt, rapidement, de peur que quelqu'un d'autre n'intercepte son bras en plein mouvement. À chacun de leurs rendez-vous, il avait lieu, cet attouchement, mais une fois seulement, sans jamais rien de plus. Et cependant il devait avouer qu'il en était arrivé, d'une certaine manière, à attendre ce geste ; il produisait sur lui un effet incomparable. Il ressentait un véritable bonheur, c'était bien le mot, à être touché par quelqu'un sans raison. Mais il y avait aussi autre chose : c'était comme si, pendant cet instant, il cessait d'être lui-même. Sa vie entière devenait un souvenir, et même pas un de ses souvenirs à lui. À qui alors ? Il avait rencontré Sam une fois, lui semblait-il, peut-être au lycée — à une pièce de théâtre, une réunion de parents d'élèves ? —, sinon il ne l'avait qu'aperçu, sortant du bazar, une pochette de clous à la main, ou au volant de sa camionnette, des échelles fixées à l'arrière par des lanières, dans les rues de la ville. Arthur gardait l'image d'un homme grand, musclé, avec des cheveux blonds bouclés qui se teintaient précocement de gris. Telle était sa réponse. Dora le touchait et le bonheur qu'il éprouvait n'était pas le sien mais celui de Sam, dont l'absence se faisait si terriblement sentir.

La situation perdura jusqu'à l'automne. Jamais il n'alla chez elle ni elle chez lui, et si quelqu'un eut des soupçons (des soupçons sur *quoi*?), Arthur n'en sut rien. Il n'en parla à personne, car à qui aurait-il pu en parler ? Ses clients ? Les vieilles femmes du café ? L'employé de la station-service qui vidangeait sa voiture ? Il aurait aimé avoir un frère, comme souvent au cours de sa vie, mais il n'en avait pas ; il travaillait seul, et avait peu d'amis que Miriam n'appréciait pas. Sa vie ressemblait à une petite pièce confortable et bien rangée. C'est seulement avec Dora qu'il s'échappait de cette pièce, mais juste pour une heure ou deux, et jamais au point de ne pas pouvoir ensuite regagner cette tanière et la vie telle qu'il l'entendait. Il se demandait combien de temps cela pourrait continuer.

Et puis, il y a quinze jours, Arthur s'est retrouvé en voiture avec Dora. Ils sont sortis de la ville pour aller voir une parcelle de terrain qu'elle disait vouloir acquérir. La ville commençait à l'oppresser — c'est le terme qu'elle a employé : *oppresser*; elle avait toujours rêvé de construire une maison et d'élever les garçons à la campagne. Elle a expliqué qu'elle avait besoin de son opinion, mais ses intentions étaient claires : les choses en étaient arrivées à un certain stade, entre eux. C'était un après-midi transparent et froid, et ils parcoururent les vingt-cinq kilomètres en direction du sud sans presque se parler. Pour la première fois depuis qu'elle avait poussé la porte de son bureau huit mois plus tôt, dégoulinante de pluie, Arthur avait vraiment peur. À Domingo, ils prirent le chemin de terre qui conduisait à la propriété indiquée par un grand panneau *À Vendre* grêlé de traces de balles. Arthur reconnut le numéro de téléphone des services juridiques du comté, à Harbersburg. Dora lui avait déjà précisé que la terre avait été saisie par les autorités pour non-paiement des impôts locaux et que c'était une ancienne laiterie.

Dans la voiture, ils changèrent de chaussures et poursuivirent à pied. Le sol était plat et humide — Arthur entendait de l'eau couler quelque part — et ils avançaient lentement parmi les buissons et les arbres dégarnis, entourés de vigne sauvage. Il mit un moment à remarquer que le chemin broussailleux qu'ils suivaient était en réalité une allée, mais dès qu'il l'eut compris, d'autres détails apparurent : du matériel agricole rouillé émergeant du sol, des rigoles longeant l'allée qui avaient été des tranchées de drainage, une forme parmi les troncs qu'il identifia comme la cabine d'une vieille Jeep, mangée par les feuilles et la terre moussue. Le tableau le troublait et l'intéressait. Combien de temps, se demanda-t-il, avait-il fallu à la nature pour reprendre ses droits sur cet endroit ? Vingt ans ? Trente ? Combien de temps fallait-il ? Puis ils débouchèrent dans une clairière — les arbres s'ouvrirent au-dessus d'eux telle une crevasse, révélant un ciel d'un bleu étincelant, miroitant — et se retrouvèrent au bord d'un énorme trou. C'était bien sûr l'emplacement de la maison. L'excavation devait faire une douzaine de mètres de long sur autant de large, et trois de profondeur. Le fond en était irrégulier, tapissé depuis longtemps d'une couche d'humus et de détritus. Une nouvelle fois, Arthur observa avec attention. Une vieille boîte à clous était renversée dans un coin, à côté d'une lame de scie rouillée, une clé à molette et la tête d'un marteau, sortant de terre. La scène se précisa. D'autres scies, marteaux, tenailles, une masse de fonte, un établi et son étau, le tout baigné de soleil. Le trou était jonché d'outils.

Ce fut là, debout au bord des fondations de la ferme, qu'Arthur eut cette sensation : une terreur immense, comme lorsqu'on tombe, et puis, l'alerte passée, un calme profond et mélancolique.

Il leva les yeux. Dora se tenait à ses côtés, regardant fixement le fond du trou.

— C'est ce que vous désiriez, tous les deux, n'est-ce pas ? dit-il.

— Que voulez-vous dire ? répondit-elle la tête toujours baissée.

— Construire une maison. Quelque part par ici.

Il prit sa main gantée.

— Vous et Sam.

Dora ne dit rien mais, en pâlissant, son visage donna la réponse. Elle avait déjà visité cet endroit, lorsque Sam était encore vivant. Elle s'était tenue auprès de lui à l'endroit même où ils se tenaient maintenant. Il imaginait ce que cela avait pu représenter, tout cet espoir, et les cris de leurs deux garçons, derrière, tout proches, dans les bois. Leo et Josh devaient être petits, alors.

— Je suis vraiment désolé, dit Arthur.

— Eh bien oui, vous avez raison. Nous sommes déjà venus ici.

Elle haussa les épaules et lui adressa un sourire lointain et douloureux.

— C'était il y a longtemps, Art.

— Non, je veux dire que je suis désolé parce que je ne peux pas...

Il s'interrompit. Il venait d'atteindre la frontière de quelque chose, et alors il la franchit :

— ... je ne peux pas faire cela.

Pendant un moment ils ne parlèrent plus, ni l'un ni l'autre. Le vent soufflait dans les arbres et les branches oscillaient.

— Oh, je comprends.

Doucement, Dora retira sa main — aussi doucement qu'elle avait pris la sienne, des mois plus tôt, au-dessus de la table du restaurant. Elle croisa les bras.

— Je suis réellement désolé, dit Arthur.

Elle rit, presque amèrement, mais Arthur savait que, comme lui, ce qu'elle ressentait ressemblait plus à de la tristesse.

— Vous êtes surtout soulagé, Art. Pourtant cela aurait pu être bien, du moins pour moi.

Elle soupira, profondément, et Arthur vit qu'elle avait des

larmes dans les yeux. De l'un de ses longs doigts, elle en chassa une.

— Excusez-moi, mais j'aimais tellement être une épouse. J'étais une bonne épouse et ça me manque. Peut-être n'est-ce rien d'autre que de la nostalgie.

Et tout s'arrêta là. Ils regagnèrent la ville, et lorsqu'ils arrivèrent, ils étaient à nouveau amis, avec chacun ses soucis : Dora alla attendre les garçons chez les scouts, et Arthur téléphona à Miriam (on lui dit qu'elle n'était pas là, qu'elle venait juste de sortir) puis il reprit sa voiture pour se rendre au supermarché de Vermillion pour les courses comme promis. Il poussa son caddie dans les allées brillamment éclairées et bruissantes, l'air tout plein du froid des congélateurs ouverts, et là il sut qu'il était sauvé. Cette pensée l'emplit d'une énergie presque irraisonnée — car il savait également que maintenant on ne pouvait plus le pincer et qu'il n'aurait plus rien à avouer — et, debout dans la file de la caisse, pressé dans la dernière allée entre les magazines de télévision et les friandises, il se surprit à parler, et presque à bavarder, avec une femme qui suivait la file parallèle, une voisine qui avait naguère gardé ses enfants. Comment allait sa mère ? demandait-elle. Et les petits ? *Oh, très bien, même si bien sûr l'aide ménagère avait des choix très personnels, comme par exemple d'interdire à sa mère de sortir quand il pleut, ce qu'elle a toujours adoré, quant aux enfants, eh bien Kay avançait dans sa vie de femme mariée, avec quelques soubresauts mais rien de grave, son mari, Jack, était encore englouti dans sa thèse, Arthur ne pouvait pas dire de quoi diable elle pouvait bien traiter, et il essayait d'enseigner, on sait bien comment se passent ces choses, et O'Neil, lui, était encore étudiant, adepte de la course à pied, et caressait le vague désir de devenir médecin, mais il allait devoir bientôt prendre une décision, Miriam et lui paieraient les études, enfin là n'était pas le problème ; ils pensaient monter le voir dans quinze jours, pour faire la connaissance de sa nouvelle petite amie, de Boston...* Ça coulait de sa bouche. Ça débordait, comme le contenu de son caddie — des steaks dans le filet, de la sauce bolognaise, du jambon, des champignons, des canettes de jus de fruits, et tout le reste, pour une valeur de cent dollars (car il avait trop acheté) — qu'il déposait sur le tapis roulant de la caisse au joyeux ronron. Il voulait s'épancher, raconter sa vie ; la chanter, au besoin, comme un hymne, ou la ballade d'un voyageur enfin de retour chez lui.

Aujourd'hui, quinze jours plus tard, Arthur est assis dans son bureau (dix heures cinquante-deux ; il faut vraiment qu'il *y aille*), à rédiger ses adieux à Dora Auclaire. Depuis cette expédition dans les bois, ils ne se sont pas parlé, même s'ils se sont aperçus une fois, de loin. Mardi dernier, il y a trois jours : Arthur, revenant de chez Lawson avec un paquet de crayons dont il n'avait pas vraiment besoin, la tête baissée pour résister à un vent mordant, a entendu un klaxon et il a su qu'il s'adressait à lui. Il a relevé les yeux juste à temps pour voir s'éloigner la vieille Volkswagen de Dora constellée d'autocollants (Désarmement immédiat, Halte au nucléaire militaire, Carter-Mondale 76) et, par-dessus le dossier, un geste. Bonjour ? Adieu ? Il s'est figé à la pensée qu'elle allait peut-être s'arrêter ; lorsqu'il comprit qu'elle n'en ferait rien, il a agité la main à son tour, mais elle avait déjà disparu.

Ce qu'il désire maintenant, derrière son bureau, la feuille intacte posée devant lui, c'est lui rendre la politesse, terminer ce mouvement de la main ; il désire mettre en mots la joie qu'il ressent à l'idée qu'il l'aime mais ne sera jamais avec elle et que donc cet amour ne blessera jamais personne. Il est seul ;

eur branché, le son au minimum. Derrière lui, de té de la fenêtre, des voitures défilent en un flot ontinu, délavées par la grisaille de novembre ; les dernières feuilles tremblent au bout de leurs tiges ; au-dessus de sa tête plane la tache ocre causée par les cigarettes de son père, halo fantomatique qu'aucune peinture ne semble capable de masquer durablement. Pendant un moment Arthur se contente de rester assis là, l'esprit totalement vide. Sans s'en rendre compte il a laissé sa conscience s'égarer jusqu'au bord des souvenirs les plus enfouis et de son rêve de cinq heures du matin, avec ses bruits de cours d'eau lointain et cette sensation d'ultime envol. Finalement, il prend une feuille de papier blanc — le bloc à en-tête était une erreur, évidemment — dans la corbeille à courrier, choisit un nouveau stylo, à pointe large et plein d'indulgence, et il recommence. *Chère Dora,* écrit-il.

La lettre n'a qu'une seule phrase et il la signe : *affectueusement, Art.* Il lève les yeux vers la vieille pendule d'école accrochée au-dessus de la porte de la salle d'attente : 11 h 38. Il n'a plus le temps de la poster. Il plie la feuille et la glisse dans une enveloppe, il inscrit l'adresse de Dora, range l'enveloppe dans son tiroir qu'il referme. En retard, se dit-il. Je suis en retard. Miriam va l'attendre dans le hall de la bibliothèque, serrant nerveusement ses livres, ses papiers et toute son angoisse sur sa poitrine. Il faut prendre de l'essence, il va devoir tirer de l'argent avant de quitter la ville ; ils arriveront au collège à la nuit tombée et ils hésiteront entre dîner d'abord ou passer à l'hôtel, et puis se posera le problème du restaurant, et si la fille les accompagne, et ses parents, pour le cas où ils seraient eux aussi en visite — une chaîne d'inconnues et de déceptions en puissance, le tout déclenché parce que lui, Arthur, est en retard. (Ni Suzie ni Sarah : *Sandra.* Il dit le prénom à haute voix, pour l'imprimer dans sa mémoire : « Sandra ».) Il noue une écharpe de laine autour de son cou, éteint les lumières dans la pièce ainsi que dans la salle d'attente, enfile son imperméable — un cadeau de Noël de Kay — et sort.

Et c'est là qu'il s'arrête — il s'immobilise puis se retourne, ses clés dans une main, son attaché-case dans l'autre, sur le pas de la porte extérieure. Dos à la rue, Arthur balaie du regard la salle d'attente, ses lambris de chêne clair, son canapé fatigué et sa table basse encombrée de magazines, le tout parfaitement fossilisé dans la poussière ; au-delà de la porte intérieure restée ouverte, il aperçoit le bureau d'acajou où est mort son père, et son fauteuil renvoyé en arrière par ses ressorts, position de repos qu'il a adoptée dès qu'Arthur s'est enfin levé pour partir. Le tableau lui paraît en quelque sorte étranger, à la fois inerte et empli de mouvements, comme une photographie : le fantôme d'Arthur se mettant debout. Une seconde il imagine qu'il assiste à cela — qu'il se voit lui-*même* — et un spasme ténébreux le traverse. *Que diable... ?* Mais ce n'est rien, juste une saute de lumière, l'heure et sa hâte. Il secoue la tête vigoureusement pour chasser cette vision, franchit le seuil et s'en va.

Miriam Patricia Burke, née Braverman, âgée de cinquante-cinq ans — épouse d'Arthur, mère de Kaitlin et de O'Neil ; panier percé, bibliothécaire, intoxiquée au café ; auditrice de conférences et de colloques ; preneuse de cours (ornithologie, danses diverses, cuisine végétarienne) ; démocrate déclarée, ancienne Juive, coureuse à pied occasionnelle (il faut la voir, solitaire, tête en avant, sur une route de campagne, en short et maillot violet) ; titulaire de diplômes en littérature (Université de Barnard) et de gestion de bibliothèque (Université de New York) ; fille du défunt Daniel Chaim Braverman et de sa chère Alicia ; sœur du même lit et soutien apprécié de Monica (cinquante ans) et d'Abraham (cinquante-sept) ; une femme récemment décrite par un homme rencontré dans une soirée comme une « nana qui a dû être chouette et qui se défend encore » —, Miriam Patricia, Mimi pour ses intimes, attend dans le hall de la Bibliothèque du Comté de Vinegar et se demande si elle va mourir.

Il y a quinze jours : elle a découvert une grosseur sous son sein gauche, en se retournant dans son lit. Elle n'a plus bougé dans son demi-sommeil et une sombre présence s'est manifestée et bientôt précisée, une masse de la taille et de la consistance d'une châtaigne, écrasée entre le matelas et sa cage thoracique. Cette prise de conscience la réveilla complètement et elle put vérifier quelques repères pour donner de la réalité à l'événement. Elle était couchée ; il était sept heures ; Arthur serait dehors toute la journée pour visiter une ferme abandonnée, et il était parti au bureau très tôt, lorsqu'elle dormait encore. Elle resta étendue, la tête noyée de terreur — Pas ça ! Pas ça ! — osant à peine toucher sous sa chemise de nuit l'emplacement de la grosseur. Énorme ! Elle pointait sous le bout de ses doigts avec une force de courant électrique. Une femme sur neuf ; c'est ce qu'on disait. Mais que se passait-il ensuite, pour ces une sur neuf ? Ce qu'elle éprouvait dépassait la panique ; c'était la mort elle-même qui venait frapper à sa porte.

Et pourtant, en entamant sa journée — la première journée de son agonie —, elle sentit qu'une étrange tranquillité l'envahissait, un calme presque fataliste. Elle se leva, se lava, s'habilla. Elle s'assit à la table (son bol de café froid l'attendait au bas de l'escalier, avec un mot : supermarché ? Autre chose ? Appelle-moi, avec pour signature la petite caricature d'ours qu'il lui adressait toujours), se releva et se lança dans la confection d'un petit déjeuner de saucisses et de tartines de beurre et de confiture. Elle espérait ne plus en vouloir lorsqu'il serait prêt, mais ce fut le contraire : elle était étonnamment vorace et pendant tout le temps qu'elle mit à manger son petit déjeuner, elle ne pensa à rien d'autre — couper les tartines en carrés, les saucisses en rondelles dégoulinantes de jus, avant que la fourchette ne les dépose sur sa langue impatiente. Elle mâchait, avalait, recommençait ; si elle avait pu, elle aurait léché l'assiette. Puis, quand elle eut terminé, elle fit sa vaisselle et appela le docteur pour lui annoncer ce qu'elle savait ; vers quatorze heures il la palpa et il lui dit qu'il n'y avait pas lieu d'avoir peur. « *Surveiller* », conseilla-t-il en griffonnant, sans vraiment la regarder. C'était un homme gras, chauve, aux pieds plats, un médecin qui se déplaçait encore à domicile. Elle le connaissait depuis des années, et aujourd'hui il ne la regardait même pas. « Il va falloir *surveiller,* à partir de maintenant. »

Il y eut ensuite d'autres médecins et plusieurs séries d'examens — l'échographie et la mammographie, et la visite au radiologue de Cooperstown pour l'interprétation des clichés, puis à nouveau le Dr Bardin et le verdict final qui l'adressait sans tarder à un chirurgien. Elle découvrit que, pour les cas graves, la médecine était une sorte de labyrinthe, une succession de couloirs obligés ; et au bout de chacun de ces couloirs il y avait une porte qu'on devait ouvrir, avec l'espoir de la trouver fermée à clé ; mais tant qu'elles ouvraient il fallait continuer. Et pourtant, avec plus ou moins de peine, tout au long de ces deux terrifiantes semaines, elle avait réussi à ne rien dire à Arthur. Mardi prochain — quatre jours après cette minute où elle attend Arthur dans le hall pour partir dans le New Hampshire — le chirurgien entamera le processus de diagnostic ; on aspirera la grosseur, puis on pratiquera une biopsie chirurgicale et une décision sera prise. Là, il faudra bien parler. Pourquoi ne lui a-t-elle rien dit ? Ses mensonges ne sont pas prémédités ; il a été facile d'expliquer son absence pendant un après-midi, de sauter un petit déjeuner ou, un soir devant la télévision, d'annoncer négligemment la tenue d'une réunion de bibliothécaires à Ithaca ou d'une convention de bouquinistes à Binghamton (Arthur jetant un vague coup d'œil par-dessus son journal, *Eh bien, d'accord, merci de me l'apprendre, pourquoi me dis-tu ça ?*), simplement afin de justifier les trois ou quatre heures nécessaires pour aller consulter un nouveau médecin et, bien sûr, le kilométrage au compteur de sa voiture. Elle le protège, évidemment, tant qu'elle ignore de quel côté la balance va pencher ; elle le laisse vivre sa vie parce qu'elle l'aime. Mais il faut dire aussi — elle doit bien l'admettre — que tant qu'elle reste seule à savoir ce qui lui arrive, elle est sauve. Sous la lumière froide du cabinet médical il y avait une « grosseur » et « un sujet d'inquiétude », il y avait des « traitements » et des « protocoles de soins », le problème se limitait au « sein atteint » qui lui-même appartenait à « une femme blanche, mariée, 55 ans, sans antécédents familiaux ». (Elle avait lu le rapport du radiologue.) Nulle part, à aucun moment, elle n'a prononcé le mot *cancer*, ni ne l'a entendu. Le sein était « atteint ». La grosseur était « palpable ». La malade était « mariée ». Elle, Miriam Burke, était quelqu'un d'autre, *quelque part* ailleurs.

Mais où ? Dehors, au-delà des vitres fumées du hall de la bibliothèque, le ciel est si blanc qu'on dirait qu'il tremble, en équilibre à la limite extrême de la neige. Des feuilles tournoient sur le parking, maintenant presque vide de voitures, oasis de calme temporaire entre la promenade des bébés et la tempête de la sortie des classes. Miriam consulte sa montre et constate qu'il est midi, midi passé. Où est Arthur ? Elle a déjà mis son manteau — elle pensait qu'il l'attendrait au bord du trottoir il y a vingt minutes — et la chaleur sèche du hall commence à lui peser ; elle est tout en sueur. Peut-être devrait-elle retourner à l'intérieur et téléphoner ? Et si personne ne répond — s'il n'est ni à la maison ni au bureau — que fera-t-elle ? Un instant elle a peur qu'il ne se soit passé quelque chose — Arthur n'est pas un as du volant ; et ces derniers temps il paraît encore plus distrait, plus étourdi que d'habitude — et puis elle se dit que c'est plutôt à elle qu'elle pense. Arthur va bien ; il est seulement en retard. Soupirant pour s'entendre soupirer, elle ôte son manteau, son chapeau, ses gants ; puis, encombrée, elle remet le manteau, en le laissant ouvert, et consulte une nouvelle fois sa montre. Sous son manteau, son pull blanc à col roulé et l'assemblage de renforts et de dentelle de son luisant soutien-gorge, dans les replis de peau, entre son sein gauche et sa cage thoracique, brûle le point incandescent d'un cancer.

Alors elle songe à ses enfants, Kay et O'Neil, et au mariage de sa fille, il y a quatorze mois. Une belle journée de septembre : les arbres changeaient tout juste de couleurs, sous un ciel si bleu — bleu comme du néon, si bleu qu'on aurait dit qu'il bourdonnait —, c'était impossible de ne pas le remarquer. (*Quel temps merveilleux!* disaient-ils tous. *Et ce ciel!*) Après la cérémonie tout le monde était rentré en voiture à la maison où on avait dressé une tente dans le jardin. Le souvenir la traverse en une suite d'instantanés : Kay en robe de mariée, une robe longue incrustée de petites perles blanches ; Jack, son mari, que Miriam voudrait aimer, sans y parvenir, élégant et sérieux dans son costume gris ; sa famille de gros buveurs venue de St Louis — ils étaient presque tous banquiers ou épouses de banquiers, semblait-il — fumant des cigarettes et parlant haut tandis que des serveurs en pantalons noirs et chemises blanches repassées de frais présentaient des plateaux de fromages, de crabes farcis et de petits machins piqués sur des cure-dents ; la mère d'Arthur, à peine remise d'une opération de la vésicule biliaire, qui se levait tant bien que mal, luttant contre les assauts de l'âge pour se lancer dans une danse. Depuis le bord, elle avait vu se remplir le minuscule parquet — Jack et Kay, Arthur et sa mère, les banquiers et leurs femmes — puis, se détournant, elle avait trouvé O'Neil à côté d'elle, souriant, et il avait posé la main sur son épaule. Allez viens, avait-il dit. L'orchestre jouait un air pas très entraînant, à son avis. Si tu ne viens pas je ne t'adresse plus la parole. Alors tu danses, m'man, vu !

Elle le regarda, et le plaisir coula en elle comme dans un vase : son grand fils qui sortait de ses deux premières semaines d'université, tout en dents blanches et longues jambes, les yeux pétillants de champagne. Comment était-ce arrivé ? Pourquoi lui manquait-il tant alors qu'il était là, à côté d'elle ? Elle n'avait pas pleuré pendant la cérémonie, mais maintenant elle n'allait plus pouvoir se retenir ; il était bien possible qu'elle commence à pleurer et que ça ne finisse jamais, alors elle préféra le laisser l'emmener sur la piste, placer sa main sur sa taille, et la conduire au rythme de la musique — où avait-il appris cela ? — puis ne la guider que du bout des doigts, la rattrapant à la dernière seconde. Elle se voyait, comme du coin de l'œil : une brume de robe bleue, en arc, telle la queue d'une comète échappée de la chaleur et de la lumière du soleil ; le garçon dans son complet gris, bien plus grand qu'elle, la repoussant et la ramenant à lui. Aux dernières mesures du morceau, il referma ses bras sur elle et l'arrêta en équilibre sur un pied ; puis son deuxième pied se souleva et avant qu'elle ait compris ce qui se passait, elle se retrouva la tête en bas. Ses cheveux balayèrent le sol, le sang afflua dans son crâne ; O'Neil, son fils, venait de faire effectuer un renversé à sa maman. Tandis qu'il la remettait debout, elle entendit, tout autour d'elle, une salve d'applaudissements amusés.

Quand la musique reprit, il tendit le cou vers l'autre côté de la piste, vers sa sœur et Jack qui essuyait les verres de ses épaisses lunettes avec un mouchoir.

— Tu sais, il n'est pas si mal, m'man, dit O'Neil.

Il lui offrait un verre d'eau avec des glaçons ; elle n'avait même pas remarqué qu'il était allé le chercher.

— Je t'assure. Alors ce serait bien que tu te détendes un peu. Ne serait-ce que pour Kay.

La remarque la surprit. Était-ce visible à ce point ? Et quant à Jack, ce n'était pas faux : elle le trouvait rigide et vieux jeu, très différent des autres garçons que Kay avait fréquentés au lycée puis en faculté — intelligents, séducteurs, pleins d'humour — et très différent aussi de O'Neil et de ses amis que Miriam adorait. Elle but l'eau que son fils lui avait proposée, étonnée d'avoir si soif. Non, elle avait beau essayer, elle ne parvenait pas à aimer ce Jack. Dès le premier jour où Kay l'avait amené à la maison, elle avait eu ce sentiment ; sa vie était un train où il voulait embarquer sa fille. Elle voyait tout clairement : le break familial à l'arrière jonché de jouets et de sacs d'épicerie, les dîners sinistres avec des maîtres de conférences et des économistes stagiaires, la vie aux griffes acérées dans la banlieue de quelque petite ville universitaire. (Et n'était-ce pas vrai, également, qu'elle, Miriam, n'avait jamais réellement fait bon ménage avec Kay ? Qu'aimer était une chose, mais faire bon ménage en était une autre, et qu'il y avait eu, eh bien, certains problèmes, certaines déchirures irréparables entre elles ? Et que c'était justement ce vide que Kay avait choisi de combler avec Jack ? Pour que Miriam soit seule à en assumer la responsabilité, au bout du compte ?) Alors non. Elle ne l'aimait pas, pas du tout. Mais pis encore, elle avait oublié — bel et bien *oublié*, même si c'était momentané — que c'était la fête de sa fille, et non celle de O'Neil. Les bandes jaunes du chapiteau, la musique idiote de l'orchestre, la fraîcheur de l'air d'automne, et la présence apaisante des serveurs et des serveuses circulant entre les épaules des invités, leurs plateaux à bout de bras — elle avait oublié que tout cela n'existait qu'à cause de la décision de sa fille d'épouser Jack.

— M'man ? Viens, m'man.

Elle leva les yeux vers O'Neil, hilare et le sourcil en bataille. Un serveur passa tout près et elle échangea son verre vide contre un autre plein de champagne.

— Munitions, déclara-t-elle, et elle but.

Elle rendit son sourire à O'Neil qui buvait aussi. Elle pensa lui conseiller de ne pas abuser du champagne mais s'abstint. Dehors, le ciel commençait à s'assombrir, le bleu de l'après-midi tournant au noir. L'un des extras était en train d'allumer les réchauds au propane installés aux quatre coins de la tente.

— C'est bon, chéri, dit-elle en reposant son verre vide. La mère de la mariée va inviter son gendre à danser.

— J'aime mieux ça, répliqua-t-il en roulant les yeux. Je suis certain que ça va être intéressant, tu sais. Jack est un type intéressant.

— Très, acquiesça-t-elle, la main sur sa manche. Mais je ne le fais pas pour te divertir. C'est pour Kay, comme tu l'as dit.

Et donc elle dansa avec Jack (O'Neil, équitablement, alla alors prendre Kay par le bras et l'entraîna sur la piste) ; et elle ne dansa pas seulement une fois avec lui, mais deux, et bien qu'il lui cassât les oreilles avec ses discours — tout un fatras sur sa thèse et ses théories sur les salaires et le contrôle des prix, et sur un de ses oncles qui était actionnaire dans un bureau de change de St Louis, comme si elle avait la moindre chance d'investir un jour une somme sérieuse à St Louis — elle se prit, à ce moment-là, à l'apprécier, presque ; exactement comme l'avait espéré O'Neil. C'était juste un garçon anxieux, pas encore un homme accompli, ne sachant pas bien comment danser avec une femme mariée, ni où poser son regard ni quoi dire pendant ce temps (rien ; *ne dis rien*, pensait-elle). En d'autres termes, il faisait tout son possible, et que pouvait-on demander de plus ? À la fin, il s'inclina légèrement, l'étreignit maladroitement ; l'œil égaré au-dessus de son épaule, il aurait très bien pu l'appeler m'man.

Un bruit de klaxon : le moteur au ralenti, Arthur, assis au volant de la Peugeot boueuse, lui fait signe. Miriam reboutonne son manteau et sort à sa rencontre. Les valises sont sur la banquette arrière, comme convenu, mais il y a une surprise : à côté, elle découvre leur vieux panier de pique-nique en osier, avec une couverture de laine proprement pliée dessus. Une vapeur graisseuse de diesel sort du pot d'échappement et va se diluer dans l'air d'automne.

— Excuse-moi, dit-il avec un vague geste des deux mains. J'ai voulu préparer un petit repas froid. Et j'avais encore une fois perdu ce satané chat.

— Nestor et toi devriez avoir une franche discussion,

répond-elle en s'installant à l'avant. Tout de même, tu as fini par le trouver ? Et tu lui as laissé à manger ? Autrement dit, nous ne l'abandonnons pas aux renards ?

— Il était sous ton buffet.

— Ah, je vois. *Mon* buffet. C'était un complot, alors.

— Mimi, j'ai juste été un peu retardé.

Même s'il s'excuse, il y a de l'exaspération dans sa voix. Toute sa vie il a presque toujours été en retard, elle devrait y être habituée, maintenant.

— Je me suis excusé. J'avais du travail à terminer.

— Ça ne m'étonne pas.

Elle s'entend soupirer ; l'envie de dispute est passée.

— Oh, ça va bien, Art. Je ne suis pas vraiment en colère, même si je devrais l'être.

Elle se penche par-dessus le levier de vitesse et — pourquoi pas ? — embrasse la joue de son mari. Elle sait qu'il va être surpris et il l'est ; tandis qu'elle reprend sa place, Arthur touche du bout des doigts l'endroit de son visage où elle l'a embrassé.

— Et maintenant, dit-elle en se tapant sur les genoux pour montrer que la crise est oubliée et qu'il peut démarrer, allons sauver notre fils.

Arthur et Miriam, en chemin ; une heure de routes de campagne pleines de virages — des bois, des villes et des stations-service flottant sur le bas-côté, le tout sans fantaisie et baigné d'une fine lumière automnale — et puis on arrive à la frontière de l'État, une artère commerciale battante qui pique vers l'est dans la Nouvelle-Angleterre. À Albany, Miriam prend le volant sur le parking d'un McDonald's — il est un peu plus de quatorze heures — et ils s'enfoncent dans le Massachusetts et les Berkshire pour s'arrêter près de Great

Harrington et manger les sandwiches qu'Arthur a préparés, avec du consommé.

Ils atteignent le collège à dix-huit heures passées et les grands bâtiments sont tout illuminés. Malgré le froid, il y a des étudiants partout. Les portes et les fenêtres sont ouvertes ; de la musique se répand jusque dans la petite ville. Ils vont à leur hôtel, tout près du campus, et téléphonent à O'Neil dans sa chambre. En fond sonore, Arthur entend une sorte de fête — éclats de voix, portes qu'on claque, rire de fille sur un solo de trompette et des accords de guitare.

— Excuse-nous, dit Arthur, on est partis avec un peu de retard.

— Comment ? lance O'Neil. Fermez-la, les gars ! Ne quitte pas, p'pa.

Il y a un silence étouffé tandis que son fils couvre l'appareil de la main pour crier quelque chose par-dessus la musique. Lorsqu'il parle à nouveau, la musique s'est arrêtée.

— On bachote tous pour les examens blancs. Ça ne rigole pas.

— J'imagine. On est en retard, excuse-nous.

— Arrête un peu.

Quelque chose fait éclater O'Neil de rire, mais Arthur ignore quoi.

— Maman est là ?

— Sous la douche. Est-ce que tu as fait le plein de bon temps, ou est-ce que tu as encore faim ?

— J'ai toujours faim. Ce qu'on nous sert ici c'est pire qu'à l'armée. Tu veux que je te dise ce qu'on a eu hier soir ? Saumon en tranches-sauce-fromage. On n'arrivait pas à y croire. C'était : Mangez donc ça et pissez-nous de la sauce au fromage.

— Délicieux, dit Arthur en riant. Amène Sandra, si tu veux. On a très envie de la connaître.

— Quelle Sandra ?

Son fils laisse la question — Arthur comprend qu'il le fait marcher — en suspens quelques secondes.

— Je plaisante. Mais elle a une répétition. Je serai donc tout seul, je le crains.

Une demi-heure plus tard, ils descendent dans le hall où O'Neil les attend, assis sur le canapé, en feuilletant l'un des magazines à disposition sur la table basse. Il a consenti quelques efforts vestimentaires et porte un pantalon de toile repassé et une veste bleue avec une mince cravate noire desserrée. Mais ce qu'Arthur remarque immédiatement, c'est la coupe de cheveux. O'Neil a toujours affectionné les cheveux longs, en boucles sur les oreilles. Tout cela a disparu au profit d'une coupe militaire affûtée. Leur fils se lève, heureux de les voir, et les enferme ensemble dans ses longs bras.

— Chéri, dit Miriam d'une voix lugubre. Oh mon Dieu, je sais bien que je devrais me taire. Mais tes cheveux ?

O'Neil affiche un grand sourire satisfait en se passant une main sur le crâne.

— C'est drôle, mais un beau jour je me suis réveillé en me disant : il faut que je me débarrasse de tous ces cheveux. Et j'ai même séché un cours pour aller chez le coiffeur.

Miriam ébauche un mouvement pour toucher à son tour, mais elle s'interrompt et se contente d'effleurer l'air à quelques centimètres de sa tête.

— Bah, ils repousseront, dit-elle.

— Tous les gars de l'équipe ont cette coupe, maintenant, dit O'Neil. Et même certaines filles, aussi.

— Moi, je trouve ça très bien, intervient Arthur. Très 1962. Je devrais peut-être m'y mettre.

— Tu vois, m'man ? sourit O'Neil. Ça, c'est une idée.

Le restaurant où ils vont d'habitude doit être bondé avec tous les parents en visite pour le week-end, aussi décident-ils de dîner à l'hôtel et d'aller s'asseoir au bar en attendant une table. Miriam, se déclarant épuisée, commande un cocktail sans alcool et Arthur son habituel Dewars à l'eau ; lorsque la serveuse demande à O'Neil ce qu'il désire, il hésite un moment puis opte lui aussi pour un cocktail sans alcool.

— Vous savez, pour la plupart des gars de l'équipe, le plus dur c'est de ne pas boire, dit-il en avalant une poignée de cacahuètes qu'il a pêchées dans une coupe sur le bar. Mais si on vous pince, on vous vire sans pitié.

Il fouille dans une poche intérieure de sa veste et présente une photographie.

— Voici Sandra.

La fille sur la photo est plus jeune qu'Arthur ne l'aurait cru, et beaucoup plus jolie. On les voit tous les deux, bras dessus, bras dessous, devant un bâtiment de brique qu'Arthur suppose être la résidence universitaire de O'Neil. Elle n'a pas les cheveux bruns, comme il l'avait imaginé, mais d'un blond éclatant tirant sur le roux, un roux qui rappelle à Arthur certaines feuilles d'automne — mais il comprend que la photo date de plusieurs mois, d'avant la fin de l'été. À leurs pieds, l'herbe est bien verte et ils sont tous deux habillés pour la chaleur et le soleil, O'Neil en tenue de sport, Sandra en short de tennis blanc et T-shirt. Sur la tête, cachant une grande partie de ses cheveux et ombrant ses sourcils et ses yeux, elle porte une casquette de base-ball bleu marine avec un grand *B* rouge pour *Socquettes Rouges de Boston.* D'après la lumière, Arthur pense que le cliché a été pris juste avant le coucher du soleil et qu'ils s'apprêtent à aller dîner, ou à aller se changer pour le dîner. Sandra est petite, elle n'arrive qu'à l'épaule de O'Neil, et elle a une volée de taches de rousseur sur les joues et le nez en trompette. Arthur sait qu'il devrait dire quelque chose qui signifierait qu'il la trouve jolie et lorsqu'il le fait son fils sourit, heureux et soulagé.

— C'est une fan des Socquettes, à ce que je vois, ajoute Arthur.

— Sans doute, répond O'Neil dans un haussement d'épaules. En fait, elle aime les chapeaux. Elle a une tête à chapeaux, si tu veux.

— Elle joue dans une pièce ? demande Arthur.

— Non, dit O'Neil, déstabilisé. C'est vrai qu'elle a joué, mais pas pour l'instant. Pourquoi dis-tu ça ?

— Tu as parlé de répétition.

— Ah oui, c'est vrai. En réalité, c'est un orchestre de jazz. Elle joue du trombone. Incroyable, non ? Tu pourras l'entendre, demain soir.

Arthur éclate de rire, provoquant la gêne de son fils, et pourtant c'est précisément le genre de chose qu'il aime chez cette fille. Qu'apprécient la plupart des gens ? Les taches de rousseur, l'ondulation de ses cheveux qu'elle renvoie derrière une oreille, le son de sa voix lorsqu'elle raconte une blague, et son grand trombone luisant dans son étui de velours. O'Neil a déjà eu des petites amies, mais cette fois, Arthur le sent, c'est différent ; il pénètre dans la trame, dans l'assemblage de milliers de détails qui donne sa réalité à autrui et le distingue d'un simple objet qu'on convoite. À côté de lui, Miriam, qui regarde aussi la photo, n'a rien dit.

— Hé hé, lance Arthur, ça peut être très sexy, le trombone.

— Je ne sais pas comment elle arrive à tout faire, dit O'Neil. Le hockey plus l'orchestre. Cette année elle débute, mais l'an prochain elle va probablement participer aux tournois universitaires et elle veut aussi intégrer l'équipe de crosse canadienne. En plus, pour couronner le tout, en tant qu'étudiante de ce niveau, elle devra prendre bio et anglais, avec les polycopes.

Il secoue la tête, incrédule.

— Moi qui certains jours peux à peine me lever pour aller en cours.

— Elle me semble être un très bon exemple, dit Arthur. Tu ne trouves pas, Mimi ?

Miriam parvient à sourire et rend la photographie à Arthur qui la tend à O'Neil.

— Elle a l'air charmante, dit Miriam.

— C'est vrai, dit O'Neil en riant sur son sort. On se demande bien ce qu'elle me trouve.

Ils boivent deux consommations chacun avant de passer à table et de commander. Il n'est que vingt et une heures, mais déjà O'Neil bâille. Chaque fois il s'excuse et plaisante en disant qu'ils ne l'ennuient pas à cent pour cent mais qu'il y a aussi la course, tout cet entraînement, pendant la semaine, pour préparer l'épreuve de demain.

— Vous n'êtes absolument pas obligés d'y assister, dit-il en tartinant son pain de fromage pris dans un ramequin au milieu de la table. De toute façon, on va se faire massacrer. On est totalement surentraînés. Vous feriez mieux d'aller voir le hockey. Sandra ne joue qu'en locale, mais cette équipe est du tonnerre.

La nourriture est tellement mauvaise que c'en est comique

— tout est trop cuit et noyé dans une lourde sauce — et à la fin O'Neil mange presque toute la part de ses parents en plus de la sienne. Un tour de force : il parachève le festin avec une tranche de gâteau au chocolat pendant qu'Arthur et Miriam se partagent un pot d'eau chaude charriant un peu de thé. Ils lui proposent de le ramener en voiture à la résidence universitaire, mais dans le hall il change d'avis ; la marche lui fera du bien, dit-il, pour digérer avant la course qui doit débuter à treize heures. Arthur monte dans la chambre et revient avec un chapeau et une écharpe pour qu'il n'ait pas froid en chemin.

— Je pensais ce que j'ai dit, insiste O'Neil en s'enveloppant la gorge de l'écharpe. Vous n'êtes pas obligés d'y assister. Il n'y aura pas grand-chose à voir, même si on s'en sort bien. Vous allez attendre des heures pour me regarder me traîner.

— Nous sommes venus pour être avec toi, dit Miriam en se haussant sur la pointe des pieds pour l'étreindre très brièvement. Pas question de manquer ça.

Depuis le seuil, ils le suivent des yeux tandis qu'il trotte au long de l'allée, la tête baissée pour lutter contre le froid, sans se retourner.

— Il va probablement la retrouver, dit Miriam.

— Tout le monde en ferait autant à sa place. Tu as vu cette photo.

Il émet un petit sifflement admiratif.

— Belle plante.

Un silence s'installe entre eux. Miriam serre les bras autour d'elle pour se protéger de l'air qui entre par la porte ouverte. La température a dû descendre assez bas pour qu'il neige ; sous les lumières de l'hôtel Arthur voit luire le verglas qui se forme sur la route.

— Excuse-moi, dit-elle enfin.

— Pourquoi ?

— Ce matin. Dans la voiture. Tout, quoi. Je ne suis pas de très bonne compagnie, en ce moment, n'est-ce pas ?

— Tu es la mère. Tu aimes tes petits. Il n'y a aucune raison de t'excuser.

Dans la chambre, après s'être douché et avoir enfilé son pyjama, Arthur s'assoit dans l'obscurité au bord du lit. Il perçoit un léger mouvement sous les couvertures et, se retournant, découvre que Miriam est en train de rire.

— Qu'est-ce qui t'amuse ?

D'abord, elle n'arrive pas à parler.

— Ta tête, finit-elle par répondre. Quand tu as regardé la photo. Tu te serais vu.

Elle se redresse sur un coude et lui effleure le bras pour le rassurer.

— Excuse-moi, Art. C'était si drôle.

Arthur se glisse à côté d'elle sous les couvertures.

— Elle est jolie, dit-il. Tu sais, je crois qu'elle m'a fait penser à toi.

— Mais non.

Elle le prend dans ses bras.

— Tu es très gentil, mais rien ne te force à dire des choses pareilles.

— Ce n'est pas de la gentillesse, dit Arthur en l'embrassant, alors que vient le sommeil. C'est la vérité.

Arthur et Miriam, dehors : ils s'éveillent tard, mangent un petit déjeuner de café et de beignets dans le hall de l'hôtel, puis gagnent le campus à pied pour y rejoindre O'Neil. Il est près de onze heures ; la journée est dégagée et glaciale. Durant la nuit, une masse d'air polaire est descendue et le résultat est vaguement kaléidoscopique, toutes les couleurs et les formes de la ville et du campus sont tour à tour plus ou moins réelles. À l'entrée du collège, une banderole souhaite Bienvenue aux Parents, et au-dessous des arbres nus et du ciel bleu, bleu, la grande pelouse carrée flotte comme une plaque de glace.

Ils arrivent à la résidence de O'Neil avec un sachet de brioches subtilisé au buffet de l'hôtel, en guise de surprise, mais personne ne répond lorsqu'ils frappent à sa porte. Moment de confusion : ils lui avaient pourtant bien donné rendez-vous ici ? Et puis, alors qu'ils repartent, ils tombent sur son compagnon de chambre, Stephen, qui revient de la douche. Ils le connaissent depuis des années ; O'Neil et Stephen étaient au lycée ensemble. Le collège ne les a pas autorisés à partager la même chambre en première année, mais les voici réunis à nouveau. Stephen, grand blond avec un long nez et une calvitie naissante, est emmitouflé dans un peignoir de bain en éponge et transporte ses objets de toilette sous son bras dans un panier en plastique. Derrière une oreille, il garde une trace de mousse à raser. Il semble surpris de les trouver ici, mais après un instant de gêne, il prend Miriam dans ses bras et serre la main d'Arthur.

— Il est parti il y a une heure à peu près, explique Stephen.

La porte qui fait face à celle de Stephen et O'Neil s'ouvre, répandant dans le couloir un parfum de cigarette et la musique de Steely Dan. Miriam reconnaît le disque — O'Neil l'écoutait sans cesse au lycée. Une jeune femme que Miriam n'a jamais vue sort de la chambre en peignoir de soie, dit bonjour à Stephen, et se dirige vers les douches en fredonnant l'air de la chanson. Miriam essaie sans succès de ne pas la regarder ; elle a des cheveux noirs, épais et luisants, comme un rideau de velours, et à sa façon de marcher, les pieds nus foulant sans bruit la moquette verte du couloir, on devine que, sous la robe de chambre, elle ne porte rien du tout. La fumée de sa cigarette la suit tel un éclat de rire.

— Je n'étais pas encore bien réveillé, en fait, mais j'ai entendu la porte se refermer, dit Stephen en bâillant.

Miriam se demande si Stephen ment pour couvrir O'Neil — a-t-il seulement passé la nuit ici ? — mais décide de garder cela pour elle.

— Il doit s'échauffer près des tribunes. J'imagine qu'il a cru que c'est là-bas que vous aviez rendez-vous.

Ils laissent les brioches à Stephen qui en entame une avant même de dire au revoir, et ressortent dans la grande clarté du jour. Près des tribunes, à cinq minutes à pied, ils découvrent O'Neil en survêtement, en train de courir avec le reste de l'équipe de cross-country. Des étudiants et quelques parents sont déjà installés sur les bancs d'aluminium, à bavarder et à se battre les côtes dans le froid. O'Neil explique en quoi consiste l'épreuve : cinq miles à travers les bois qui jouxtent les terrains de jeux, puis escalade de la colline jusqu'au centre-ville, et retour au point de départ. Il ne s'est pas rasé et ses cheveux, bien que si courts, semblent en désordre, comme s'il venait juste de quitter son lit. De l'autre côté du terrain, un car bariolé est à l'arrêt et Miriam peut voir l'équipe adverse se déployer en survêtements violets. La course débutera dans trente minutes.

— Seigneur, vous auriez dû m'empêcher de m'empiffrer !

O'Neil est assis sur l'herbe à l'indienne et talons joints. Il se penche en avant, à partir de la taille, et son front touche ses genoux dans un seul mouvement fluide.

— Mais non, c'est ma faute, bien sûr. La grande erreur,

tout de même, c'était le gâteau au chocolat. J'ai passé la moitié de la nuit à regretter de l'avoir mangé.

— Est-ce que Sandra va venir ? demande Arthur.

— À vrai dire, elle devrait même être là.

Il se lève prestement et sautille une demi-douzaine de fois sur la pointe des pieds. Miriam perçoit l'énergie amassée en lui, comme un ressort prêt à se détendre, gâteau au chocolat ou non. O'Neil regarde alentour, à la recherche de Sandra, et, ne la trouvant pas, hausse les épaules.

— Je suis sûr qu'elle viendra. Je lui ai annoncé que vous seriez là, et si ça ne suffit pas à la motiver, rien n'y fera.

— Je commence à me dire que tu l'as peut-être inventée, dit Miriam.

— Fais-moi confiance, m'man, lui souffle O'Neil avec un sourire tranquille. Je n'aurais jamais réussi à l'imaginer, malgré tous mes efforts.

Toujours debout, il écarte largement les jambes, pivote sur les talons et pose un genou sur l'herbe.

— Mon Dieu, ce que je me sens mal. Au moins il fait froid, dit-il. Je vais mieux quand il fait froid.

O'Neil les présente à quelques-uns de ses équipiers ainsi qu'à son entraîneur — un homme étonnamment jeune, guère plus âgé que les coureurs eux-mêmes, avec une barbe duveteuse et de longs cheveux bruns — puis les envoie dans les tribunes pour qu'ils y attendent le début de la course. Sur la ligne de départ, O'Neil et ses compagnons se sont mis en short et maillot et regroupés en cercle autour de l'entraîneur. Même s'ils sont attentifs à ce qu'il leur dit, ils ne laissent pas une seconde leur corps en repos et font constamment de petits mouvements. Puis ils se séparent et chacun se choisit une place où sautiller, s'étirer ou plus simplement rester debout.

— Qu'est-ce qu'ils fichent ? demande Arthur.

Miriam observe. O'Neil fait partie des calmes. À l'écart des autres, il a sélectionné un endroit, à vingt mètres de la ligne de départ, près d'une rangée de voitures en stationnement. Ses mains pendent mollement et il a la tête légèrement inclinée ; même à cette distance elle le voit respirer et elle devine au rythme de sa poitrine s'élevant et s'abaissant qu'il a fermé les yeux.

— Il se concentre, dit-elle.

Un silence balaie la foule ; parent ou ami, chacun se recueille, comme avant une messe. Les coureurs rejoignent la ligne de départ.

— Ça y est, dit Arthur.

Miriam regarde O'Neil, qui s'est placé vers le centre, entre deux coureurs de l'équipe adverse. Elle sait à l'avance qu'il va bien réussir, mieux qu'il n'a jamais osé l'espérer, que cette journée sera la sienne. Sa confiance est totale ; elle sait cela aussi sûrement qu'elle sait le nom de son garçon. Elle le prononce — « O'Neil » — et à cette seconde même les coureurs s'accroupissent, le pistolet sort de nulle part et sans autre forme de procès les voilà partis. Elle se dresse.

— Vas-y ! s'écrie-t-elle tandis que les deux équipes s'élancent. Vas-y ! Vas-y ! Vas-y !

Arthur sur les gradins, il pense à Dora Auclaire : son fils court — les deux équipes sont parties ; en moins d'une minute elles ont parcouru tout le terrain et disparu dans les bois — et pourtant son esprit s'est évadé, a franchi les frontières de deux États et a traversé la moitié de l'État de New

York pour atterrir dans son bureau, où la lettre attend, dans son tiroir. Pas envoyée mais cachetée, comme son geste dans la rue il y a une semaine, encore une chose faite à demi. Lorsqu'il la postera, c'est certain, tous ces mois de secret seront derrière lui et il pourra réintégrer sa vie. Et pourtant il ne l'a pas postée. Il était déjà tellement en retard que quelques minutes supplémentaires n'auraient pas eu d'importance ; il aurait pu la mettre dans la boîte de la clinique, en passant (non, il l'aurait rencontrée, se serait arrêté pour bavarder) ou encore il aurait pu faire un crochet par la poste en rentrant à la maison pour nourrir le chat et prendre les valises. Il aurait pu, mais il ne l'a pas fait, et maintenant il est là, à penser à elle.

— Tu as vu ça ? dit Miriam, montrant du doigt l'autre côté du terrain. Ce gosse l'a bousculé. Il a manqué tomber.

— Où ? Quel gosse ?

Le ton de Miriam est impérieux ; elle lève les sourcils d'indignation, et immédiatement il est de retour à ses côtés. Miriam. La course. Une belle journée froide d'automne.

— Le grand, Art. Comment ne l'as-tu pas vu ?

Elle n'en croit pas ses yeux. Il sourit ; elle sait qu'il n'a pas la moindre idée de ce dont elle lui parle.

— Enfin, il n'y a pas de dégâts, dit-il. Du moins je l'espère.

— Parfois ta tête ressemble à une grande piste de danse vide, Art, dit-elle en lui pressant le bras. Non, il n'y a pas eu de dégâts.

Comme les avait prévenus O'Neil, pendant les vingt minutes suivantes, jusqu'au retour des coureurs, il ne se passe plus rien. Pour ne pas se refroidir, ils font le tour du terrain de base-ball où des étudiants et quelques parents, environ une trentaine, se sont rassemblés en petits groupes. Ils patientent en discutant et en sirotant du cidre chaud dans des tasses fumantes. Au bout d'un moment, ils engagent une conversation avec un couple, les parents de l'un des coéquipiers de O'Neil venus de New York pour le week-end. Arthur se demande si Sandra est arrivée, mais suppose que non ; O'Neil le leur aurait dit, juste pour les titiller, pour qu'ils essaient de la reconnaître. C'est à cela qu'il pense, tentant de la distinguer dans la foule, lorsqu'un cri s'élève.

Contre toute attente — le temps leur a semblé si court — le premier coureur vient d'apparaître à l'orée du bois. Telle une comète, il entraîne les autres à sa suite en un long serpent tout autour du terrain, sorte de coulée chaotique violette et dorée. Arthur cherche O'Neil, ne le trouve pas, puis le voit, à peu près au milieu du premier groupe, à cinq ou six places du meneur. Tout le monde se bouscule vers la ligne d'arrivée où les deux entraîneurs comptent les secondes sur leurs chronomètres.

— Où est-il ? dit Miriam.

Elle saute sur la pointe des pieds, regardant par-dessus les têtes.

— Où est-il ?

— Là.

Arthur tend le doigt et c'est alors que cela se produit, comme toujours : tous les souvenirs qu'il conserve au fond de lui de courses, d'exhibitions de patin à roulettes, de récitals de piano et de pièces de théâtre de fin d'année — vingt ans à couver son fils du regard depuis la touche d'un terrain de jeux ou le fond d'une salle obscure — se mettent soudain en ordre, comme le scénario d'un roman ou d'un film, et convergent vers cet instant. L'enthousiasme le soulève, un désir immense et désespéré de voir son fils réussir, un sentiment si intense qu'il sortirait de son corps s'il le pouvait. Il entend sa voix et celle de Miriam qui hurlent en chœur :

— Vas-y, vas-y, vas-y!

Dans les dernières minutes de la course, tout semble se ralentir. Alors que les concurrents attaquent l'ultime virage sur la piste, O'Neil fournit son effort; il en a gardé sous le pied et il lâche tout d'un coup, dépassant un coureur puis un deuxième, ses bras et ses jambes se mouvant dans un rythme parfait. Même de si loin, Arthur croit voir le visage de son fils, et la douleur qui lui déforme les traits.

— Trente-sept, trente-huit, trente-neuf...

Le vainqueur franchit la ligne, immédiatement suivi par le peloton. Arthur s'entend crier à tue-tête le nom de son fils, et il crie encore lorsque O'Neil passe la ligne, moins d'une seconde derrière le troisième. Il s'attend que son garçon s'effondre sur le sol, à bout de forces, mais rien de tel ne se produit. O'Neil décélère avant de s'arrêter, avec un large sourire, sa poitrine se soulevant, ses mains posées sur ses hanches minces, puis il lève les yeux vers les gradins et se lance dans un inventaire du public. Arthur s'apprête à crier son nom pour qu'il le situe, c'est alors que O'Neil trouve la personne qu'il cherchait — ni Arthur ni Miriam, mais une fille en qui Arthur reconnaît Sandra. Il ne l'avait pas remarquée; ou peut-être est-elle arrivée en retard, après qu'Arthur a cessé de scruter la foule. Elle bondit de gradin en gradin et rejoint presque instantanément O'Neil.

— Seigneur, vient de murmurer Miriam.

— Super, dit Arthur en lui prenant le bras. Allons-y.

O'Neil est trop euphorique pour leur prêter attention.

— Quatrième! Tu te rends compte!

Il secoue la tête de stupéfaction.

— Je n'ai jamais fait aussi bien. Et de loin. C'est dans le dernier virage que j'ai senti que j'en étais capable. Je me suis vu en train de dépasser ces gars, et ça y était.

Il présente Sandra, qui serre d'abord la main de Miriam puis celle d'Arthur, répondant à sa pression avec une énergie à la fois surprenante et complètement naturelle. Les derniers concurrents passent la ligne et Arthur profite de la confusion pour regarder la nouvelle petite amie de son fils — pour l'examiner sans en avoir l'air. Elle est plus jolie encore que sur la photographie — ses yeux sont en quelque sorte plus brillants, plus bleus, et ses cheveux ont des reflets plus authentiquement dorés — mais sa beauté, conclut Arthur, n'est pas de celles qui frappent obligatoirement tout le monde, ni même un atout dont elle-même aurait conscience, comme c'est le cas pour beaucoup de jolies filles. Elle porte un jean, une espèce de casquette de laine, comme un béret, et un blouson de ski en nylon fourré, bleu marine, fermé jusqu'au col par une fermeture Éclair pour couper le froid ; Arthur aperçoit, dépassant dans le cou, un bout de chemise rose usée jusqu'à la trame qu'il reconnaît comme appartenant à son fils — en réalité une ancienne chemise à lui. Elle a l'air aussi étonnée qu'Arthur par la performance inespérée de O'Neil, et sa surprise augmente encore le bonheur de son fils ; c'est un cadeau inattendu qu'il vient de leur faire, à tous les deux.

Quand tous les coureurs sont arrivés, l'entraîneur approche et donne à O'Neil une claque dans le dos.

— Tu as vu ce que je t'avais dit ? À propos de l'élan ?

Il frôle le visage de O'Neil de sa barbe et lui tape du poing au milieu de la poitrine.

— Il faut te sentir concerné.

Il se tourne vers Arthur et Miriam et leur serre à nouveau la main, comme s'il les rencontrait pour la première fois.

— Votre fils a sacrément bien couru, dit-il. J'ignore ce que vous lui avez fait manger hier soir, mais n'hésitez pas à récidiver.

Malgré le magnifique sursaut de O'Neil, l'équipe dans son ensemble s'en est mal sortie. La plupart de ses compagnons ont terminé dans le deuxième peloton, loin derrière. Le meilleur élément, celui sur qui tous comptaient pour figurer dans les trois premiers, s'est foulé une cheville pendant la course et a dû abandonner. O'Neil montre de qui il s'agit, un garçon très banal qui claudique sur la piste, un sachet de glaçons à la main.

— Je parie qu'il ne s'est pas senti concerné, dit O'Neil. Pour dire la vérité, je ne supporte pas ce type. C'est un bon coureur, mais il n'y a pas que ça dans la vie.

Arthur se détourne du garçon et revient sur O'Neil qui remet son survêtement en savourant un quartier d'orange que quelqu'un lui a donné. Ce plaisir qu'il décèle chez son fils est quelque chose de nouveau, il le devine. Il le voit prendre possession de lui-même, prendre possession de la vie. Tout à coup Arthur sait que, désormais, l'amour qu'il éprouve pour O'Neil sera un amour d'une autre nature. On ne peut plus arrêter la transformation de son fils, ni la hâter ni l'influencer ; l'homme qu'il sera est déjà là, comme une forme naissant d'un bloc de marbre. Tout ce qui reste à faire, c'est regarder cette mue.

— Fêtons cela, dit Arthur.

Il se tourne vers Miriam, s'apercevant soudain qu'il avait presque oublié qu'elle était là ; il avait oublié Sandra, aussi, qui marche à côté de son fils. Chacun a le bras autour de la taille de l'autre, comme dans n'importe quel couple.

Au bord du terrain, O'Neil s'arrête.

— Génial, dit-il. Bon, il faudrait peut-être que j'y retourne un peu.

Il désigne du menton les gradins où les deux équipes sont encore réunies.

— C'est la dernière rencontre de la saison. Et puis Sandra doit se préparer pour un match, elle aussi.

— Pas de problème.

Arthur adresse à la jeune fille son meilleur sourire, même s'il est déçu ; il aurait aimé avoir O'Neil pour lui tout seul pendant quelque temps.

— Alors vous, c'est le hockey, n'est-ce pas ?

— Équipe locale seulement, répond-elle avec un modeste mouvement d'épaules.

— Équipe locale rien du tout, dit Arthur. Je me suis laissé dire que vous êtes des coriaces, les filles.

Sandra rit, sachant bien que ce sont les paroles mêmes de O'Neil que répète son père. Ils se mettent d'accord pour se retrouver après le match pour dîner, et Arthur et Miriam pour consacrer leur après-midi à du lèche-vitrines en ville. La question sur les parents de Sandra n'a pas lieu d'être ; ils sont à l'étranger, explique-t-elle, en croisière dans les Caraïbes.

— Tu as remarqué la chemise ? lance plus tard Arthur.

Ils sont repassés à l'hôtel pour se changer avant le déjeuner ; ils projettent de manger dans un bel endroit, pour compenser leur mauvais repas d'hier soir. Assise sur le lit, Miriam troque son jean contre un pantalon plus chaud en laine. Devant le miroir, Arthur serre le nœud de sa cravate.

— De quoi tu parles ?

— De Sandra.

Il ne sait plus pourquoi il a abordé ce sujet ; il se demande s'il ne devient pas mesquin.

— Ça n'a aucune importance, note bien. Sous son blouson : une chemise rose élimée au col.

Il hausse les épaules et revient à son nœud de cravate.

— Je me suis dit que c'était une chemise que tu m'avais offerte.

Miriam bascule en arrière sur le lit pour finir d'enfiler son pantalon.

— Je ne t'ai jamais offert de chemise rose de toute ma vie.

Miriam endormie. Elle rêve d'oiseaux : un rêve idiot et dérangeant dans lequel tous les oiseaux — corbeaux, perroquets, hirondelles, canaris — portent des chapeaux. Pourquoi portez-vous des chapeaux ? veut-elle leur demander. Est-ce que les oiseaux portent des chapeaux, maintenant ? Est-ce que cela a toujours été le cas ? Elle est dans une chambre vide, à l'hôpital — pas celui de Cooperstown, mais un hôpital du passé —, elle est seule dans un champ de bruyère pourpre et ne retrouve plus ses enfants ; c'est la faute des oiseaux, les oiseaux les ont enlevés. À présent Arthur est à ses côtés. *Tu as vu ?* dit-il. *Tout est tellement simple. Les enfants sont partis ; ils se sont envolés loin de toi.* Elle se retourne alors, mais ce n'est plus Arthur qui se tient près d'elle ; c'est son père, vêtu d'une chemise blanche et d'un pantalon gris retenu par des bretelles. Elle sent son odeur qui évoque la couleur bleue. Un bonheur très pur l'emplit, comme si elle venait de pénétrer dans un rayon de lumière. Papa, dit-elle. Papa, je croyais que tu étais mort. *Oh, ma petite fille,* murmure-t-il en touchant sa joue humide. *Oh, ma petite fille, pardonne-moi, je le suis.*

Elle s'éveille alors dans la pénombre de la chambre, d'une chambre qui lui est étrangère. Son esprit dérive, sans amarres ; elle a presque la sensation de prendre le large. Non loin, il y a une commode avec une cuvette et un pichet de porcelaine, et sur la table de nuit un téléphone et des instructions d'utilisation sur le cadran. L'hôtel, se souvient-elle. Elle est à l'hôtel, dans le New Hampshire. On est samedi. O'Neil a fait sa course — un plaisir soudain la gagne, pas uniquement pour sa victoire mais parce qu'elle savait, à l'avance, que cela se passerait ainsi — et ensuite elle et Arthur ont déjeuné ensemble, et bu du vin, et ils ont dû rentrer dans leur chambre pour faire une sieste. Sur la table, le réveil indique un peu plus de seize heures ; à dix-huit heures ils retrouveront O'Neil et Sandra pour dîner. À côté d'elle Arthur ronfle doucement.

Qu'est-ce que j'ai qui ne va pas ? pense-t-elle. *Pourquoi est-ce que je n'arrive pas à aimer cette fille ?* Elle dresse l'inventaire chronologique de toutes les petites amies de O'Neil : la gentille Ellen à qui il payait des cocas aux bals du lycée ; cette autre, vaguement asiatique, au nom exotique de Ione, presque certainement son premier baiser (elle les avait surpris, ou peu s'en était fallu, très près l'un de l'autre et rougissants en bas de l'escalier de la cave) ; la fille qu'elle a surnommée la « Nancy de seconde », rondelette et drôle et sans conteste la mieux de toutes (elle est maintenant au MIT, d'après ce qu'on lui a dit, et *mince*) ; le cortège des Betsy, Danielle, Sarah et Elisabeth au cours des deux dernières années de lycée, lorsqu'il y avait toujours une voix nouvelle dans la cuisine, le samedi soir, et que O'Neil, sur tant de sujets, avait commencé à emprunter sa route personnelle. *Pourquoi est-ce que je n'y arrive pas ?*

Elle se prend alors à songer non plus à Sandra, mais à Kay, et se rend compte qu'elle ne lui a pas parlé depuis deux —

trois ? — semaines. (Mais si Kay avait eu envie de parler elle aurait appelé. Et son silence, d'une certaine façon, n'est-il pas bon signe ? Le signe que tout va bien, que le bateau s'éloigne toujours en toute sécurité du port d'attache ?) Kay et ses reproches, sa morosité. Comment se fait-il que Kay mette Miriam si mal à l'aise, tout à coup, à tout propos, sans rien dire, par sa simple existence à l'autre bout du fil téléphonique qui relie cette chambre d'hôtel à l'appartement de New Haven qu'elle partage avec Jack, son mari — triste, bas de plafond, et plein de sombres livres illisibles et d'un mobilier bancal d'étudiants attardés. Qu'a toujours désiré Kay, sinon qu'on la laisse tranquille ? Même quand elle remonte dans le passé pour évoquer la petite fille, elle la voit distante ; l'enfant aux boucles brunes, renfrognée devant ses jouets ennuyeux et insensés, ne pensant qu'au moment où elle pourrait s'en affranchir. C'était comme si Kay était née avec un secret qu'elle était décidée à garder pour elle, le secret de qui elle était. Parmi tous les problèmes que Miriam avait imaginés, c'était le seul qu'elle n'avait pas prévu : que son enfant semble ne pas l'aimer, ne lui accorder ni importance ni réalité. Les autres parents se plaignaient de leurs adolescents, de ces gosses doux et câlins qui avaient prodigué de l'amour sans compter et qui, presque du jour au lendemain, s'étaient réincarnés en étrangers farouches et ombrageux fuyant le moindre contact ; et se demandaient si ces méchants cheveux, cette méchante peau, ce méchant caractère n'étaient pas la face visible de quelque méchanceté plus profonde mais, du moins l'espérait-on, passagère. En théorie, Kay était la fille qui aurait fait la fierté de n'importe quelle mère, une étudiante sans histoire passant ses week-ends à lire d'épais romans victoriens, bénéficiaire d'une bourse pour Yale, organisée et polie, fréquentant un noyau d'amis fidèles sur qui Miriam en savait moins que sur les habitants d'un astre lointain. Cela aurait presque été un soulagement si Kay avait connu quelque déboire : si elle avait débordé une fois ou deux l'heure autorisée, si elle était rentrée à la maison dans une odeur de bière ou autre, ou qu'on l'avait surprise à fumer derrière les toilettes du lycée ; quelque chose, n'importe quoi, qui aurait mis en évidence sa révolte, qui aurait donné à sa révolte une forme, un droit de cité. Mais il n'y avait rien. Elle vivait chez eux comme une vénérable locataire. Il n'y avait aucun méfait qu'on eût pu lui reprocher ; il n'y avait pas la moindre Kay.

« Tu n'aimes pas un seul d'entre nous, alors ? » avait un jour demandé Miriam, désespérée. L'insulte était légère ; Kay avait refusé avec sa froide politesse coutumière de participer à un pique-nique en famille. Elle avait quinze ans et avait choisi de renoncer à quelques heures en compagnie des siens sous le bon soleil d'été pour terminer la lecture d'un roman. (Même pas un livre du programme ; son travail scolaire, avait-elle reconnu, était depuis longtemps achevé.) La voiture était chargée, O'Neil et Arthur attendaient dans l'allée ; Miriam était retournée dans la maison en espérant vaguement surprendre Kay en flagrant délit de mauvaise conduite, au lieu de quoi elle l'avait trouvée assise à la table de la cuisine en train de lire passionnément le livre qu'elle avait déclaré vouloir lire. La pièce était silencieuse, même la radio était éteinte. Elle s'était versé un verre de lait. En entendant Miriam, Kay avait levé les yeux avec une expression d'exaspération qui lui avait paru incontestablement parentale. *Qu'est-ce que tu racontes ?* disaient ses yeux. *Qu'est-ce que tu fabriques, bon sang ? Tu vois bien que j'essaie de lire.*

— N'en fais pas une affaire personnelle. Je t'aime, bien sûr.

Miriam ouvrit la bouche pour parler, mais que pouvait-elle dire de plus ? La réponse prosaïque de Kay, désarmante, rendait impossible tout le reste, toute exploration plus poussée.

— Tout va bien, insista Kay.

Elle se replongea dans son livre avant même d'avoir fini sa phrase ; puis avec un petit mouvement du poignet :

— Fais-moi plaisir, va t'amuser.

Dix ans après, Miriam ressent l'humiliation de cet instant comme si la scène se déroulait maintenant. Sa colère et sa frustration s'étaient cristallisées pour se transformer en silence. Elle a presque tout oublié du pique-nique lui-même ; seuls lui reviennent ce moment dans la cuisine et celui qui a suivi, quand elle est sortie de la maison dans le soleil et qu'elle s'est abandonnée à son aveuglante clarté, à sa promesse. *Très bien. Je vais m'amuser. Et toi, reste à lire dans cette cuisine sinistre si ça te chante.* Sur le lit Miriam laisse remonter sa main jusqu'à l'endroit de la grosseur ; du bout des doigts elle touche ses contours fermes et obstinés, et elle s'y attarde. (Bien sûr, il est encore possible que ce ne soit rien ; mais si ce n'était rien, quelqu'un l'aurait bien déjà dit, non ? Quoi que ce soit, ce n'est pas rien.) À côté d'elle, sur la petite table de nuit, le téléphone attend, muet.

Alors elle se lève, en prenant soin de ne pas réveiller Arthur, enfile un pull, des chaussures et son manteau, puis elle quitte l'hôtel. Le soir est tombé ; l'air est sec, sans un souffle, et les lumières s'allument petit à petit. Elle marche, solitaire, jusqu'au centre-ville, en direction du restaurant où Arthur et elle ont déjeuné, mais ce n'est pas sa destination. Horace Bullfinch, Verrier : l'enseigne oscille sous ses crochets métalliques, au-dessus de la porte, dans un lettrage fleuri, un peu comme celle d'un apothicaire d'antan. C'est un imposant bâtiment de brique, surplombant le fleuve, avec une roue qui tourne dans l'eau, en contrebas. À côté de la porte, une haute vitrine est tout embuée.

Elle entre et se trouve dans une vaste pièce emplie de tables et de chaises. Il y a aussi un comptoir où l'on sert du café et des pâtisseries. Au fond, elle voit une baie vitrée qui donne sur le moulin et, au-delà, sur un patio, avec des tables et des chaises empilées en attendant la bonne saison. La pièce est vide en dehors d'une femme seule installée derrière le comptoir et qui lit dans la chaleur. Elle lève les yeux sur Miriam, fait un petit signe du menton, sourit vaguement et retourne à son magazine.

Un escalier conduit au sous-sol. Miriam arrive dans une seconde immense pièce bien que, là, l'espace ait été divisé en deux : une boutique de cadeaux d'un côté et de l'autre, derrière une cloison d'épais plexiglas, une zone de démonstration, où travaillent un homme et une femme. Miriam se débarrasse de son manteau et se joint au groupe qui se presse pour regarder. À chaque extrémité il y a un four de pierre, sorte de chambre forte dont les entrailles rougeoient sous l'effet d'un tumultueux brasier; et devant, sur de grandes tables, on a aligné une demi-douzaine de longs tubes métalliques. La manœuvre est composée de tout un réseau de minuscules détails. Dans l'espace confiné, l'homme et la femme se meuvent avec une précision gracieuse et fluide, comme un couple en train de danser, malgré les vêtements de protection qui les entravent : lourds tabliers et grosses lunettes de sécurité, gants de cuir montant jusqu'aux coudes, pantalons et chemises de treillis en dépit de la chaleur qui, Miriam le devine, doit être extrême. En tout cas ils manipulent avec dextérité leurs longs tubes, les plongeant dans le brasier, les posant sur les tables, retournant aux fours et revenant encore, sans jamais rien heurter ni se gêner l'un l'autre, et tout cela sans prononcer une parole. Ils sont jeunes, la trentaine ; Miriam imagine — puis elle en est persuadée — qu'ils sont mari et femme. (Eh non, décide-t-elle, ils ne dansent pas, *ils font la cuisine.* C'est exactement comme si elle regardait un couple préparer le dîner aux fourneaux.) La femme a tressé ses cheveux bruns en une belle natte oscillante, merveilleusement fournie, et elle a un visage volontaire et mince. Derrière ses lunettes, ses yeux restent calmes et brillent à la lueur des fours. Elle trempe les tubes dans le feu, une demi-douzaine à tour de rôle, et elle les fait tourner à gestes vifs tandis qu'ils refroidissent. À un moment, elle en porte un à ses lèvres, gonfle les joues et souffle longuement. À l'autre extrémité du tube apparaît une bulle ; Miriam se surprend à libérer, elle aussi, l'air qu'elle retenait dans ses poumons. La bulle atteint la taille d'une balle de ping-pong, puis d'une balle de tennis ; sa surface luit de la transparence humide des ongles de nouveau-nés. Miriam trouve le résultat parfait, mais la femme ne semble pourtant pas satisfaite. Son examen terminé, elle grimace et entaille la bulle d'un rapide coup de couteau avant de la replonger dans le feu.

C'est alors que Miriam remarque l'étroit présentoir devant le mur de plexiglas et son unique pichet de verre, d'à peine quinze centimètres de haut, avec un large bec recourbé. Les parois de l'objet ont une épaisseur voluptueuse, comme la crème qui le remplira. Une petite fiche proprette posée à côté indique le prix : 50 $. Cinquante dollars pour un pichet à crème. Elle sait pourquoi elle est ici ; elle va acheter le pichet, et l'offrir à Kay.

Mais à la boutique la vendeuse lui dit que tous les pichets

sont vendus ; il ne reste plus que celui du présentoir, et il n'est pas à vendre. Elle propose d'en prendre un en commande — elle peut l'avoir dans une semaine ou deux, explique-t-elle, de toute façon avant les vacances — mais Miriam secoue la tête, non. Ce qu'elle veut, c'est l'emporter aujourd'hui, sentir le plaisir pur de désirer une chose et de l'obtenir aussitôt, dans un seul mouvement soyeux d'improvisation ; attendre, ne serait-ce qu'une semaine ou deux, romprait le charme, elle le sent. Elle s'est résignée à quitter la boutique les mains vides — elle a déjà remis écharpe et manteau — lorsque quelque chose d'autre attire son œil : sur un rayon au-dessus de la caisse tout un assortiment d'instruments de musique en verre, de la taille des décorations de sapins de Noël ; une guitare, un saxophone, une minuscule flûte sertie de brillants. Chaque détail est miraculeusement rendu, dans un verre fragile et fin comme du papier à cigarettes, comme la glace tout juste prise sur une flaque d'eau. Miriam, de toute sa vie, n'a jamais rien vu de pareil. Elle ose retourner l'une des étiquettes qui y sont attachées : 140 $. Stupéfiant, songe-t-elle. Mais cela pourrait être mille. Au fond de son cœur elle en a déjà acheté un. Pour qui ? Pour O'Neil ? Pour Kay ? Pour elle-même ? Miriam trouve celui qu'elle préfère et, tout excitée, s'en empare sur le rayon. Elle est surprise, et ne l'est pas, de découvrir qu'il ne pèse presque rien. La vendeuse se tient silencieusement à ses côtés, affichant une joie anticipée qui doit être, pense Miriam, le reflet de sa propre expression. Sur sa paume ouverte, elle présente à la femme le trombone de verre.

— C'est pour offrir, dit-elle.

La liste des convives s'allonge : un coup de téléphone à O'Neil pour lui dire qu'ils arrivent, et voici que son camarade de chambre, Stephen, doit se joindre à eux, ainsi que sa nouvelle petite amie, Eliza — la fille du couloir, avec les cheveux noirs, le peignoir en soie et la cigarette matinale.

— Aucun membre de leur famille n'est venu les voir pour le week-end, explique-t-il à Miriam. Ils sont comme de petits orphelins.

Derrière lui Miriam croit percevoir un rire, puis c'est la voix de Stephen, qui lance une citation d'*Oliver Twist* : « S'il vous plaît, monsieur, un autre petit sou. » Avec son accent des rues, cela donne : « Silouplet, msieu, unautptisou. »

— Ils font peine à voir, dit O'Neil.

Puis, plus bas :

— De toute façon, je les ai déjà plus ou moins invités.

— Est-ce que Sandra a gagné son match ?

— C'est un peu la raison de l'euphorie, m'man. Ouais, un vrai carton. Elle a marqué deux fois et elle a pris un bon coup dans les tibias. Mais je lui laisse le plaisir de vous raconter.

À la résidence universitaire de O'Neil, tout le monde s'entasse dans la grosse Peugeot, les filles sur la banquette arrière, O'Neil et Stephen étendus tels des bébés géants dans le compartiment à bagages, avec les câbles de remorquage et les sacs de sable. L'humeur du groupe est exubérante ; Miriam se demande s'ils n'auraient pas bu, tous les quatre, puis elle se demande pourquoi elle se le demande ; c'est une fête, tant mieux s'ils ont bu. Tournée vers l'arrière, elle discute hockey avec les filles — Eliza est aussi dans l'équipe — et écoute leurs ragots à propos d'inconnus, entraîneurs, professeurs, camarades de classe... Eliza, apprend-elle, vient aussi de Boston ; dans l'ombre de la voiture, ses dents étincellent, très blanches — la blancheur de la porcelaine —, et elle rit pour un rien, beaucoup plus que Sandra qui, à côté, paraît habitée par un calme presque mystérieux.

— J'ai toujours su que O'Neil avait des parents sympas, dit Eliza.

— Vous entendez, chers parents, lance O'Neil depuis le fond. Vous êtes reçus à l'examen.

Eliza allume une cigarette qu'elle vient de sortir de son sac et ouvre la fenêtre pour relâcher un ruban de fumée.

— Hé là, on gèle, nous derrière ! crie O'Neil. Gla-gla !

Eliza se tourne vers Sandra.

—Tu as entendu quelque chose, toi ?

Elle passe la cigarette à Stephen qui aspire une bouffée et la rend, par-dessus son épaule.

— De quel quartier de Boston venez-vous ? demande Miriam à Eliza, puis à Sandra. Est-ce que vous vous connaissiez avant ?

Les deux jeunes filles se regardent puis, confuses, éclatent de rire.

— Nous sommes cousines, explique Sandra.

Miriam patiente au bar du restaurant en compagnie de O'Neil et de ses amis, pendant qu'Arthur va se renseigner au sujet de leur table. Lorsque les deux filles s'éclipsent un moment pour aller aux toilettes, et que Stephen s'occupe de commander les consommations, elle prend O'Neil par le bras.

— Je voudrais que tu saches une chose, dit-elle. Je trouve Sandra épatante.

— Eh bien, elle t'aime bien, elle aussi.

Il sourit et se dandine un peu.

— Tout ça n'est pas très grave, m'man.

Elle est tentée de lui parler du cadeau pour Sandra, mais décide que ce sera une surprise. Elle n'a même pas mis Arthur au courant. Tant que ses amis sont là, il faut attendre, de toute façon.

— Bien sûr que si, c'est très grave. Si c'est elle que tu aimes.

O'Neil hausse les épaules, gêné. Stephen revient du bar et leur tend un verre à chacun : cocktail sans alcool pour Miriam, bière pour O'Neil, puisque la course est passée.

— Je sais que tu détestes ma coupe, dit O'Neil. Pour tout t'avouer c'est une idée de Sandra. Elle raffole des cheveux courts.

— Et des chapeaux, dit Miriam.

Ce soir, Sandra a abandonné son béret de laine pour une casquette de gavroche en daim vert pomme, la visière relevée dégageant son front.

O'Neil éclate de rire et pointe un doigt en l'air.

— Tu as raison. N'oublions pas les chapeaux.

Quand ils obtiennent enfin leur table, il est vingt heures. Sandra doit rentrer au collège à vingt et une heures trente pour aider les autres membres de l'orchestre à tout installer pour le bal dans la salle des fêtes, alors ils commandent leurs grillades et mangent rapidement, tout le monde parlant, buvant et mastiquant en même temps dans le restaurant bondé. D'abord, Miriam a été déçue d'apprendre qu'Eliza et Stephen venaient avec eux — que de cette façon les heures passées avec O'Neil s'en trouveraient diluées — mais maintenant elle a changé d'avis ; c'est bien de le voir au milieu de ses amis, ils font entièrement partie de lui. Tous quatre discutent avec aisance, chacun terminant les phrases des autres et riant des plaisanteries avant même la chute, et bien que Sandra soit la plus pondérée, Miriam peut dire qu'elle est, d'une certaine manière, le centre, la planète autour de laquelle gravitent les autres. Lorsque la conversation les entraîne trop loin dans la vie universitaire, c'est toujours elle qui les ramène près d'Arthur et de Miriam, les questionnant sur O'Neil ou sur leur installation à l'hôtel, et toujours au moment où cela semble naturel. Stephen est le pitre, O'Neil le clown blanc qui lui laisse le devant de la scène ; Eliza est enjouée, amoureuse d'elle-même et de son pouvoir sur autrui. Elle flirte ouvertement avec O'Neil et même avec Arthur, mais ne manque jamais de dispenser de petites marques d'attention — une œillade intense, un effleurement de la main — à Stephen pour lui rappeler que c'est avec lui qu'elle est. Miriam devine que c'est cela qu'a voulu son fils : leur montrer, à elle et à Arthur, la nouvelle famille qu'il s'est bâtie.

On est en train de finir le vin lorsque Miriam, tournant la tête, remarque le regard de Sandra posé sur elle. Le moment dure un peu trop longtemps ; puis Sandra sourit.

— Remercions nos hôtes, dit-elle au groupe.

Des formules de gratitude parcourent la table tandis que les verres se lèvent. Miriam sent la chaleur envahir son visage : comme c'est bon d'être remercié. Mais son plaisir est plus profond. Ce ne sont plus des enfants, mais des adultes. Leurs remerciements sont sincères, quelque chose qu'ils ont décidé d'accorder.

— Et n'oublions pas ta course, dit Arthur.

O'Neil éclate de rire en brandissant son verre.

— Quatrième. Le sommet de ma carrière.

Après quoi, Miriam chuchote à Arthur de faire signe à la serveuse pour qu'ils paient la note, mais elle comprend qu'il l'a devancée. Il a passé sa carte de crédit et signé le reçu sans que Miriam — ou quiconque — s'en aperçoive. Comme ils s'apprêtent à partir, Miriam attire Arthur dans le vestibule.

— Eliza avait raison à ton sujet, dit-elle.

— Comment ça ? demande-t-il en la regardant.

Elle lui prend le bras et lui lance un clin d'œil.

— Tu es quelqu'un de *très* sympa.

De retour au collège, Sandra s'excuse de devoir courir devant jusqu'à la salle des fêtes et quand le groupe arrive, elle est déjà sur scène avec les autres membres de l'orchestre de jazz, se préparant à jouer. Des tables sont disposées dans toute la salle, occupées par des étudiants et leurs parents ; une queue s'est formée devant le distributeur de bière. Tout l'espace est décoré avec du papier crépon et des serpentins et, au-dessus de la scène, une grande banderole bleu et or, identique à celle qui orne l'entrée du campus, souhaite *Bienvenue aux Parents.* Une boule tournante de miroirs pend du plafond et constelle sol et murs de confetti de couleurs.

— Tu vas voir ce que tu vas voir, m'man, dit joyeusement O'Neil.

Il desserre sa cravate et indique la scène où Sandra s'entretient avec les autres cuivres. Elle est facilement repérable, même dans la pénombre, grâce à son chapeau. Miriam l'observe tandis qu'elle porte son trombone à ses lèvres, exécute trois ou quatre pompes et émet un son très pur.

— Ils sont vraiment excellents, commente O'Neil.

La salle s'emplit de parents et d'étudiants. Sur la scène, l'orchestre finit de s'accorder, mobilisant l'attention de l'auditoire. Puis il y a un silence, le chef lève les bras et la musique démarre. Quelques mesures suffisent à Miriam pour reconnaître *In the Mood.*

Elle tire la manche d'Arthur pour qu'il s'approche.

— Seigneur, lui glisse-t-elle en riant, quel âge croient-ils que nous avons ?

Mais comme l'a annoncé O'Neil, l'orchestre est très bon ; elle sent le rythme s'insinuer en elle… Pourquoi n'y avait-elle pas pensé ? Une soirée de musique : c'est de cela qu'elle a besoin.

— Viens, dit Arthur en posant une main sur sa taille. Dansons.

Elle danse avec Arthur, puis avec O'Neil, et ensuite avec Stephen. Une magnifique énergie l'anime. Morceau après morceau — *Satin Doll, Sentimental Journey, Something's Gotta Give, Chain of Fools* — les danses s'enchaînent. Lorsque l'orchestre s'octroie enfin une pause, Sandra descend les retrouver pour boire un soda et danser avec O'Neil — un DJ passe des disques pour éviter l'interruption — puis les musiciens remontent sur scène et ouvrent la deuxième mi-temps avec *Hawaï Five–0*, merveilleuse surprise qui propulse toute l'assistance sur la piste en un instant.

La fête bat son plein, et une aussi grande réussite ne se boude pas. Pendant toute cette deuxième session, Miriam danse ; elle ne se souvient pas d'une soirée où elle ait autant dansé, et cela depuis des années ; avec Arthur, et avec O'Neil, puis avec Stephen, et on recommence ; entre les morceaux, elle s'accorde une gorgée de bière — horrible, tiède comme de l'eau de vaisselle, mais parfaite — et elle reprend sa respiration au bord de la piste en contemplant les autres.

À un moment, O'Neil la rejoint. Il est rouge de plaisir et a le front luisant de sueur. Il lui saisit la main.

— Prête ?

— Pas vraiment. Je suis épuisée.

Il se met à rire, incrédule, et la bouscule gentiment.

— Je ne tolérerai aucun refus.

— Il faut juste que je récupère un peu de souffle, chéri.

— Je ne te crois pas.

Il se renfrogne, mais pas sérieusement.

— Bon, la suivante alors, d'accord ? Avec Sandra sur scène, il nous manque une fille.

Elle acquiesce. Elle ne peut s'en empêcher. C'est si agréable, pense-t-elle, de se faire traiter de fille.

— La suivante, promis.

Elle regarde O'Neil se perdre dans la foule ; elle se rend compte que pour la première fois de la soirée elle est seule. Et pourtant elle ne se sent pas seule. La formidable musique, les lumières tournoyantes, tous les amis de O'Neil (car il en est arrivé d'autres ; on dirait qu'il connaît tout le monde) ; elle a la sensation étrange de s'immiscer dans sa vie, avec toutes les attentes que cela implique. Elle parcourt à nouveau la foule des yeux et trouve O'Neil qui danse avec une brune qu'elle n'a jamais vue ; elle aperçoit Arthur avec Eliza, et Stephen, silhouette solitaire au pied de l'estrade, qui roule des hanches et bat la mesure, une bière dans une main et une cigarette allumée dans l'autre ; elle voit Sandra qui balance son trombone d'avant en arrière au rythme de la joyeuse musique. Elle comprend que O'Neil l'a quittée, qu'il a commencé sa vie, mais cette pensée ne la blesse pas. C'est comme si le temps avait rompu ses amarres, clarifiant toute chose — et qu'elle, Miriam, avait disparu. Elle songe à son père, mort depuis douze ans, et aussi à sa mère, partie en dormant peu de temps après, comme s'il lui était impossible de rester sur terre sans lui. Un trou s'était ouvert, elle n'avait eu qu'à sauter dedans. Après l'enterrement, le deuxième en un an, Miriam s'était promenée dans l'appartement de Brooklyn. Ils lui manquaient, bien sûr, mais surtout elle s'étonnait de leur absence. Les endroits où ils s'étaient tenus, où ils s'étaient assis, levés, avaient marché, dormi, mangé ; cinquante années de vie dans ces lieux, et ils n'y étaient plus. Pourtant leur empreinte était encore vive, palpable — c'était une réalité qu'on ne voyait pas, mais qu'on sentait, comme un courant d'air. C'était comme si elle arpentait les chambres de la mémoire. Elle se souvient de cela, et en même temps elle regarde ; la musique se tait — ce n'est pas la fin d'un morceau, juste un arrêt sur image —, les danseurs s'immobilisent, et elle voit O'Neil avec la fille brune qui, virevoltant au bout de son bras, renverse la tête en arrière et rit. Les mots, telle une vague réminiscence, se forment dans son esprit : *Regarde ! Comme c'est simple. Les enfants sont partis ; ils t'ont échappé.*

Et c'est là qu'elle l'éprouve. La première douleur. Jusqu'à aujourd'hui, elle n'a eu conscience que d'une présence, la certitude qu'il y avait quelque chose là. C'est ce sentiment qui a conduit ses doigts jusqu'à sa grosseur, il y a deux semaines. Mais maintenant, alors qu'elle regarde son fils danser avec ses amis, son esprit vagabondant dans le passé, une minuscule boule de feu vient de s'allumer en elle. Et elle se diffuse dans tout son corps à une vitesse vertigineuse, lui provoquant des tremblements dans les mains et dans les pieds, une sueur froide sur le front, une montée de bile dans la gorge. Le sol se dérobe ; elle cherche à se rattraper, mais ne trouve rien à agripper, rien qui puisse interrompre sa chute. Le mur, pense-t-elle. Le mur pourra la sauver. Encore trois pas et elle y sera.

Mais quelqu'un lui a pris le bras : c'est Sandra, debout à côté d'elle. Est-ce qu'elle n'était pas sur scène, il y a une seconde ?

— Mrs Burke ?

Mais Miriam est incapable de parler ; elle sent que si elle ne quitte pas cet endroit immédiatement elle aura une nausée, ou s'évanouira. La salle des fêtes est devenue un énorme aquarium, les couleurs et les formes se modifiant selon les caprices des projecteurs. À une distance irréelle, elle voit Arthur et Eliza qui évoluent, telles deux silhouettes nageant au plus loin d'un lac.

— Je suis malade, parvient-elle à articuler.

— Je sais. Je vais vous aider.

Une double porte métallique coupe-feu, puis la soudaine lumière blanche du corridor : la guidant par le bras, Sandra l'entraîne, même si Miriam s'en rend à peine compte. Tout ce dont elle a conscience, c'est qu'il n'y a plus de musique, qu'elle a été engloutie derrière elle. Une seconde porte s'ouvre et elle se retrouve dans une petite pièce pleine d'instruments ; elle est en coulisse, là où l'orchestre entrepose son matériel. Un soulagement arrive, comme de l'oxygène qui emplirait ses poumons. Elle comprend qu'elle est maintenant assise sur une sorte de banc et que Sandra n'est plus là, mais le temps de faire cette découverte et de lever les yeux, Sandra est de retour et lui apporte son sac. Elle présente un gobelet de carton plein d'eau devant le visage de Miriam.

— Buvez ça, dit-elle en lui plaçant la main autour du gobelet.

Miriam le lève jusqu'à ses lèvres. C'est frais mais pas froid, et elle boit en ne pensant qu'au goût de l'eau et aux battements de son cœur. La douleur a disparu, mais son passage a laissé une sorte d'engourdissement qui se répand dans tout son corps comme une poussière lumineuse et fourmillante. *Ainsi, c'est à cela que ça va ressembler,* songe-t-elle.

Un peu de temps s'écoule. Elle finit de boire l'eau et Sandra, qui a redressé une chaise et s'est installée en face d'elle, reprend le gobelet.

— Vous désirez aller aux toilettes ?

— Je ne crois pas.

— Vous voulez que j'aille prévenir Mr Burke.

Miriam secoue la tête.

— Vous avez déjà fait plus que le nécessaire. Il faut juste que je me repose un peu.

Les yeux de Sandra s'attardent sur son visage. Ils sont très bleus — du bleu des saphirs. Puis elle dit :

— Il ne sait rien.

Mais avant que Miriam ait pu amorcer une réponse, elle poursuit :

— Je ne voulais pas vous mettre mal à l'aise. Mais vous n'avez rien dit à Arthur, n'est-ce pas ? Ni à O'Neil ?

— Non.

— Et c'est un cancer ? Une sorte de cancer.

Miriam hoche la tête, surprise au-delà des mots.

— Oui. Je crois. J'ai une tumeur au sein. Comment avez-vous pu...

— Peu importe, dit Sandra en lui prenant la main. J'ai pu, c'est tout.

Pendant un moment, elles restent assises là, main dans la main. Et Miriam est heureuse de l'avoir dit. D'avoir réussi à nommer la chose.

— Je vais vous expliquer, dit doucement Sandra. Ce n'est peut-être pas la vraie raison, mais moi, je l'ai toujours pensé. Quand j'avais six ans, on m'a diagnostiqué un lymphome. Vous savez de quoi il s'agit ?

— Je crois, oui.

— Peu de gens connaissent cette maladie. Je suis restée près de deux ans à l'hôpital. Les jeunes enfants atteints de ce mal meurent la plupart du temps, mais à l'époque je l'ignorais. Et mes parents ne m'en parlaient pas, bien sûr. Je ne l'ai découvert que plus tard. Chimio, rayons, des trucs qu'ils n'avaient encore jamais expérimentés. J'ai tout eu. Et depuis que je suis guérie, je peux sentir si quelqu'un est malade, même si lui ne soupçonne rien. J'ai été immergée si longtemps dans le cancer, que je dois être capable d'en déchiffrer les signes.

— Et quand avez-vous su, pour moi ?

— Eh bien, dès notre première rencontre, avant la course, ça m'a effleurée.

Sandra réprime une grimace ; Miriam devine qu'elle s'est reportée à ce moment-là, pour retrouver l'impression.

— Pendant le dîner, aussi. C'était un simple soupçon. Vous allez sans doute vous moquer. Parfois c'est un flash, ou une sorte de sonnette d'alarme. À d'autres moments, c'est une sensation, comme si je me souvenais comment c'était pour moi. Mais je n'en ai été sûre que lorsque je vous ai vue tout à l'heure.

— Les chapeaux, dit Miriam qui vient de comprendre brusquement.

— Vous avez percé mon secret, sourit chaleureusement Sandra. Sans chapeau, je me sens toute nue.

Les portes s'ouvrent alors, et, tandis qu'un garçon lourdement charpenté fait son entrée, musique et bruit s'engouffrent dans la pièce. Comme les autres musiciens de l'orchestre, le jeune homme porte un costume bleu marine et une cravate dorée, et il a le visage tout rouge d'avoir joué. En voyant les deux femmes, il s'immobilise.

— Sandy ? Où étais-tu passée, bon sang ? On a déjà dû changer deux fois l'ordre des morceaux. Ta pause est théoriquement terminée depuis dix minutes.

— Juste un instant, d'accord, Joe ? J'ai bientôt fini, rétorque Sandra sans presque quitter Miriam des yeux. Vous pouvez bien vous débrouiller sans moi.

— Inutile de t'énerver. Il nous faut les partitions pour la troisième session, de toute façon.

Il s'agenouille devant un carton dans lequel il fouille fébrilement puis s'en va, les laissant seules.

— Nous devrions peut-être y retourner, dit Miriam.

— Quand vous vous sentirez d'attaque... Ils s'en tireront très bien tout seuls.

Une question vient soudain à l'esprit de Miriam :

— Est-ce que O'Neil est au courant, pour vous ?

— Pour le cancer ?

Sandra fait non de la tête.

— Il doit savoir que j'ai été malade, mais il ignore les détails. Un jour je lui dirai. Il croit que je suis une sorte d'hyperactive et, pour vous dire la vérité, je ne tiens pas à gâcher tout de suite ses illusions.

Son sac est posé à ses pieds ; elle se souvient que c'est Sandra qui le lui a rapporté. Miriam demande encore un peu d'eau et Sandra sort avec le gobelet pour revenir presque aussitôt. Miriam boit tout — jamais elle n'aurait cru avoir soif à ce point — et elle prend dans son sac le paquet qui contient le trombone en verre. Elle le met entre les mains de Sandra.

— C'est une toute petite chose. Je l'ai vue aujourd'hui et j'ai pensé à vous. Mais ne l'ouvrez pas tout de suite. Inutile d'en parler à O'Neil.

Sandra regarde le paquet en équilibre sur sa paume. L'emballage est en papier de soie blanc, avec un lien vert tortillé.

— Je ne sais pas quoi dire. Merci, Mrs Burke.

— De rien. Et appelez-moi Mimi, d'accord ?

— Mimi, alors, dit Sandra avec un sourire.

Elles se sont levées pour partir, mais Miriam s'arrête.

— Sandra, ce don que vous avez...

Elle s'interrompt, cherchant ses mots.

— Vous pouvez voir si la personne va s'en sortir ?

Sandra ne répond pas. Longtemps elle scrute Miriam, l'étudie, mais Miriam ne saurait dire ce qu'elle en conclut. Puis elle enlève son chapeau, une sorte de cloche de feutre vert, et le pose sur la tête de Miriam. Le renfort en est chaud et un peu humide contre son front.

— À mon avis vous vous en sortirez, déclare-t-elle. Si vous allez chez le médecin.

Des heures plus tard, sous les réverbères du parking de la résidence, ils font leurs adieux ; Arthur et Miriam doivent repartir le matin et ils ne reverront pas O'Neil et Sandra. Miriam les étreint tour à tour et regarde Arthur faire de même maladroitement. Juste avant de monter en voiture, Sandra serre à nouveau Miriam contre elle et lui murmure rapidement à l'oreille : « Je le crois sincèrement. Souvenez-vous bien de ce que je vous ai dit. » O'Neil et Sandra sont encore immobiles sur le parking lorsque la voiture d'Arthur et Miriam s'éloigne.

Au matin ils s'éveillent tard et la neige menace. Ils prennent leur petit déjeuner, chargent leurs bagages et Miriam attend dehors pendant qu'Arthur règle la note. Le ciel est gris, d'un gris acier venu du nord, il n'y a pas un souffle de vent. Autour d'elle la ville et le campus sont figés, comme si tout le monde dormait encore.

— J'ai téléphoné à O'Neil, lance Arthur en sortant de

l'hôtel. Je me suis dit que nous pourrions changer nos plans et les inviter tous les deux à déjeuner.

— Et alors ?

Arthur frotte ses mains nues l'une contre l'autre dans le froid.

— Il n'était pas là. Ou ne voulait pas répondre. J'ai laissé un message.

— C'est aussi bien comme ça.

Dans la poche de son manteau, elle conserve le chapeau de Sandra, plié, telle une lettre.

— Nous avons une longue route. Et eux ont à faire.

Elle prend la main d'Arthur.

— Il arrive un moment où papa-maman doivent lâcher la bride aux petits. C'est aussi valable pour nous.

— Tu es d'accord avec cette idée, alors ? demande-t-il, incrédule.

Elle se sent pleine d'une impression nouvelle. Comme une légèreté.

— Je crois que j'ai toujours été d'accord, dit-elle.

Ils s'en vont. Des bois, des maisons, les branches nues des arbres : Miriam contemple le paysage à travers la glace du passager, ne s'attardant sur rien, comme devant les tableaux d'un musée désert. À sa gauche, dans la voiture silencieuse, Arthur conduit, les deux mains sur le volant ; avec une grande aisance il négocie chaque virage, chaque déclivité de la route. Elle va lui dire la vérité, décide-t-elle. Elle lui parlera dès aujourd'hui, ou sinon demain, et il sera à ses côtés lorsqu'elle ira chez le chirurgien mardi prochain, et ensuite adviendra ce qui adviendra ; mais ils le feront ensemble, ce qu'ils n'ont encore jamais eu l'occasion de faire, s'inquiéter de la mort annoncée de l'un d'eux.

Ils ont à peine parcouru trente kilomètres lorsqu'ils voient, juste devant eux, la masse basse, en forme d'entrepôt, d'un motel construit sur un petit replat en bordure de la route, contre la forêt. L'enseigne se balance au bout d'une chaîne : Motel de la Clairière. Télévision. Bienvenue aux Skieurs! Une douzaine de chambres lugubres; ils sont passés devant de nombreuses fois et elle s'est toujours amusée à imaginer les chambres; les lits étroits et défoncés, la moquette usée empestant le tabac froid, la lampe sur pied qui fait aussi office de cendrier. La vision est si précise lorsqu'elle atteint sa conscience qu'elle ressemble au souvenir d'un événement qui aurait déjà eu lieu.

— Tourne ici, dit-elle.

Arthur enfonce le frein. Tandis que la voiture s'immobilise sur le bas-côté, il lève un sourcil, agréablement surpris.

— Je ne discute pas, mais tu crois vraiment que... ?

Il est un peu plus de midi.

— Oh, allons-y, chéri, dit-elle.

12 novembre 1979, dimanche après-midi. Dans la chambre 106 du Motel de la Clairière, Arthur et Miriam font l'amour. Ils se font réciproquement l'amour dans une chambre glaciale — le décor est aussi déprimant que l'avait imaginé Miriam — après avoir empilé sur eux toutes les couvertures qu'ils ont pu trouver pour se réchauffer, et lorsqu'ils ont terminé ils dorment — du sommeil heureux et sans rêves des amants.

Il est plus de seize heures quand ils se réveillent. Le crépuscule est déjà là; à travers les murs en carton ils entendent le murmure d'un téléviseur et une voix d'homme qui dit : « Regarde, chérie — on voit bien la limite du maquillage sur son cou. Si ça, c'est un vrai gorille, moi, je suis le président des États-Unis. » Mais aucune réponse ne leur parvient ; Miriam se demande si l'occupant de la chambre voisine, quel qu'il soit, ne parle pas tout seul. Un moment ils restent étendus, yeux ouverts, et écoutent, l'un près de l'autre en se tenant la main, mais ils ne perçoivent rien de plus au-delà du mur ; plus tard, on éteint la télévision et la porte de la chambre s'ouvre et se referme. Dehors, sur le parking, un moteur rugit.

Arthur se lève pour prendre une douche. Seule dans la chambre, Miriam guette un éventuel retour de l'homme ; comme il ne revient pas, elle allume la télévision à la recherche du programme qu'il regardait, mais elle ne le trouve pas. Elle suit quelques instants un match de football, puis passe sur une station locale où une femme en combinaison jaune canari présente la météo à grand renfort de gestes approximatifs devant une carte de Nouvelle-Angleterre. Arthur se douche toujours : un filet de vapeur filtre sous la porte de la salle de bains. Elle éteint la télévision, s'installe dans le lit inconfortable puis attrape le téléphone sur la table de nuit. Kay décroche dès la deuxième sonnerie.

— Ça va, ma douce ?

— Maman ?

— C'est moi. On est dans le New Hampshire. On a rendu visite à ton frère.

— Ah bon. Alors, comment va le p'tit gars ?

— Pas si p'tit que ça. Il a gagné sa course. Enfin, pas vraiment gagné. Mais il est arrivé quatrième. Il a une nouvelle petite amie.

— C'est ce que je me suis laissé dire, répond Kay avant un silence. Maman, où es-tu ?

— Comment, où je suis ?

— Ta voix paraît… je ne sais pas… bizarre. Lointaine, on dirait.

— Tout va bien, chérie. On s'est arrêtés sur le chemin du retour. Je pensais à toi, c'est tout. Comment va Jack ?

— Jack, Jack. Attends que je réfléchisse. Jack est à la bibliothèque, ce soir, comme tous les soirs. Jack est Jack, en d'autres termes. On peut imaginer qu'il finira par obtenir le poste qu'il convoite, après tout.

— Le poste.

Miriam fouille sa mémoire, mais n'en rapporte rien. Elle a soudain tellement sommeil qu'elle pense que sa fille fait allusion à un récepteur de télévision ou de radio.

— Excuse-moi.

— Ça n'a pas d'importance, maman. Il a demandé un poste administratif à l'université, ainsi il pourra finir sa thèse sans devoir enseigner. Je te l'avais dit il y a quelque temps, mais je comprends bien que tu ne t'en souviennes pas.

Puis :

— Tu veux vraiment que nous parlions de Jack ?

— Pourquoi pas ? C'est ton mari.

— C'est vrai. Ça n'en fait pas pour autant un sujet de conversation. Maman ? Qu'est-ce qui se passe ?

Miriam touche sa joue et lorsqu'elle voit ses doigts luisants d'humidité, elle se rend compte qu'elle est en train de pleurer.

— Je dois être d'humeur triste. Une humeur d'hiver. Ici, il neige, il me semble. Ou il va neiger. Je pensais à toi, rien de plus.

— Eh bien, moi aussi je pensais à toi, maman. Et tu n'as pas de souci à te faire à propos de Jack et moi. Ça ne va pas si mal, vraiment.

— Est-ce qu'il te rend heureuse ? demande-t-elle — et elle

regrette aussitôt sa question. Excuse-moi. Ça ne me regarde pas.

— Mais si, ça te regarde, maman. Comment peux-tu croire que ça ne te regarde pas ? Et pour répondre à ta question, je suppose que je dois dire que, dans l'ensemble, il possède les qualités pour me rendre heureuse. Je connais un tas de femmes qui n'en ont pas autant.

Dans la salle de bains, Miriam entend les tuyaux protester alors qu'Arthur ferme les robinets de la douche.

— Tu dois avoir raison. Moi, j'ai été heureuse avec ton père.

— Été ?

— Comment été, chérie ?

Kay hésite.

— Tu as dit « j'ai été heureuse ». Comme si tu ne l'étais plus.

— J'ai dit ça ? Eh bien c'est une erreur. J'aurais dû dire : je suis.

Elle enfonce la tête résolument dans l'oreiller.

— Je suis heureuse.

Un silence momentané s'installe qui ne semble pourtant pas gêner Miriam. Elle écoute la respiration de sa fille, nette et égale, et la sienne, plus lente mais un peu semblable, qui se mêlent dans la communication. Dans la lueur qui provient du parking, au-dehors, elle imagine Kay dans sa cuisine exiguë, assise sur un tabouret, le récepteur collé à l'oreille, attendant qu'elle, Miriam, lui dise autre chose.

— Tu sais, j'aimerais offrir un cadeau un peu inhabituel à Jack pour Noël cette année. Est-ce que tu pourras m'indiquer une chose particulière susceptible de lui faire plaisir.

— Promis, maman. C'est gentil de ta part. Je vais y réfléchir sérieusement.

— Et pas un livre, même si c'est sans doute ce qu'il préfère. Quelque chose de plus… je ne sais pas. De plus personnel.

— D'accord, maman.

— Et pour toi aussi, bien sûr. S'il y a quoi que ce soit.

— Il n'y aura rien, mais merci. Maman ?

— Oui, chérie ?

Elle a les yeux à demi fermés.

— Y a-t-il une chose que tu ne m'as pas dite ? Parce que le problème, là, c'est que je dois partir. Il le faut. Il le faut absolument. Je dois prendre Jack à la bibliothèque et ensuite nous allons dîner avec quelques amis. J'étais sur le point de partir quand tu m'as appelée.

— Oh, lance Miriam qui sent aussitôt la déception dans sa propre voix. Mais bien sûr. Nous bavarderons une autre fois.

— Si je pouvais annuler, je le ferais. Il y a longtemps que nous n'avons pas parlé et je suis vraiment contente que tu m'aies appelée. Mais Jack risque de m'attendre.

— Je comprends tout à fait, je t'assure. Va chercher Jack.

— Et tout va bien pour papa et toi ?

— Tout va à la perfection, ma chérie.

— Et le p'tit gars, ça marche ?

Elle revoit O'Neil, debout sur le parking de la résidence, le bras autour des épaules de Sandra, alors qu'Arthur et elle s'éloignent en voiture. Mais elle songe que ce souvenir n'est pas très exact car, à la fin, ils ne se tenaient plus.

— O'Neil va bien, lui aussi. Ne t'inquiète pas. Va vite chercher Jack. Il va t'attendre. Tout est parfait. Je t'aime, ma chérie.

— Moi aussi je t'aime, maman.

Et elles raccrochent sans se dire au revoir.

Un crépuscule de novembre, toutes les feuilles tombées ; il est environ dix-sept heures, et dans les petites et les grandes villes de la Nouvelle-Angleterre du Nord — à Rutland et Manchester, à Montpelier et Burlington, à Concord et St Johnsbury et White River Junction et toutes les autres — les météorologues et les contrôleurs du ciel découvrent, sur leurs écrans radar, la même image : l'arrivée de la première tempête de neige de la saison, une poussée lumineuse s'élargissant vers l'est depuis le haut de l'État de New York et les Grands Lacs. Leur foi en leur technologie est totale, c'est une religion fondée sur la pratique professionnelle, mais ils ne peuvent s'en empêcher : leurs yeux sont impatients de contempler ce que leur intelligence sait déjà et que la science a prédit. Ils voient le temps qu'il fait sur l'écran (il y a dans ce cône étincelant qui s'élargit quelque chose de mystérieux, comme Noël), et ils lèvent le regard vers la fenêtre, vers la neige.

Assis à une longue table de bois de la bibliothèque universitaire, O'Neil n'a pas remarqué qu'une tempête approchait ; il a poussé de côté livres et notes pour poser la tête dans le creux de ses bras croisés, et il dort profondément, et rêve. C'est un rêve simple et heureux — un rêve de printemps et de champ doré dans les montagnes — et O'Neil y est à la fois partout et nulle part. Il est l'âme du rêveur et le rêve même, le soleil et celui qui rêve au soleil, et son plaisir s'augmente d'une impression de déjà vécu ; bien qu'il l'ignore, maintenant et à jamais, c'est un rêve qu'il fait depuis des années. À côté de lui l'attendent ses outils — son livre de maths ouvert, un bloc de papier où il a griffonné la première équation d'un problème, son impitoyable calculette dont les piles sont en train de s'épuiser — tandis que tout autour de lui, sous le haut plafond de la salle, des étudiants travaillent d'arrache-pied, l'esprit tendu comme une arbalète vers des tâches d'une extrême complexité. Mais rien de tout cela ne lui parvient : ni le grattement des plumes ni le bruit sec d'une page qu'on tourne, ni le ronronnement des néons ni les toux étouffées, ni les conversations chuchotées d'un dimanche soir, dans une bibliothèque universitaire, en milieu de trimestre. Endormi, il s'élance, solitaire, dans le vaste espace intérieur qu'a créé son cerveau — et qui ne semble pas constitué de matière mais de lumière, afin d'exister hors du temps — et lorsqu'il s'éveille enfin, son rêve de bonheur achevé, il relève la tête vers la fenêtre et y rencontre son reflet qui le regarde, alors il sait sans avoir besoin de le vérifier qu'au-delà de la vitre le ciel a commencé à produire de la neige.

Arthur, sortant de la chambre du motel dans le crépuscule d'automne, a d'abord conscience du temps qu'il fait à travers une sorte d'illusion d'optique ; ne s'attendant ni à la neige ni à l'obscurité — il n'a plus la notion de l'heure — et désorienté par un après-midi passé dans un lieu inconnu où il n'avait jamais imaginé se trouver un jour, il croit voir des étoiles, fichées dans le nuage de buée qui s'envole de sa bouche ; des étoiles qui tombent. Cette vision est si convaincante que pendant quelques secondes il en demeure prisonnier, fasciné et muet. Mais bientôt une voiture isolée apparaît sur la route, roulant avec une lenteur presque délicate, et dans les faisceaux jumeaux de ses phares Arthur voit la neige et ce qu'elle signifie : les premiers flocons durcis d'une tempête qui arrive. Il entend le bruit feutré des pneus de la voiture sur la route et la cadence de ses essuie-glaces ; alors qu'elle est avalée par le virage qui suit le site du motel, il tend sa main gantée au-delà de l'auvent en ciment et sent l'impact subtil des cristaux sur le cuir qui couvre sa paume, comme autant de baisers désincarnés. C'est une sensation étrange et plaisante — on ressent le phénomène dans toute sa violente présence physique et en même temps une bouffée d'enfance très profonde déploie ses signes familiers, si bien que c'est là un moment dont on se souvient et dont on est sur le point de se souvenir — et il sait quel serait son prochain geste s'il était un homme légèrement différent ; il avancerait au-delà de l'auvent, renverserait la tête en arrière, fermerait les yeux, et goûterait la neige de la langue.

— Art ? De quoi ça a l'air, dehors ?

C'est la voix de Miriam, qui vient de la chambre — la porte n'est qu'entrouverte — et qui l'arrache à ses songes. Avant de répondre, il fait quelques pas sur le parking. Sur son sol compacté, et sur le capot et le pare-brise de la Peugeot, une poudre blanche a pris. Il teste son équilibre, se balançant sur place, et il sent les semelles de ses chaussures confortables chasser un peu. Il est difficile de dire à quel point la conduite s'en trouvera affectée. Sans doute très peu au départ, bien qu'ils prennent la direction de l'ouest, vers le gros de la tempête.

— Je crois que ça va aller.

Elle le rejoint dehors. Elle porte un pull mais pas de manteau ; ses cheveux sont encore mouillés.

— La télévision parle de dix centimètres. Davantage à New York.

Sa voix est neutre ; elle se borne à donner une information.

— Nous pouvons passer la nuit ici, suggère-t-il.

Miriam regarde la voiture, puis à nouveau Arthur. Comme toujours lorsqu'elle ne sait trop quoi penser ou qu'une alternative ne lui ouvrant aucune perspective lui est offerte, elle se met à loucher.

— Tu as envie de rester, toi ?

La question demeure en suspens. Il existe bien une réponse, Arthur le sait — une phrase correcte et réfléchie qu'il devrait maintenant dire, que Miriam veut entendre et qu'il doit prononcer car c'est son rôle. Tenter ce voyage est une folie. Ils ont déjà une chambre. La Peugeot, onéreuse déception, n'est pas du tout ce qu'on voudrait qu'elle soit sur route glissante. Mais il est déjà séduit par le projet, celui de conduire dans l'obscurité cotonneuse pour rentrer à la maison. Il aime cette idée, car il peut l'imaginer : la lente progression de l'auto, la caresse engourdie des essuie-glaces, le tourbillon de flocons devant le pare-brise, comme de l'eau fendue par une proue, et les phares des autres voitures sur l'autoroute, qui se réfractent dans la masse blanche ; l'air sec du chauffage et les heures de silence à venir. Il imagine sa femme endormie à côté de lui, le corps ramassé sur son siège et enveloppée dans la vieille couverture qu'ils gardent dans la voiture, un pull ou un manteau en guise d'oreiller contre la vitre glacée de la portière ; il imagine leur arrivée dans la nuit, d'abord l'entrée en ville, avec ses rues assoupies sous la neige fraîche et personne alentour, pas même encore les éboueurs, puis la maison enfin. Il est minuit, il est une heure du matin, il est deux heures passées — qui sait combien durera le trajet ? Il attendra d'avoir arrêté la voiture et coupé le moteur pour la réveiller, pour lui offrir le cadeau de cette arrivée sains et saufs. Elle s'étire, se frotte les yeux. *Nous sommes... ?* demande-t-elle. Puis, *Combien de temps est-ce que j'ai... ?*

Devant leur chambre de motel, il entoure sa taille de son bras et la serre contre lui.

— Allez, viens, dit-il.

Leurs bagages sont déjà dans la Peugeot ; il ne leur reste plus qu'à rendre la clé. Arthur va au bureau où il trouve le directeur installé derrière le comptoir, fumant et suivant un match de hockey sur un téléviseur noir et blanc à antenne artisanale. L'image est de si mauvaise qualité, pense Arthur, que la regarder équivaut à écouter la radio. Il pose la clé sur le comptoir.

— Nous avons décidé de partir plus tôt, dit-il, se sentant tenu à un commentaire. Pour gagner le mauvais temps de vitesse.

Le directeur se lève et récupère la clé sans un mot. Il la range dans un tiroir. La désinvolture du geste suggère à Arthur que peu importe de quelle clé il s'agit et à quoi elle correspond. Peut-être sont-elles toutes identiques.

— Bon, nous allons partir, maintenant.

Le directeur, déjà réinstallé dans son fauteuil — en plastique vert avec des brûlures de cigarettes dans le bois des bras —, tourne la tête comme s'il venait juste de remarquer la présence d'Arthur.

— Très bien.

Il aspire distraitement une profonde bouffée de sa cigarette qu'il tapote ensuite au bord d'un cendrier de fortune placé sur la table à côté de lui.

— Ils ont annoncé que ça risquait de taper fort.

— Je me suis dit qu'en partant tout de suite, on pouvait y échapper.

Le directeur hoche pensivement la tête, puis reporte son attention sur le téléviseur.

— C'est une théorie comme une autre, dit-il.

En passant du parking sur la route, Arthur s'aperçoit que la conduite est étonnamment facile. Il y en a déjà trois centimètres, mais la neige est sèche, et il y a eu peu de circulation ; la couche n'a pas encore eu l'occasion de fondre pour regeler ensuite. Il surveille le compteur, restant juste au-dessus de soixante kilomètres à l'heure, mais plus tard il voit qu'il est monté sans s'en rendre compte à quatre-vingts. Il freine prudemment ; les pneus émettent une plainte rassurante.

— Comment ça se présente ? demande Miriam en bâillant.

— Pas si mal.

Arthur tend le bras et lui caresse la main.

— Tu veux dormir ?

Elle dort déjà à moitié.

— Un petit somme, peut-être.

L'autoroute, au départ du motel, descend plein sud, en formant une courbe paresseuse autour de la base est des Green Mountains. Les arbres s'aventurent jusqu'au bord de la chaussée ; de temps en temps la forêt s'ouvre d'un côté ou de l'autre de la route, mais il fait trop sombre pour qu'Arthur puisse distinguer quoi que ce soit, et le sol est trop glissant pour qu'il se permette davantage qu'un bref coup d'œil latéral. Dans les faisceaux de ses phares, la neige s'est épaissie et constitue maintenant un agrégat dense et vibrionnant. Une voiture les dépasse, puis une autre, puis une troisième, toutes se mouvant avec une lenteur appliquée qui ne laisse aucune place à la panique ; ce n'est pas le genre de nuit qui provoque la peur. Arthur pense à ces autres véhicules, à l'endroit d'où ils viennent et à celui où ils vont ; il pense à Miriam qui dort maintenant à ses côtés, et à son fils et à sa fille, ailleurs, en train de vivre leur vie, et à l'époque où ils sont nés, l'un puis l'autre ; il pense à Dora Auclaire, mais pas comme à quelqu'un dont il serait amoureux. Il n'enverra jamais sa lettre. Il la déchirera, aussitôt qu'il le pourra, et la prochaine fois qu'il la rencontrera — dans la file du supermarché, ou à la clinique où il lui aura apporté quelques papiers — il sourira, dira peut-être un ou deux mots gentils inoffensifs et sans arrière-pensée, et retournera ensuite à son travail d'une manière qui lui montrera instantanément que tout est fini : les déjeuners, les regards, la promesse, non tenue, d'autre chose. Jamais plus il ne lui prendra la main, ni n'imaginera ce que ce pourrait être de se retrouver seul avec elle. Tout cela il le sait, mais comme il atteint un embranchement — le seul choix que propose la route entre l'université et la frontière du Massachusetts — il n'y prête aucune attention et s'engage à droite au lieu de tourner à gauche. Il ne remarque pas que la route a changé de numéro, qu'elle s'élève de façon notable à flanc de montagne, ni même qu'un panneau couronné de cinq centimètres de neige indique Route panoramique. Il ne remarque rien de tout cela. Il va gommer Dora Auclaire de sa mémoire, exactement comme le silence de la voiture et les faisceaux brouillés de blanc qui la précèdent semblent vouloir effacer le monde lui-même, tout ce qui s'est passé jusqu'ici dans sa vie et tout ce qui s'y passera jamais — le rêve d'un rêve.

Depuis le motel, ils n'ont pas parcouru plus de quinze kilomètres, mais leur voyage touche à sa fin. La route monte en lacet, puis redescend dans une cuvette tapissée d'arbres couverts de neige, puis elle grimpe à nouveau, à la conquête de quelque col inconnu ; au sommet, alors que la voiture franchit la crête — les faisceaux des phares forment une voûte lumineuse sur le vide — Arthur aperçoit encore une fois le ciel, masse de pierre sans étoiles, puis, en contrebas, l'autoroute qui s'étire le long d'une berge encaissée. La chute est immense, plongeon dans le néant ; beaucoup plus bas il a conscience du reflet glacé du fleuve.

Peut-être voit-il tout cela. Peut-être, endormi, ne voit-il rien du tout.

Plus tard, lorsque O'Neil essaie de se représenter l'accident — au cours des jours et des semaines qui suivent, puis pendant des années — il suppose que tout s'est déroulé en silence, et que ses parents ont les yeux fermés. Leurs yeux sont fermés comme ceux des enfants qui dorment dans une voiture la nuit, le visage et le corps dans un repos parfait, confiant, son père au volant, sa mère à ses côtés, et même si cela n'a aucun sens de penser une chose pareille, il les voit main dans la main — comme O'Neil tiendra un jour la main de sa fille alors qu'un cauchemar l'aura réveillée, pour lui expliquer qu'il est près d'elle, et que nous n'avons rien à craindre pendant le sommeil. Le silence et ses parents, et la neige : il ressent ce moment non comme une construction mentale, mais comme un souvenir, et comme un souvenir dont la netteté semble s'être réfugiée dans ses os, exactement comme il sent physiquement l'instant où la voiture se cabre sur la glace et entame sa longue et molle trajectoire vers le pied de la montagne. Il n'y a aucun rail de sécurité, rien que puisse heurter l'avant de la voiture, pour interrompre sa course ou modifier si peu que ce soit la nature de cette scène, et son silence de rêve. L'énergie totale, parabolique de leur véhicule — deux tonnes d'une commerciale française diesel, roulant plus ou moins à la vitesse autorisée de soixante-quinze kilomètres à l'heure — est soudain, incroyablement, sans objet. La voici dégagée, arrachée de la pesanteur terrestre, et même si la farouche gravité reprendra vite ses droits en précipitant ses parents au fond de la vallée à une allure suffisante pour briser le châssis en deux, pendant ces quelques secondes ils sont libres; ils sont libres comme des fantômes, comme des comètes, ils traversent les cieux ; Arthur et Miriam, enfin réunis.

Il avait dix-neuf ans, il était heureux. Il ne savait pas encore qu'il était possible que sa vie change pour ne plus jamais redevenir comme avant. Il se passa une heure avant qu'on ne retrouve ses parents, et c'est cette heure qui, chaque jour, obsède O'Neil : la voiture dans le fleuve, le fleuve dans la vallée, la vallée engloutie sous la neige.

ORPHELINS

Juillet 1983

O'Neil Burke avait vingt-trois ans. Diplômé de l'université, il avait parcouru l'Europe, mais lorsque sa sœur vint le chercher à l'hôpital de Stamford, six heures après l'accident, il eut l'impression que sa vie s'était arrêtée. Il était vingt heures quand Kay arriva, encore en tenue de travail, un mince porte-documents de cuir sous le bras ; les grandes portes en verre des urgences pivotèrent sur leurs gonds dans un soupir et enfin elle fut là. Elle resta quelques instants sur le seuil, fouillant la pièce du regard, les yeux plissés, jusqu'à ce qu'elle le découvre, dans son fauteuil roulant rangé contre le bureau des admissions, la jambe droite emprisonnée du genou aux orteils dans un cylindre de plâtre.

— Mon Dieu, regarde dans quel état tu es.

Kay passa ses doigts dans ses cheveux parsemés d'éclaboussures de peinture sèche. C'était une jolie femme surmenée — menue et brune comme O'Neil, avec un petit nez et de profonds yeux noisette — et son visage fatigué semblait dire : *Il ne manquait plus que ça.*

— Ils auraient bien pu te nettoyer un peu.

— C'était plus cher.

O'Neil montrait *Business Week*. En deux heures, depuis que les infirmières l'avaient ramené en salle d'attente, il avait lu tout le magazine, depuis *Enfants en vedette* jusqu'à *Maturité moderne*.

— Là-dedans, dit-il en lui désignant un article, ils expliquent que ce que nous traversons n'est pas tant une récession au sens strict qu'une période de repli avant un nouveau départ. Est-ce que ça te parle ?

— C'est Jack qu'il faudra interroger. O'Neil, qu'est-ce qu'ils t'ont donné ?

Il reposa le magazine sur la pile.

— Du Démérol quand j'ai été admis. Ça m'a fait vomir.

— Ça arrive. Écoute, chéri ça me gêne de te demander ça, mais est-ce que tu es assuré ?

— Question technique, dit O'Neil.

Puis il marqua un temps pour placer son effet ; les nouvelles n'étaient pas bonnes.

— Techniquement, non.

Kay régla tout avec sa carte de crédit, puis elle poussa le fauteuil de O'Neil jusqu'au parking où l'ambulancier, un grand Noir qui s'appelait Donnelle, aida à installer O'Neil sur le siège arrière de la Volvo de Kay. Sur le parking c'était le soir — le jour avait disparu — et des insectes palpitaient dans les arbres.

— Merci pour tout, Donnelle.

O'Neil se pencha à la portière et tendit la main ; Donnelle s'en empara chaleureusement.

— Faites attention à votre jambe, maintenant, dit-il.

Après avoir quitté le parking, Kay regarda O'Neil dans le rétroviseur.

— Tu ne vas pas faire la tête, chéri. J'ai eu le message il y a moins de quarante minutes et je suis venue dès que j'ai pu.

Il lui avait laissé des messages partout : à son bureau, à la maison, et même au restaurant où elle retrouvait parfois Jack après le travail pour dîner.

— Oh, tout va bien, répondit O'Neil au bout d'un moment. Donnelle m'a tenu compagnie.

— Je peux nous arrêter quelque part si tu as faim.

— Non. Il y avait un distributeur de friandises à l'hôpital. En plus, ils m'ont donné de la codéine, après l'échec du Démérol.

— Qu'est-ce que je vais bien pouvoir faire de toi, soupira désespérément Kay.

O'Neil rejeta la tête en arrière ; la codéine se diffusait en lui comme une vague chaude et salée. Il en avait encore une douzaine de pilules dans un petit sachet en papier.

— C'est la question que tout le monde se pose, dit-il.

Ils poursuivirent leur route, dans le soir de juin. Sous l'effet de la codéine les phares des voitures roulant en sens inverse battaient charitablement et O'Neil les fixait jusqu'à ce que ses yeux se ferment. Il se mit à rêver. C'était un collage approximatif de fragments de passé, puis son esprit se focalisa sur l'instant de l'accident : le craquement au-dessous de lui quand l'échelle avait cédé, sa roulade sur le toit et ensuite la longue chute dans le vide jusqu'au sol. Cela avait duré une éternité et en une seconde c'était fini. L'orthopédiste qui lui avait plâtré la jambe s'était émerveillé devant la netteté de la fracture — comme un fil dans de la porcelaine, avait-il dit.

— Oh, putain.

Une nouvelle fois Kay leva les yeux vers le rétroviseur.

— O'Neil ?

Il secoua la tête pour chasser l'image.

— C'était une sacrée gamelle, dit-il.

L'accident se produisit un mercredi, le troisième mercredi de juin. O'Neil repeignait des maisons depuis six semaines, après avoir sillonné l'Europe sac au dos pendant huit mois. La société qui l'employait s'appelait Peinture Pro. Le siège était situé à Montréal, mais Peinture Pro avait des succursales sur toute la côte Est, et O'Neil dépendait d'une antenne basée dans un immeuble collectif de South Norwalk. Il n'avait aucune expérience dans ce genre d'activité, mais lorsqu'il eut visionné la vidéo de formation, son patron, un Canadien nommé Joe, lui proposa un poste de contremaître. Cela signifiait que O'Neil travaillerait seul, même si Joe pouvait lui envoyer du renfort. Le plus souvent, il s'agissait d'étudiants dont la plupart ne restaient que quelques jours, le temps de décrocher quelque chose de mieux et de moins fatigant.

Le travail était pénible et payé seulement cinq dollars de l'heure, mais il plaisait à O'Neil qui avait à cœur de le faire bien. Repeindre une maison était une entreprise importante qui requérait pas mal de réflexion tactique, mais dès que O'Neil avait mis au point son plan de bataille, il pouvait laisser vagabonder son esprit en toute liberté. Les mois passés à l'étranger avaient été heureux et c'était là qu'il s'évadait à longueur de journée, tout plein de la lumière dorée d'un coucher de soleil sur le Lido de Venise, ou du spectacle triste et excitant d'une corrida à Barcelone. Pendant des années il avait été sujet au vertige, mais il découvrit, à sa grande surprise, que cette peur l'avait quitté. Souvent il prenait son café du matin ou son déjeuner assis sur une cheminée ou sur quelque autre hauteur, les jambes dans le vide. Les maisons dont il s'occupait se trouvaient toutes à quelques minutes de Long Island Sound, et par-dessus le faîte des arbres il apercevait l'eau, son immensité lisse et imperturbable, et par temps clair, l'île de Manhattan, une ligne hérissée qui se découpait au fusain sur l'horizon, au sud. Parfois des piétons en bas s'arrêtaient et lui faisaient des signes, alors O'Neil répondait de la main ou levait sa tasse de café, pour un petit toast.

Au moment de l'accident, il travaillait seul sur le chantier, une vaste demeure victorienne en très mauvais état avec de magnifiques saules bordant une cour qui paraissait toujours humide. La maison, dans un quartier huppé de vieilles constructions toutes méticuleusement restaurées, appartenait à une femme superbe d'environ trente-cinq ans avec de hautes pommettes saillantes, des cheveux couleur d'onyx et un mari que O'Neil n'avait jamais vu. Ils venaient juste d'y emménager ou s'apprêtaient à la vendre — en tout cas les pièces étaient pratiquement vides. Le couple avait un enfant, un petit garçon lumineux nommé Henry qui pleurait toute la journée, et O'Neil en était navré pour la femme qui, elle, s'appelait Patrice. Elle passait ses journées seule chez elle avec un enfant inconsolable et semblait attendre que s'écoulent les heures dans un état de suspension, jusqu'à ce que son mari rentre. O'Neil était curieux à son propos, comme il l'était toujours à propos des gens dont il repeignait la maison, mais qu'elle fût jolie et qu'elle eût l'air d'apprécier sa présence aiguisait encore son intérêt. Malgré cela, au fil des semaines, il apprit très peu de chose sur Patrice. Pendant tout le temps qu'il travailla là, jamais elle ne reçut de visites ; parfois elle partait avec Henry en voiture, une antique Mercedes avec des traînées de rouille sur les portières, mais ces expéditions ne produisaient rien de plus que des provisions d'épicerie. Il lui fallut deux semaines pour constater que pas une fois il n'avait entendu sonner le téléphone. Que faisait-elle ici, au milieu de cette banlieue chic, dans une maison sans meubles? Comment gagnait-elle sa vie? Qui étaient ses amis? En général, les clients de O'Neil ne se souciaient pas de lui, mais Patrice venait souvent au pied de son échelle et s'intéressait aux progrès de son travail, ou encore ils bavardaient à la fin de la journée pendant qu'il nettoyait ses pinceaux. O'Neil attendait ces moments avec impatience et à son avis c'était réciproque. Debout dans l'allée, il lui parlait de l'avancée du chantier, ou lui relatait des anecdotes sur son voyage en Europe — l'auto-stop dans les collines toscanes et dans les vertes vallées du Rhin, l'éveil à l'aube sur un ferry reliant Catane à Naples pour surprendre un voleur fouillant dans son sac à dos, le choc du *Guernica* de Picasso à Madrid, et ses larmes, ensuite, pendant une heure. O'Neil ne se sentait pas seul et quand il lui racontait ces histoires, il constatait qu'elles sortaient de lui sans effort, comme s'il ne s'agissait pas d'événements qui avaient eu lieu mais de présences vives à l'intérieur de lui, et qui ne demandaient qu'à s'échapper. Mais chaque fois, sur le chemin du retour, il s'apercevait avec gêne qu'il avait alimenté l'essentiel de la conversation et qu'elle ne lui avait rien dit d'elle.

Le jour de l'accident, O'Neil s'apprêtait à dresser une échelle sur le toit du porche pour peindre une paire de pignons au troisième étage lorsque Patrice sortit par la porte latérale avec un plateau chargé de rafraîchissements. C'était un après-midi étouffant et humide avec un ciel vieil ivoire et tous deux s'installèrent à une table de camping dans la cour pour boire les jus de fruits. Henry dormait — il dormait enfin, dit-elle en grimaçant un sourire, car le petit garçon capitulait rarement et jamais pour longtemps — et lorsqu'elle avait vu O'Neil dehors, elle avait pensé : voici une occasion de lui offrir une boisson fraîche. Elle était vêtue d'un short et d'une grande chemise d'homme dont elle avait roulé les manches, et en bavardant elle plaquait son verre glacé contre son long cou entre chaque gorgée. Comment pouvez-vous travailler avec une chaleur pareille ? lui demanda-t-elle. L'hiver ne la dérangeait pas — elle avait été élevée dans le froid — mais parfois en été elle ne pouvait s'empêcher de perdre totalement l'esprit. O'Neil s'interrogea sur la chemise et sur son propriétaire. À l'annulaire, Patrice portait une simple alliance en or et un gros diamant qui étincelait sur sa peau. Ces bijoux venaient bien de quelque part, évidemment, mais O'Neil n'avait jamais vu son mari, même les jours où il était resté jusqu'à dix-huit heures. Jamais, au cours de leurs conversations, elle n'en avait parlé, même par allusion.

Il allait aborder ce sujet, cherchant encore un moyen de ne pas paraître indiscret, lorsque les cris d'Henry leur parvinrent par la fenêtre ouverte. Patrice, avec un soupir exaspéré, le laissa seul à la table ; elle n'allait sans doute pas revenir de sitôt, aussi O'Neil retourna-t-il à son ouvrage, remontant à l'échelle avec son pot de peinture. C'est là qu'il fit une erreur d'appréciation qui, en y repensant, était totalement évitable. Le toit du porche avait dix degrés de pente et la pratique courante exigeait qu'on clouât deux cales dans les solives pour bloquer les pieds de l'échelle ; la vidéo de formation était parfaitement claire sur ce point. Mais O'Neil se retrouva perché sur le toit dans la chaleur suffocante, l'esprit tout entier absorbé par l'image d'un verre de jus de fruits posé contre le cou de Patrice et cette précaution lui sembla superflue. Pas de problème, se dit-il, je vais finir en moins de deux. Sans plus réfléchir, il appuya le haut de l'échelle entre les fenêtres, coinça d'un coup de talon les pieds contre les bardeaux et grimpa avec pot et pinceau, et il eut juste le temps de comprendre sa bêtise avant que tout le dispositif ne s'écroule dans un chaos assourdissant. Le toit du porche interrompit sa chute et, l'espace d'une seconde pleine d'espoir, il crut qu'il allait s'arrêter là. Mais presque aussitôt le vide le reprit — sensation si horrible qu'il sut qu'il la traînerait avec lui jusqu'à son dernier jour — et tout ce qu'il put faire ensuite fut d'assister à ce qui se passait. Un bruit s'échappa de ses poumons, une plainte de terreur des plus pures, puis il toucha terre, durement, sur le dos, la jambe gauche empêtrée dans l'échelle comme dans un énorme ski ; au cours du silence qui suivit, il sentit et entendit en même temps une minuscule brisure osseuse. Pendant un moment il resta étendu là, étonné par tout ce qu'il voyait, par la peinture qu'il avait renversée et qui lui gouttait sur le visage depuis le chéneau, puis par Patrice qui accourait. « Je suis désolée, disait-elle, je suis désolée, je suis désolée », et O'Neil se demandait de quoi elle se sentait coupable ; l'accident était sa faute à lui, du début à la fin. Avec un linge humide, elle le nettoya autant que possible tandis que Henry hurlait sur une couverture, puis elle le conduisit à l'hôpital dans sa Mercedes rouillée, attendant sur le seuil pendant qu'on l'emmenait à la radio, Henry criant toujours dans ses bras.

Depuis son retour d'Europe, fin avril, O'Neil vivait chez Kay, dormant sur un matelas dans un réduit qui, derrière la cuisine, servait de débarras, pour cinquante dollars par semaine qu'il leur versait, à elle et à Jack. La maison, simple bungalow sans étage et sans cave, faisait partie d'un lotissement séparé de l'autoroute par un haut mur en ciment, et bien que dans la journée la rue semblât agréable — propre et bien entretenue, sans histoire —, dès la tombée de la nuit le climat se détériorait, les chiens aboyaient et des bandes de jeunes se rassemblaient dans les coins. Un matin, en partant au travail, O'Neil découvrit dans sa voiture un paquet de cigarettes vide, et trois mégots dans le cendrier. À part cela, l'auto ne présentait aucun dommage. Aucun méfait n'avait été commis, mais O'Neil s'inquiétait tout de même pour sa sœur qui habitait un quartier où des inconnus venaient fumer dans votre voiture pendant que vous dormiez. La pièce dans laquelle il couchait était encombrée de boîtes portant des inscriptions au feutre noir — *Thèse, Notes, Bureau, Cuisine et Salle de bains.* Un jour, O'Neil avait ouvert l'une de ces boîtes marquée *Cadeaux de Mariage* et y avait trouvé dans leur emballage d'origine trois moules à gaufres métalliques neufs. Les trésors cachés dans ces boîtes l'émerveillaient, car O'Neil lui-même ne possédait pratiquement rien. Il avait vendu à peu près toutes ses affaires pour payer son voyage et vivait encore avec le sac à dos qui l'avait accompagné à Londres, Paris, Lisbonne et Rome.

Kay, de cinq ans son aînée, était directrice d'un bureau national d'aide aux mères adolescentes, et Jack était économiste et poursuivait sa formation dans un groupe d'études à Stamford. Lorsqu'il aurait terminé dans un an ou deux, ils vendraient la maison et iraient s'établir là où on offrirait à Jack une bonne place. O'Neil ignorait tout du métier de Jack, qui avait un rapport avec le monde du travail, et Kay plaisantait souvent en disant qu'il consoliderait grandement sa compétence s'il participait un peu au rangement ménager. Dans ces moments-là, elle semblait ne pas aimer beaucoup son mari, mais ces accès restaient brefs. O'Neil ne pensait ni du bien ni du mal de Jack qui paraissait le considérer avec une chaleur toute virile et fraternelle. « Comment se porte l'homme ? » demandait-il à O'Neil lorsqu'ils se croisaient dans le couloir, ou s'effaçaient l'un devant l'autre dans l'étroite cuisine. « Qu'est-ce que tu nous racontes, O'Neil ? » Un vendredi, quelques semaines après son retour, O'Neil était rentré tard d'un bar et avait entendu Kay et Jack parler à voix basse dans la cuisine. Il s'était immobilisé dans l'entrée pour écouter. Bien qu'il ne comprît pas les mots, il était clair, à en juger par leur ton averti, parental, que c'était de lui qu'il s'agissait. Quand s'en irait-il ? Quel était l'avenir d'un garçon comme O'Neil ?

Au retour de l'hôpital, Kay l'aida à se mettre au lit dans sa petite chambre et au matin O'Neil s'éveilla bien après le départ de Kay et Jack. En se dandinant sur ses béquilles, il se fit du café et prit un peu de codéine avant de laisser un message à Joe qui le rappela en début d'après-midi alors que O'Neil suivait une série à la télévision, assis sur le canapé, son plâtre soutenu par une pile de coussins.

— Je viens de passer devant la maison, dit Joe sur un bruit de circulation. Qu'est-ce que tu as fichu au toit ?

— J'ai eu un accident.

— Ces gens vont être furieux, retournes-y tout de suite.

— Joe, je me suis cassé la jambe.

Il y eut un silence. O'Neil attendit la réaction de Joe.

— D'accord. Désolé. Dis-moi, comment ça va, cette jambe ?

O'Neil tendit le récepteur vers sa jambe et toqua sur le plâtre de son doigt replié.

— Tu peux venir signer ma sculpture, si tu veux, dit-il. À part ça, tu dois mille cinq cents dollars à ma sœur pour les frais médicaux.

— Seigneur, O'Neil. Tu n'as pas d'assurance ?

Sur l'écran un couple s'embrassait, les yeux clos.

— Pourquoi est-ce que tout le monde me pose cette question ? dit O'Neil.

— D'accord, d'accord. Il va falloir que je leur explique, à ces gens. Comment s'appelle cette femme ? Patty ?

— Patrice. C'est elle qui m'a conduit à l'hôpital.

— Je me suis toujours figuré qu'elle était jolie, dit Joe, rêvant à haute voix.

— Tâche de lui dire que c'est toi qui finiras de peindre sa maison.

O'Neil passa le reste de l'après-midi à regarder la télévision et à somnoler, et à maudire sa jambe qui commençait à lui lancer des appels douloureux, tel un signal radio à basse fréquence. Il se dit que Joe ne tarderait pas à rappeler pour régulariser la situation. Jamais il n'avait rencontré quelqu'un comme Joe, qui parlait de son pays natal avec un lyrisme patriotique totalement nouveau pour O'Neil. « On croit qu'il fait froid au Canada, déclarait volontiers Joe, mais c'est la chaleur humaine des gens qui le caractérise. » O'Neil avait bien des doutes sur les pratiques professionnelles de Joe — il exploitait ses employés au point qu'il ne pouvait presque en garder aucun et acceptait des avances pour des chantiers qu'il n'aurait pas le temps d'entreprendre avant un million d'années — et malgré cela O'Neil se plaisait à penser que sa loyauté, à accomplir ainsi un travail horrible dont personne ne voulait, finirait au bout du compte par être payante. Mais Joe ne rappela pas, et à mesure que l'après-midi s'écoulait, il vint à l'esprit de O'Neil que ce silence serait peut-être bien définitif.

Après le dîner, Kay et Jack l'ayant laissé pour aller au

cinéma, O'Neil glissa deux pilules dans la poche de sa chemise et gagna le patio avec ses béquilles. C'était une cour de ciment que Kay et Jack avaient agrémentée de meubles de jardin en plastique et de soucis en pots. O'Neil s'installa dans un fauteuil et avala les pilules avec une canette de bière, puis il attendit que la codéine agisse. Le jour déclinait, et ce qui subsistait de luminosité se déversait dans les ombres comme de l'eau dans un égout. Son corps avait toujours été hautement réactif aux médicaments et la codéine lui donnait l'impression d'être en étain martelé. Dans de telles circonstances, O'Neil songeait souvent à Sandra, la dernière fille qu'il avait aimée. Ils avaient rompu quelques mois après l'accident de ses parents — avec un fardeau si lourd, O'Neil avait tout simplement dérivé — et même s'ils avaient sauvegardé leur amitié jusqu'à leur départ de l'université, O'Neil ressentait souvent un coup de poignard en pensant combien elle lui manquait et à ce qu'elle lui avait apporté à l'époque : une vie plus palpitante, en quelque sorte, comme si son existence était une porte ouverte qu'il pouvait franchir à volonté. L'été qui avait suivi le diplôme, Sandra était partie sur les routes à bicyclette, en récoltant des fonds pour la lutte contre la faim dans le monde ; maintenant elle vivait en Californie et étudiait la médecine à Stanford pour devenir pédiatre cancérologue, alors que O'Neil repeignait des maisons et habitait un débarras. Il aurait aimé lui téléphoner, mais pour dire quoi ? Par-dessus le marché, Joe lui devait deux semaines de salaire et O'Neil commençait à douter d'en voir un jour la couleur, sans compter les mille cinq cents dollars de sa jambe cassée. Si ses parents avaient encore été là, il leur aurait demandé conseil. Pendant un certain temps après leur mort, quand il était seul et se sentait perdu, O'Neil leur parlait, leur posait des questions sur sa vie. Est-ce que je dois abandonner les maths ? Est-ce qu'il faut que j'achète une voiture ? Il n'avait confié cela à personne, même pas à Kay, mais il avait secrètement la conviction qu'elle faisait la même chose.

Maintenant, cinq ans plus tard, dans le patio de sa sœur, O'Neil prenait conscience que son souvenir de ses parents, leur présence charnelle, s'était estompé. Il n'arrivait plus à entendre leurs voix, ni même à imaginer ce qu'ils pourraient lui dire. Lorsqu'il fermait les yeux, il réussissait encore à faire exister leurs visages, mais ces images étaient immobiles, comme des photographies. Assis dans la pénombre de la cour, il comprit qu'ils n'étaient rien de plus — des images souvenirs, rien d'autre. Ce n'était pas seulement la codéine, pensa O'Neil. Ils l'avaient laissé tout seul.

L'accident qui avait causé la mort de ses parents s'était produit lors d'une visite à O'Neil à l'université, à l'automne de sa deuxième année. Ils avaient profité du week-end des parents et, en rentrant chez eux, dans une tempête de neige leur voiture était sortie de la route et était tombée dans une vallée trente mètres plus bas. Tout cela n'aurait rien eu de mystérieux — un dérapage sur une chaussée humide au crépuscule — si ce n'est qu'ils avaient quitté la faculté à midi et que l'accident avait eu lieu six heures plus tard, pas du tout sur le trajet prévu, et à moins de quarante kilomètres de distance. Où avaient-ils passé les heures intermédiaires ? Leur mère avait téléphoné à Kay à seize heures trente, mais sans préciser d'où elle appelait. La portion de route entre le campus et le ravin où s'était écrasée leur voiture était déserte : aucune ville ni aucune raison de s'arrêter. Endormi dans la bibliothèque universitaire, O'Neil s'était réveillé à dix-sept heures pour voir, derrière la fenêtre, voleter les premiers flocons solides; vers minuit près de trente centimètres de neige recouvraient le sol et on lui apprenait que ses parents étaient morts. L'identification des corps aurait dû lui échoir— après tout il était sur place — mais au bout du compte il ne put s'y résoudre; il attendit que Kay et Jack arrivent, de New Haven, et il resta dehors, devant le poste de police, dans le froid et la neige, pendant qu'ils s'acquittaient de cette tâche. Puis ils partirent tous trois pour Glenn's Mills, la ville du nord de l'État de New York où O'Neil et sa sœur avaient grandi et où devait se dérouler l'enterrement.

O'Neil se procura des polycopiés de ses cours et décida de demeurer chez ses parents jusqu'à la rentrée de janvier, moment où Kay retournerait à New Haven et où ils mettraient la maison en vente. Bien qu'on eût pu croire à un spectacle morbide, un couple d'orphelins errant de pièce en pièce, les semaines qui suivirent la mort des parents passèrent rapidement et devinrent, pour O'Neil, une période de sérénité étrange et inattendue. Il s'aperçut que la tristesse était une émotion différente du chagrin et comprit qu'il pouvait à la fois souffrir terriblement de l'absence de ses parents — une perte si écrasante qu'il était tout simplement incapable d'y faire face dans sa totalité, comme lorsqu'on veut regarder un gratte-ciel de trop près — et trouver une certaine satisfaction à régler leurs affaires. Les comptes à solder, les factures à payer, les lettres à lire et à jeter, les vêtements à porter au nettoyage et à donner : il savait ce que Kay et lui étaient en train de faire — ils étaient en train de gommer leurs parents, de supprimer les dernières preuves de leur vie sur terre. C'était, O'Neil en avait conscience, une façon de leur dire adieu, et cependant, à chaque voyage à la Borne de Bienfaisance, derrière le supermarché, à chaque coup de téléphone à une banque ou à un organisme de prêt, ses parents acquéraient à ses yeux une réalité qu'ils n'avaient jamais eue durant leur vie. Plus encore qu'une réalité : il les sentait s'établir à l'intérieur de lui. Jack avait regagné New Haven quelques jours après l'enterrement et, seuls dans la maison, O'Neil et Kay glissaient dans un schéma qui rappelait, cela le frappa, celui que ses parents avaient adopté ou à peu près. Les heures auxquelles ils mangeaient, travaillaient, dormaient, le rituel de leurs retrouvailles au salon en fin d'après-midi pour le thé — autant d'actions que leurs parents accomplissaient, et un soir, peu avant leur départ, O'Neil en vint à rêver que Kay et lui étaient mariés. C'était un rêve dans lequel ils étaient à la fois eux-mêmes et d'autres — ils étaient en même temps eux et leurs parents — et lorsqu'il s'éveilla dans son ancienne chambre mansardée, il n'éprouva ni dégoût ni honte, mais la vague certitude qu'il avait été visité par le monde des esprits.

Ses découvertes furent nombreuses — son père, par exemple, possédait dix-neuf chemises bleues; sa mère conservait une aiguille enfilée dans sa travailleuse; sur une étagère de la buanderie, derrière les paquets de lessives et d'assouplisseurs, quelqu'un avait dissimulé une boîte de farces et attrapes — et cependant il semblait impossible de définir les circonstances réelles de la mort de ses parents, l'endroit et l'heure ajoutant au mystère. Puis, peu de temps avant Noël, ils reçurent le relevé de la carte de crédit de leur père qui mentionnait une dépense de quarante-deux dollars dans un motel, La Clairière, et le mystère cessa d'en être un. Le retrait portait la date de leur décès, le 12 novembre, et O'Neil reconnut tout de suite le nom : La Clairière était un motel délabré à l'écart de l'autoroute, à environ une heure au sud du campus. Sa curieuse silhouette, si loin de tout, avait toujours paru si sordide et si improbable qu'il s'était érigé en repère familier ; O'Neil et ses parents en avaient souvent ri ensemble, pour occuper les dernières minutes de leurs longs trajets en voiture vers l'université. O'Neil ne ressentit aucune gêne en apprenant la nouvelle — bien pis avait été la découverte, dans la table de nuit de sa mère, de son diaphragme, posé sur un vieux dépliant traitant du « contrôle des naissances ». Et pourtant c'était troublant, comme d'ouvrir une porte et de trouver derrière une deuxième porte identique. O'Neil et Kay, assis sur le canapé, se repassaient le relevé, le relisaient inlassablement en hochant la tête. Un motel. Ils étaient allés voir O'Neil au collège, ils s'étaient arrêtés sur le chemin du retour dans un hôtel miteux en bord de route et, en repartant, s'étaient laissé piéger par la tempête. C'était presque drôle ; pour O'Neil, ça n'avait aucun sens. Faisaient-ils la même chose à chaque fois ? Quels autres petits secrets avaient-ils encore ? Et soudain il se rendit compte qu'il ne savait presque rien de ses parents. Les relevés bancaires et les chemises bleues n'étaient rien. Une tristesse nouvelle l'étreignit, et il comprit tout de suite que c'était celle qu'il avait espérée. Ni plus ni moins : c'était le simple regret de ne pas avoir eu le temps de devenir un homme avant qu'ils ne meurent.

Sans le moindre signe de Joe le vendredi soir, O'Neil demanda à Kay et Jack de le conduire chez Patrice pour qu'il récupère sa voiture, une vieille Buick qu'il avait rachetée à un particulier à son retour d'Europe. Il s'attendait que le chantier ait progressé sans lui, mais en arrivant devant la maison, il se trouva face à un tableau d'abandon, comme si le temps s'était figé à la seconde de l'accident. Son échelle était toujours couchée dans la cour derrière les saules, à côté d'un pot de peinture séchée. Il n'y avait pas encore réfléchi, mais il en avait renversé trois ou quatre litres sur le toit du porche qui était maintenant dans un état catastrophique — il faudrait le restaurer et cela, O'Neil ne l'ignorait pas, allait coûter cher à Joe.

Patrice vint ouvrir la porte avant même qu'il ne sonne, Henry sur la hanche. L'enfant était vêtu en tout et pour tout d'une couche, les yeux fiévreux après une journée entière de larmes, et Patrice affichait la mine hagarde et désespérée de quelqu'un qui n'a pas dormi depuis des jours. O'Neil avait avalé sa dernière codéine en début d'après-midi et, en voyant Patrice, il se jugea indigne. Elle désigna son plâtre du menton.

— Ça vous fait mal ?

— Vous êtes la première personne qui s'en inquiète, répondit-il. Merci, j'ai eu mal, au début.

Elle leva la main vers lui, n'osant aller jusqu'à lui toucher le visage.

— Vous avez de la peinture dans les cheveux.

Ils se rendirent tous trois dans la cour de devant pour mieux apprécier l'état du toit. O'Neil put voir une grande tache à l'endroit où il avait d'abord rebondi, et en dessous une large bande de peinture qui indiquait sa trajectoire depuis le toit en pente jusqu'au sol.

— Je suis sincèrement désolé, dit-il. C'était entièrement ma faute. En plus, je ne vous ai même pas remerciée de m'avoir emmené à l'hôpital.

Patrice regardait tendrement Henry qui lui renvoyait son sourire.

— Que pouvions-nous faire d'autre, Henry ? dit-elle. Laisser ce pauvre homme dans la cour ?

Elle aida O'Neil à rassembler son matériel sous une bâche pour le cas où il pleuvrait. Elle ne semblait pas du tout pressée que les travaux reprennent et O'Neil ne savait que dire à ce sujet. Ce serait peut-être jamais.

— Qu'est-ce que vous allez faire ? lui demanda-t-elle comme il s'apprêtait à repartir.

— Je ne suis pas encore décidé. Peut-être une école de droit.

— Je voulais parler de vos cheveux, O'Neil, sourit-elle.

Alors, pendant quelques secondes, ils échangèrent un profond regard. O'Neil vit que les cils de Patrice étaient longs et fournis et que, bien qu'elle n'ait pas de mascara, ils paraissaient tressés. C'était un détail minuscule, mais il le vit. Son esprit s'empara de cette image, rejetant toute autre pensée, et il imagina l'effet que produiraient ces cils en effleurant sa joue. Il songea que ce serait agréable de l'embrasser — plus qu'agréable. Mais triste aussi, d'une tristesse qu'il n'avait pas encore connue. Ils se regardèrent encore, puis Patrice détourna les yeux vers la Volvo arrêtée dans l'allée, où Kay et Jack lisaient le journal.

— Qui est-ce ? dit-elle. Vous m'avez amené quelqu'un.

O'Neil regarda à son tour la voiture.

— C'est ma sœur et son mari. Kay et Jack.

Patrice pivota pour qu'Henry puisse voir lui aussi et elle lui prit la main pour qu'il fasse un petit signe.

— Je regrette vraiment pour votre jambe, O'Neil. Ici, sans vous, ce n'est plus la même chose.

Ils se dirent au revoir et Jack reconduisit O'Neil dans la Buick pendant que Kay les suivait avec la Volvo. Comme ils s'engageaient dans Post Road, O'Neil leva les yeux et rencontra ceux de Jack dans le rétroviseur.

— Jolie femme, dit Jack avec un clin d'œil d'amateur.

Qu'est-ce que tu en penses, O'Neil, si je me mettais à la restauration de façades ?

O'Neil ne répondit rien. Il venait de comprendre que s'il n'avait jamais vu le mari de Patrice, c'était parce qu'il n'y en avait pas. Sa supposition que cet homme existait n'avait été que cela — une supposition. À moins que Joe ne le lui ait laissé entendre. Quoi qu'il en soit, cette personne n'existait pas. Il n'y avait que Patrice et Henry, et leur grande maison vide que personne ne leur repeignait plus.

O'Neil essaya d'enlever la peinture dans ses cheveux, mais sans succès, et la semaine suivante il finit par demander à Kay de les lui couper.

À l'aide de vieux ciseaux de couture trouvés dans un tiroir de la cuisine, Kay lui tondit presque la tête, pendant qu'il restait assis, enveloppé dans une nappe en plastique et que Jack nettoyait le sol avec une balayette. Il y avait une bonne nouvelle : Joe avait téléphoné ; après le dîner il vint le chercher avec la camionnette de la compagnie et l'emmena dans un bar de Port Chester où ils allaient souvent après le travail. Le bar s'appelait le Moosehead et était tenu par un Canadien qui, comme Joe, semblait captif d'un exil sentimental. Un drapeau canadien pendait au-dessus du bar, des cartes du Canada et des photos de sites touristiques canadiens tapissaient les murs lambrissés, et s'ils s'attardaient suffisamment, O'Neil savait que le barman agiterait une clochette et inviterait tout le monde à reprendre en chœur *O Canada*.

Ils s'installèrent à une table. Joe avait un corps de déménageur, carré et solide, et une moustache blonde qu'il lissait du pouce et de l'index.

— À propos de l'argent, dit-il d'un ton navré, nous risquons d'avoir quelques problèmes.

— Ne me dis pas ça.

— La situation est la suivante, poursuivit Joe : le statut de la compagnie est un peu flottant en ce moment. Pratiquement, je n'ai aucun employé, en dehors de toi. En d'autres termes, depuis la semaine dernière, nous ne faisons plus officiellement partie de Peinture Pro.

— Tu n'as pas d'assurance.

Joe désigna leurs verres du doigt.

— C'est ma tournée.

— C'est l'habitude au Canada ? On te paie en bières ?

Joe quitta la table pour aller sélectionner un disque dans le juke-box et revint avec une soucoupe de cacahuètes.

— Oh, ne te fâche pas, dit-il. Tu es là et moi aussi. Est-ce que je t'ai déjà fait faux bond ? Nous allons trouver une solution.

— Il faut que quelqu'un termine ce chantier, suggéra O'Neil.

— Juste, répliqua Joe, la bouche pleine. Tout à fait juste. Et je le terminerai moi-même s'il le faut. Ce que je dis, c'est que nous n'avons pas envisagé toutes les possibilités qui s'offrent à nous.

— Joe, elle est totalement seule, là-bas.

— Tu vois bien, approuva Joe, plein d'optimisme. On va régler ça.

Sur le parking, ils se mirent d'accord sur trois mille dollars ; mille cinq cents pour payer l'hôpital, mille pour le suivi médical, et cinq cents pour son préjudice. O'Neil pensait qu'il n'était pas près de recevoir cet argent, mais deux jours plus tard, Joe se présenta à la maison avec un chèque et une lettre à lui faire signer. La lettre disait, en substance, qu'il ne faisait plus partie du personnel de Peinture Pro & Co, et qu'il dégageait à la fois Joe et la maison mère de toute responsabilité concernant son accident. O'Neil se demanda si un tel document était légal — c'était ni plus ni moins de l'escroquerie — mais il était heureux de récolter un peu d'argent et signer semblait le seul moyen d'y parvenir. Le chèque n'était pas sans provision et O'Neil put rembourser Kay en espèces le lendemain, après dîner.

— J'espère que tu n'as rien eu à signer, dit-elle en considérant les billets.

Le dimanche, on était le 4 juillet, ils allèrent tous les trois en voiture jusqu'à la plage de Old Greenwich, pour faire un barbecue et regarder le feu d'artifice sur le Sound. On devait le tirer d'une barque ancrée au large, et après avoir mangé leur poulet et bu leur vin, ils déplièrent des chaises longues sur la rive pour assister au spectacle. La soirée était claire ; l'obscurité descendait avec la souplesse régulière d'un rideau qui s'abaisse. Comme les étoiles perçaient au-dessus de l'eau immobile, on entendit la première détonation et tout le monde poussa des cris joyeux tandis que la fusée rayait le ciel pour y délivrer sa cargaison de lumières tourbillonnantes.

— D'où vient la magie des feux d'artifice ? dit Jack à O'Neil.

Kay et Jack se tenaient la main et O'Neil comprit que cette remarque était destinée à l'associer au couple, même si Jack avait l'air sincèrement ému ; le vin lustrait la peau de son visage et ses yeux étaient humides dans les reflets scintillants.

— Est-ce parce qu'ils sont là et disparaissent la seconde suivante ? poursuivit-il. Ou bien parce qu'ils nous rappellent notre enfance ?

Avant que O'Neil puisse répondre, Kay se pencha vers son mari et l'embrassa.

— Chéri, dit-elle avec une caresse, tu es ivre.

De retour à la maison, Jack alla se coucher et Kay rejoignit O'Neil dans la cuisine.

— Je suis navrée, dit-elle tristement en s'asseyant en face de lui ; Jack ne tient pas du tout l'alcool.

— Il avait raison, malgré tout, dit O'Neil. Je me souvenais effectivement.

Kay garda le silence un moment.

— Moi aussi, ils me manquent, dit-elle enfin.

Elle quitta alors la pièce et revint un peu plus tard avec une enveloppe qu'elle posa sur la table devant O'Neil. Avant même de la regarder, il sut que c'était une chose que leurs parents avaient laissée derrière eux. Leur père était — avait été — un homme de loi, et sur l'enveloppe figuraient les coordonnées de son cabinet, imprimées à l'encre noire, puis le nom de la destinataire, Dora Auclaire. O'Neil vit que l'enveloppe avait été ouverte très proprement à l'aide d'un couteau. Il en sortit la feuille et, en la dépliant, il sentit grossir son cœur. La lettre, de la main de son père, se réduisait à une phrase. *Chère Dora,* lisait-on, *Cela aurait été bien pour moi aussi.* Et il avait signé. *Affectueusement, Art.*

— Je suis désolée, O'Neil. Je me suis dit qu'il était temps que tu voies cela.

— Seigneur Dieu.

Il reposa la lettre, mais la reprit aussitôt.

— Où l'as-tu trouvée ?

— Elle n'était pas cachée, si c'est ce que tu penses. Elle était juste rangée dans le tiroir de son bureau. Je l'ai trouvée deux jours après l'accident, en cherchant le bail de son cabinet. Je n'aurais peut-être pas dû l'ouvrir, mais j'ai cru que ça pouvait être important.

O'Neil relut la lettre, son unique phrase tendue et ardente. Dora Auclaire : il fouilla sa mémoire en quête de cette femme, mais en vain.

— Seigneur Dieu, Kay.

— D'accord, chéri. C'est moche.

O'Neil soupira, ne sachant plus quoi faire, ou quoi dire.

— Tu as idée de qui il s'agit ?

— Il a travaillé pour elle, ça j'en suis sûre. Un testament, un ou deux contrats immobiliers, dit Kay dans un haussement d'épaules. Je ne me suis pas appesantie là-dessus.

— Je n'arrive pas à croire que papa couchait à droite et à gauche.

Puis il se figea soudain.

— Tout de même, ils ont été dans un *motel*.

— Il ne l'a pas envoyée, O'Neil, dit Kay en lui prenant la main. Et la lettre ne prouve rien. Il y a bien des choses que nous ne saurons jamais.

O'Neil regarda le sol.

— Que nous n'arriverons pas à savoir, tu veux dire.

— Que nous ne saurons pas, que nous n'arriverons pas à savoir, c'est pareil.

Elle s'interrompit et O'Neil sentit son regard sur lui.

— C'étaient des gens normaux, O'Neil.

— Comment peux-tu dire ça ?

Il eut un mouvement de recul qu'il regretta aussitôt.

— C'étaient nos parents.

Kay se leva et alluma la cuisinière pour faire du thé. Dès qu'elle eut le dos tourné, il ferma les yeux et essaya de se souvenir d'eux, de ses parents. Depuis quelque temps il souffrait de ne plus entendre leurs voix. Mais il ne parvint pas à imaginer son père en train de dire ces mots-là.

Kay revint à la table et approcha sa chaise de celle de O'Neil.

— Chéri, je suis désolée. Sincèrement. Mais je crois qu'il faut que nous parlions de ce que tu vas faire de ta vie.

— Mais je fais déjà quelque chose.

— Tu peins des maisons pour un escroc.

— Oh, Joe n'est pas si moche.

— Joe est un menteur, et un voleur. Et le droit ? Tu avais bien évoqué le droit ?

— J'ai dit ça comme j'aurais dit n'importe quoi.

— Bon. Oublions le droit, dit Kay avec un soupir maternel. Et l'enseignement ? Tu t'entends bien avec les enfants.

— Est-ce que tu m'as déjà vu avec des enfants ? Je ne crois pas en connaître en seul.

Ils restèrent assis un moment en silence. La bouilloire siffla et Kay quitta la table pour préparer le thé qui dégagea des odeurs de citron et de rose. Elle posa une tasse devant O'Neil, puis se pencha pour entourer ses épaules de ses bras et embrasser son crâne.

— Ils avaient leur vie, O'Neil. Il faut que tu aies la tienne. C'est ça que j'essaie de te dire.

— Tu me fiches dehors.

— Je t'aime, mon p'tit gars.

Elle prit du recul pour bien le regarder.

— Eh oui. Dès que ta jambe ira mieux, il faudra que tu te lances dans ta vie. Et moi dans la mienne.

Après le départ de Kay, O'Neil demeura seul, à boire son thé. Il y avait des années qu'on ne l'avait pas appelé *mon p'tit gars.* Il se souvenait du jour où il avait reçu son diplôme au collège et de la minute où, descendant de l'estrade avec son parchemin serré dans le poing, il avait levé les yeux à la recherche de Kay. Une mer de visages sous le soleil, et puis elle, qui lui faisait un signe de la main. Dans toute cette foule, Kay était la seule personne qui lui appartenait, et jamais il ne l'avait autant aimée qu'à cet instant-là, un peu comme un homme qui se noie aime une bouée de sauvetage. Qu'allait-il devenir sans elle, maintenant, dans la vie où elle le rejetait ? La lettre était restée sur la table de la cuisine, à côté de la salière et du poivrier ; il la relut. *Chère Dora. Affectueusement, Art.* Que devait-on faire de telles choses ? C'était une énigme, comme le relevé du motel avait été une énigme, et il savait qu'il ne trouverait de solution ni pour l'une ni pour l'autre ; c'est cela que Kay avait voulu dire. Il n'était pas impensable qu'elle eût conservé cette lettre pour un jour comme celui-ci, avec l'idée qu'elle pourrait être déterminante. O'Neil finit son thé, ayant décidé ce qu'il ferait mais prenant le temps de visualiser la scène, pour s'assurer que l'image qu'il avait construite dans son esprit était la bonne. Elle l'était. Il se dressa sur ses béquilles et alla à la cuisinière avec la lettre. Lorsqu'il la présenta à la flamme bleue du brûleur, le papier s'embrasa si rapidement qu'il le tenait encore lorsqu'il disparut.

Il avait une dernière chose à faire. L'après-midi suivant O'Neil mit un short et un polo propres et parcourut les sept kilomètres qui le séparaient de la maison de Patrice en auto-stop. Son matériel était toujours sous la bâche, dans l'allée, et la cour était tranquille dans l'ombre tendre des saules. O'Neil essayait depuis deux jours de joindre Joe, mais toujours sans succès, et il y avait fort à parier qu'il avait déjà regagné son cher Canada.

Patrice l'accueillit et le conduisit dans la cuisine où elle continua à donner ses céréales à Henry à la cuillère. Le petit garçon avait des grains dans les cheveux et les sourcils.

— Comment va la jambe ?

— Pas trop mal, dit O'Neil. J'ai bien peur d'apporter de mauvaises nouvelles. Je crains que personne ne vienne terminer les peintures de votre maison.

Henry saisit sa tasse et commença à en marteler la tablette de sa chaise haute. Patrice rassembla le reste de céréales dans la coupe presque vide et, tandis qu'elle présentait la cuillère devant la bouche d'Henry, O'Neil la vit s'interrompre pour essuyer une larme au coin de son œil du dos de la main.

— Je suis sincèrement navré, dit-il.

— J'aurais dû m'y attendre.

Elle tourna vers lui son visage las.

— J'ai le chic pour tomber dans les panneaux. Il y a une chance pour qu'on le retrouve ?

— Aucune. Je dirais que nous nous sommes fait avoir tous les deux.

O'Neil se leva sur ses béquilles.

— Combien lui avez-vous versé ?

— Quatre mille dollars, soupira-t-elle honteusement.

Elle posa ses paumes sur ses yeux puis les ouvrit comme une double porte en regardant Henry.

— Ta mère est une sacrée idiote. Dis-lui : Bonjour, idiote !

O'Neil remplit le chèque. Il aurait volontiers inscrit un montant supérieur, mais ces mille cinq cents dollars étaient tout ce qu'il avait. Au pis, cela couvrirait probablement les réparations du toit. Tout le matin il s'était demandé s'il ferait ou non le chèque, le moment venu, mais maintenant cela lui était facile et il se sentait léger comme jamais.

Patrice glissa le chèque dans un tiroir.

— Je ne le tirerai pas, vous savez, dit-elle.

— J'espère bien que si.

Alors ils s'embrassèrent pour la première fois — un baiser auquel O'Neil s'aperçut qu'il avait rêvé pendant des semaines, un baiser de tendre désir. Il caressa son visage, encore mouillé de larmes ; il les goûta en l'embrassant, leur essence salée, et lorsqu'ils s'arrêtèrent, O'Neil vit qu'Henry s'était endormi dans sa chaise haute. Patrice libéra le petit garçon de la ceinture qui le maintenait en place puis elle conduisit O'Neil dans la maison vide, attendant en haut des marches, Henry dans les bras, pendant que O'Neil se débattait avec ses béquilles. Il resta à la porte de la chambre d'Henry, craignant qu'une cascade de pleurs ne vienne mettre un terme à toute l'aventure, mais rien ne se produisit. Un peu plus tard, Patrice se glissa hors de la pièce, un doigt sur la bouche, et entraîna O'Neil à travers le palier moquetté jusqu'à une grande chambre seulement meublée de rideaux, d'un matelas et d'un réveil posé par terre, à côté. O'Neil nota qu'il affichait midi, pas du tout l'heure véritable. Il s'allongea sur le dos et Patrice l'aida à faire passer son short par-dessus le volumineux plâtre. Et cette contorsion, qui aurait pu paraître incongrue, fut très naturelle. Comme tout le reste — le baiser dans la cuisine, le sommeil soudain d'Henry, le réveil en retard et le soleil piégé dans les rideaux — elle semblait appartenir à diverses périodes de sa vie à la fois, comme s'ils s'étaient tous deux échappés de la réalité du temps. Elle enleva sa jupe et son chemisier et les plia soigneusement. Elle se tenait debout, avec le soleil derrière elle. Elle plia aussi le short de O'Neil. Puis elle le rejoignit là où il l'attendait et toute pensée le quitta.

Le soleil s'était déplacé derrière les rideaux lorsque Henry se rappela à leur souvenir. Ils se rhabillèrent et, dans la cuisine, lui donnèrent du jus de fruits et des tranches de pomme avant d'aller le coucher dans le hamac installé dans la cour. C'était l'après-midi, un après-midi de juillet. Ils s'y couchèrent aussi et se balancèrent, les longues branches des saules les protégeant comme une tente.

— Ça te ferait plaisir de le tenir ? demanda Patrice.

O'Neil voulait bien, à sa grande surprise. Patrice l'aida à soulever le petit garçon étendu entre eux et le déposa sur le ventre de O'Neil. Henry serrait dans sa main un cube en tissu avec des anses. O'Neil tira dessus pour faire tinter les clochettes qu'il contenait. Henry se renfrogna, mais ne pleura pas. O'Neil regarda le bébé gigoter sur sa poitrine, écouter les clochettes, leur son semblant venir de sous eux, de partout autour d'eux.

— J'ai oublié de te dire, murmura Patrice, ta nouvelle coiffure me plaît beaucoup.

— C'est ma sœur qui m'a coupé les cheveux.

Patrice prit une de ses mèches entre ses doigts, plissant ses yeux sombres pour l'examiner.

— Eh bien, elle a fait du bon travail. J'ai été coiffeuse, quelque temps, et ce n'est pas mal du tout.

Il ne savait rien d'elle : les emplois qu'elle avait occupés, les endroits où elle avait vécu, pourquoi elle se retrouvait seule. Le corps d'Henry était chaud et moite, et son haleine avait la sécheresse pâteuse du papier mâché. O'Neil se demandait comment le petit garçon pouvait bien le considérer, lui, cet homme couché avec eux dans le hamac. C'est alors qu'il comprit que le père d'Henry était mort, ou parti si loin que cela revenait au même. Il n'y avait rien à savoir, aucun besoin de savoir.

— Je crois que j'aime bien la maison comme elle est, dit Patrice.

Avec un seul orteil touchant le sol, elle berçait le hamac.

— Je pense que je vais la garder à moitié peinte en souvenir de toi.

— Nous ne nous reverrons pas, alors, dit tristement O'Neil.

Patrice prit sa main entre les siennes.

— Il faut que tu saches, dit O'Neil. Moi, je serais heureux de te revoir.

Patrice hocha la tête, songeuse.

— Tu finiras par la trouver, affirma-t-elle.

— Qui ?

— Elle.

Sa voix était ténue ; elle paraissait avoir laissé O'Neil derrière elle, dans le passé. Et pourtant elle lui souriait.

— Celle qui t'est destinée.

O'Neil ne répondit rien. Il n'y avait aucune raison de penser à cela, et pourtant c'était naturel. Quelques minutes s'écoulèrent puis Patrice lui pressa à nouveau la main.

— Tu la trouveras.

O'Neil se leva.

— Je te crois, dit-il.

Il leur dit au revoir en les embrassant tous les deux et il repartit en se tortillant sur ses béquilles.

LÉGÈRETÉ

Mars 1985

Elle y pensait comme à *la légèreté*; c'était le nom qu'elle lui donnait. La première fois que cela se manifesta, Mary était une petite fille, toute seule. L'événement se produisit dans sa chambre de l'appartement de Naomi Street à Minneapolis Nord, avant la naissance de sa sœur. Mary ne se souvenait de rien d'autre concernant cet endroit, car ils y avaient habité moins d'un an ; l'immeuble appartenait à un membre de la famille, et son père s'en occupait, touchant les loyers, entretenant les appartements et les pelouses, tout en allant les soirs à l'université. C'était une période difficile pour ses parents, une époque d'enfants en bas âge, sans argent et, Mary devait l'apprendre plus tard, ses parents avaient presque failli divorcer. Son père lui raconta tout cela lors d'un voyage qu'ils firent ensemble à San Francisco, l'année qui précéda le propre mariage de Mary. Même si le but de cette confidence était de la mettre en garde — le mariage est une longue manœuvre, lui dit-il, comme de transporter un canapé dans un escalier et d'essayer de le faire passer par une porte très étroite — Mary comprit également que l'histoire était heureuse : ses parents, au bout du compte, étaient restés ensemble, et avant la fin de l'année sa mère était de nouveau enceinte. Elle lui parla alors du colibri, son seul souvenir de cette année-là. Ils étaient tous deux debout à la poupe du ferry-boat qui traversait la baie clapoteuse. Un colibri, s'exclama son père en riant et en renversant la tête dans le vent. Tous ces soucis, et la seule chose qui t'a marquée, c'est un colibri. Mon Dieu, nous qui pensions t'avoir traumatisée à vie.

Voici comment elle se le rappelait : un soleil jaune et le parfum intense et violet du lilas ; son propre cœur minuscule et la sensation d'ailes de colibri vibrant en elle. Leur appartement était au rez-de-chaussée ; devant la fenêtre de la chambre de Mary, il y avait un lilas. Un après-midi d'été, elle était à genoux sur son lit et regardait par la fenêtre lorsque l'oiseau apparut, débouchant d'entre les fleurs dans un battement d'ailes. Elle n'avait encore jamais vu un tel oiseau. On aurait dit qu'il ne volait pas mais qu'il flottait — son long bec et son gabarit insolite lui soufflèrent qu'il s'agissait peut-être d'une sorte d'insecte — et pourtant, chaque fois qu'il bougeait, il semblait s'effacer, pour émerger ailleurs comme s'il ne s'était pas déplacé à l'intérieur de l'espace mais autour. Un pur plaisir l'envahit, à contempler ce merveilleux être nouveau près de sa fenêtre lorsque soudain elle cessa de regarder : ils étaient tous une même chose, Mary et le colibri et le lilas, et l'épaisse chaleur étincelante de l'après-midi d'été. Elle se sentit en suspension ; elle avait l'impression de se trouver, comme le colibri, en même temps dans un endroit et ailleurs, sa conscience associée à une autre, bien plus vaste que la sienne. C'était une sensation inédite pour elle — elle n'avait aucun mot pour la nommer — et pourtant elle n'avait pas peur, elle voulait fermer les yeux pour la faire durer. Elle les ferma et elle pensa :

Qui est là ? Qui est là ? Mais lorsqu'elle les rouvrit, elle ne vit personne ; même l'oiseau avait disparu.

La deuxième fois, elle était invitée à un anniversaire ; Mary avait neuf ou dix ans. Bien que très enfantins, chapeaux, ballons et jeux l'amusaient encore : la fille qui donnait cette fête, Simone, n'avait pas convié de garçons, à moins qu'aucun ne fût venu. On était en février, un samedi après-midi, dans le Minnesota, et la maison, une bicoque dans le quartier où vivait Mary, ressemblait à la sienne, en plus modeste. On se tenait au sous-sol, dans une pièce lambrissée de brun et à la moquette usagée couleur mousse. La mère de Mary gardait une réserve de cadeaux dans sa penderie pour offrir aux anniversaires, et Mary y avait choisi un Spirographe, ce qu'elle regrettait maintenant : tous les autres cadeaux étaient plus judicieux, plus adultes. Rouge à lèvres Bonnie Bell, parfum Love's Baby, une affiche de David Cassidy, un Hula Hoop fluorescent — ce dernier destiné aux petits enfants mais également apprécié des plus grandes filles, celles qui avaient une taille et des hanches et pouvaient le faire tourner pendant des heures. Qu'est-ce qui lui avait pris de choisir le Spirographe ? Simone l'avait quand même remerciée, s'imposant d'ouvrir le paquet et d'introduire le crayon dans les formes, traçant une fleur de lys avant de l'abandonner. Un Spirographe, dit Simone avec un sourire. Super. Ça fait des années que je n'en ai pas eu.

Elles chantèrent *Joyeux Anniversaire*, partagèrent le gâteau glacé, et lorsque la mère de Simone les eut laissées dans le sous-sol, l'une des filles, Rose, une cousine de Simone un peu plus âgée, leur montra comment on embrasse avec un coussin. Elles fixèrent l'affiche de David Cassidy au mur, et l'embrassèrent à tour de rôle, penchant la tête comme elles venaient d'apprendre à le faire ; attention, avait expliqué Rose, de ne pas vous présenter de face, sinon les nez se cognent. Après cela, Rose coucha une bouteille de soda vide sur la table. Les filles s'assirent tout autour pendant que Rose précisait les règles du jeu et donnait une impulsion à la bouteille.

Mary regarda pirouetter la bouteille sur le bois — on aurait dit qu'elle ne s'arrêterait jamais — mais elle ralentit et s'immobilisa face à elle, la désignant tel un doigt pointé. Toutes les filles se mirent à rire, mais Mary savait bien que ce n'était pas dirigé contre elle : elles étaient juste soulagées que la bouteille ait élu quelqu'un d'autre.

Mary renvoya ses cheveux derrière ses oreilles.

— D'accord, s'entendit-elle annoncer. Je vais t'embrasser.

— Souviens-toi de ce que j'ai dit à propos des nez, prévint Rose.

Cela se passa si vite que ce ne fut rien. Mary n'avait encore jamais été embrassée sur les lèvres — ses parents ne le faisaient pas. Elle se pencha par-dessus la table, paupières closes, et, essayant de penser à David Cassidy, embrassa Rose. *Alors c'est ça, embrasser*, songea-t-elle. Le temps s'arrêta dans la pièce — Mary avait conscience de ce silence, exactement comme elle percevait le goût du gâteau au sucre glace et du rouge à lèvres à la pastèque — et lorsque leurs visages se séparèrent, Mary comprit qu'après ce baiser, le jeu serait fini. La bouteille était un défi qu'on ne pouvait relever qu'une seule fois ; puisque Mary l'avait osé, les autres en étaient dispensées.

— Quand tu embrasseras un garçon, dit Rose en confidence, tu auras envie d'utiliser ta langue.

Mary ne répondit rien ; cela n'avait pas de sens. L'utiliser comment ? Autour d'elle les filles se remirent à rire : pour elles aussi c'était idiot.

— Tu verras, dit Rose.

Ce n'est que plus tard, pendant le retour en voiture, qu'elle la ressentit. Le soir tombait ; la neige, en gros tas entre le bas-côté de la route et les maisons, avait pris des teintes grises, pâles et mortes. Mary tenait à la main le petit cadeau que chaque fille avait reçu, un coffret pour fabriquer des bijoux en perles enveloppé dans du papier cellophane, et son père fumait, tapotant sa cigarette dans la mince ouverture de la vitre de sa portière. Comment était la fête ? voulait-il savoir. S'était-elle bien amusée avec ses amies ? Et c'était quoi, chérie, ce petit paquet sur ses genoux ? Était-ce un prix qu'elle avait gagné ? La situation était banale et pourtant Mary avait commencé à tout trouver étrange. Plus qu'étrange : l'odeur de la cigarette de son père et la chaleur confinée de la voiture, le plastique froid et glissant sous son jean, l'empreinte persistante du baiser de Rose — tout cela était à la fois au-delà et en deçà de la réalité, comme si elle se dissolvait elle-même dans cette sensation, telle une pastille sur la langue. Une douce apesanteur l'envahit, ni agréable ni désagréable, et elle ne fut pas sûre d'avoir répondu à la question de son père, mais il semblait que oui. À côté d'elle, il hochait la tête et rejetait la fumée. Mary ferma les yeux. À l'école on les avait alertées contre les drogues et toutes les élèves avaient lu *Demande à Alice*, à la fois terrifiées et excitées par l'histoire de cette fille si semblable à elles qui avait dérivé aussi facilement qu'un ballon dont on a coupé la corde. *Papa*, voulut-elle dire, *papa, il se passe quelque chose*, mais les mots ne sortirent pas. Une perception nouvelle s'empara d'elle, l'impression que quelqu'un était tout près, et même à l'intérieur d'elle, une présence sans forme ni substance et cependant familière ; elle sentit que ses lèvres remuaient pour la nommer, mais elle disparut instantanément, et lorsqu'elle rouvrit les yeux, elle ne vit plus que les lumières de sa maison qui la regardaient, luisant pour l'accueillir dans le crépuscule hivernal. Et c'est ainsi qu'elle revint du lieu inconnu où elle était partie.

— Petit cœur ? disait son père, tourné vers elle. Le garage ?

La télécommande était posée à côté d'elle, sur le siège. Ouvrir la porte était un privilège, l'enjeu de milliers de chamailleries entre Mary, Mark, son frère aîné, et Cheryl, sa sœur. Le plus souvent Mark l'emportait — comme tous les garçons il savait s'y prendre pour obtenir ce qu'il voulait. Maintenant, seule avec son père, l'honneur lui était réservé, incontestablement, et pourtant cela ne l'intéressait plus. Ouvrir la porte du garage : et alors ? Elle pressa le bouton avec le pouce ; la porte bascula, inondant de clarté la cour enneigée.

— Tu étais perdue dans tes pensées, bébé, lança gaiement son père en embrayant.

Mais Mary n'était pas perdue, elle n'était pas seule ; cela, elle le savait, maintenant. Elle n'était pas, et ne serait jamais, seule.

Le souvenir de ce qu'elle avait éprouvé dans la voiture ne s'évanouit pas, et Mary attendit que cette sensation revienne la visiter. Mais cela ne se produisit que bien des années plus tard, dans une ville appelée Twig.

Elle avait vingt-deux ans ; sur la colline dominant cette ville se trouvait le collège dont elle était sortie diplômée en juin. Elle avait eu des amies et des petits amis, avait chanté dans une chorale, échoué dans une matière (en économie : mauvaise orientation), et réussi partout ailleurs avec des A et des B. Lors de la cérémonie, l'évêque d'Oslo avait prononcé le discours, s'adressant aux étudiants à travers un interprète, avant de repartir en hélicoptère dans un ciel de juin parfaitement bleu. Ses conseils étaient raisonnables — Soyez modestes, aimez votre famille, obéissez aux lois et à Dieu — mais tandis que sa machine s'éloignait, giflant de l'air brassé par ses pales les visages renversés des lauréats, Mary comprit, d'un coup, qu'elle avait commis une terrible erreur. Comment pourrait-elle suivre cette voie ? Pendant que ses amis avaient postulé pour des emplois et rempli des demandes afin d'intégrer de grandes écoles, Mary avait passé tout l'hiver de sa dernière année à rédiger un long exposé sur Baudelaire et à marcher interminablement dans la neige des forêts et des champs qui bordaient le campus. Elle s'était retrouvée première en français parce que c'était facile et beau, mais ça ne l'avait conduite nulle part, et maintenant, derrière la protection de ses lunettes de soleil, sa tunique voletant encore dans le tourbillon de l'hélicoptère, elle sentit son visage rougir de honte à cette pensée. Après la cérémonie, elle partit dans le Nord avec des amis, dans une cabane de location au bord d'un lac glacial où ils restèrent une semaine à boire de la bière et à faire du ski nautique, mais elle ne se considérait plus comme un membre du groupe. Dès la fin de la semaine, alors que ces mêmes amis rejoignaient Chicago ou Minneapolis, ou encore Los Angeles pour se lancer dans la vie, Mary retourna dans la ville de Twig.

Le café où elle travaillait s'appelait le Norway, et elle logeait dans un appartement au-dessus d'un magasin de chaussures avec deux garçons, Curtis et Russell. Ils avaient partagé la même chambre au collège d'où ils étaient sortis diplômés l'année précédente. Ils n'avaient pas l'air de très bien s'entendre, mais Mary avait deviné que c'était souvent le cas entre amis hommes vivant ensemble. Curtis tenait parfois le bar au Norway et passait ses après-midi devant un étroit chevalet dans un coin de l'appartement, à fumer et à peindre. Il était petit, brun, le teint pâle, avec un menton pointu ; et ses toiles, d'après Mary, lui ressemblaient — des natures mortes de fruits ou de poissons, exécutées avec une exactitude douloureuse et photographique, sur des châssis carrés de trente centimètres de côté. Russell avait des cheveux roux serrés en un épais catogan, et une barbe ; il était corpulent, avec une large poitrine et des bras puissants, et il rappelait à Mary un portrait qu'elle avait vu du guerrier viking Leif Eriksson, même si la comparaison s'arrêtait là. La petite amie de Russell, Laurie, habitait Des Moines, et le soir il lui écrivait de longues lettres dans sa chambre, en écoutant des disques ou la radio puis, à quatre heures du matin, il se rendait à son travail à la boulangerie, pour confectionner des petits pains et des gâteaux. Il préparait un doctorat de littérature de la Renaissance, et ses projets consistaient à se fixer là où Laurie, qui était bibliothécaire, obtiendrait elle aussi un emploi. Sauf quand il sortait de la douche, on découvrait toujours un peu de farine sur Russell — sa barbe, ses chaussures — et parfois il rentrait du travail si blanchi qu'on aurait dit un acteur de théâtre kabuki.

C'est Russell que Mary préférait, et Mary pensait qu'il l'aimait bien lui aussi. Mais on ne pouvait oublier Laurie — la dévotion de Russell pour elle et le bonheur presque constant qu'il en retirait étaient en même temps les qualités qui attiraient Mary et ce qui rendait les choses impossibles entre eux —, aussi est-ce avec Curtis qu'elle se retrouva en fin de compte. Cela commença par une chaude soirée, à la fin de l'automne, et au week-end de Thanksgiving ils partirent pour le Nord dans la vieille Citation de Mary chez les parents de Curtis qui vivaient à Duluth dans un manoir Tudor lugubre bâti sur une falaise dominant le morne lac Supérieur. Le père de Curtis était juge et amateur de chasse, et pour le dîner de Thanksgiving sa mère servit une oie qu'il avait tirée dans les marais derrière la maison, pendant que ses jeunes frères se donnaient des coups de pied sous la table et que le vent du lac ébranlait les fenêtres de la salle à manger. Mary et Curtis n'étaient ensemble que depuis quinze jours, pourtant on semblait la considérer comme un ajout définitif et riche de promesses à sa vie. Comment trouvait-elle les tableaux de Curtis ? voulaient-ils savoir. Ils étaient beaux, certes, mais n'aurait-il pas intérêt à se consacrer à des activités plus solides telles que le droit ou les affaires, tout en conservant la peinture comme passe-temps ? Et Mary : avait-elle l'intention de continuer à travailler dans un bar ? Une brillante jeune fille comme elle ne pouvait-elle espérer mieux ? Dans la famille de Mary les repas étaient silencieux — ses souvenirs d'enfance ressemblaient à un film muet — et lorsqu'on en eut fini avec l'oie, elle était épuisée et n'avait presque rien mangé. Les jeunes frères de Curtis se querellèrent pour trancher lequel lui apporterait son dessert — une énorme tarte surmontée d'ailes en chocolat — et, le dîner terminé, ils quittèrent la table pour aller jouer au basket dans la cour pendant que Mary et Curtis sortaient se promener au bord de la falaise dans le crépuscule.

— Je suis désolé pour tout ça, dit Curtis. Je crois que mes parents t'aiment bien, tout de même.

Ils s'arrêtèrent sous les pins pour s'embrasser, écoutant les impacts du ballon de basket. Le visage de Curtis était doux — il n'avait pas de barbe du tout — et lorsqu'il l'embrassait, Mary pensait souvent à des choses apparemment sans rapport : le dessous gris des nuages de printemps, quand il pleut, un chat léchant ses pattes, des partitions musicales avec des commentaires au crayon dans les marges. Cette fois, elle pensa à un raisin sec, écrasé sur le perron de sa grand-mère par une minuscule chaussure de tennis. À cet instant précis il se mit à neiger.

— Bon, voici l'hiver, dit Mary. Tu sais, tu devrais peut-être leur dire de ne pas trop m'aimer.

En rentrant à Twig ils décidèrent de faire une halte chez les parents de Mary, dans la banlieue nord-ouest de Minneapolis. Au cours des cinq années écoulées depuis son départ au collège, ses parents avaient prospéré — son père vendait des espaces publicitaires pour une radio locale chrétienne qui était devenue nationale, et sa mère tenait une boutique de souvenirs appelée Je Pense à Toi — et chaque fois qu'elle retournait chez elle, Mary était confrontée au tableau de quelque nouveau cadeau vedette : une table flottante de piscine, des meubles de jardin en fer forgé, un téléviseur grand écran. Cette embellie inattendue dans la vie de ses parents était douloureuse pour Mary ; elle était contente qu'ils aient enfin ce qu'ils désiraient, mais il était également vrai qu'elle avait dû emprunter presque tout l'argent nécessaire à ses études, et qu'elle payait des mensualités de la valeur de l'hypothèque d'une maison.

Il n'y avait personne chez eux, mais une caravane de camping toute neuve était garée dans l'allée ; Mary et Curtis l'ouvrirent avec leur manivelle et tripotèrent tous les accessoires miniaturisés avant de repartir pour la boutique de la mère de Mary. Le magasin, situé dans une galerie marchande dégradée et à moitié inoccupée, avait a priori peu de chances de prospérer, pourtant Gretchen, la mère de Mary, s'en sortait très bien. Dernièrement elle avait jeté son dévolu sur une nouvelle collection de figurines en porcelaine baptisées *Petits Chéris*

— des enfants aux yeux brillants en costumes typiques, certains tenant dans leurs bras des chiots, des lapins ou divers autres animaux — et en avait obtenu l'exclusivité, pariant sur l'espoir qu'elles deviendraient des objets de collection, ce qui s'était effectivement produit. Dans la vitrine de la boutique, on avait déployé une banderole sur laquelle on lisait *Quartier général des Petits Chéris*, et derrière la caisse Gretchen gardait dans un coffre des modèles épuisés de Petits Chéris dont quelques-uns se négociaient jusqu'à cent dollars. Pour son diplôme, Mary avait reçu de Gretchen une figurine portant toque et toge avec les mots *Princesse Félicitations* gravés en lettres d'or sur le socle de porcelaine. Mary se vit suggérer de mettre l'objet en lieu sûr, par exemple dans la chambre forte d'une banque, en attendant le jour où il vaudrait une fortune : « Une *vraie* fortune », précisa Gretchen d'un air entendu. Mais Mary ne possédait aucun endroit de ce genre et l'objet précieux trônait présentement sur la table de la cuisine, entre la salière et le poivrier.

C'était le lundi suivant Thanksgiving et le petit magasin débordait de chalands en vacances. Le père de Mary, Lars, avait pris un jour de congé pour seconder sa femme et enveloppait les Petits Chéris dans du papier de soie au fond de la boutique. Mary et Curtis se joignirent à lui en renfort.

— Mary m'a dit que vous étiez peintre, dit Lars à Curtis.

— Il a déjà exposé, précisa Mary.

Lars arracha un morceau de ruban adhésif de son doigt.

— On peut gagner de l'argent dans un truc comme ça ? demanda-t-il à Curtis.

— Ça arrive, dit Curtis. Mais en général, non.

Le père de Mary secoua tristement la tête puis s'empara

d'un Petit Chéri qui attendait qu'on l'empaquette, une fillette en costume d'elfe brandissant une marguerite.

— Devinez combien ma femme se fait là-dessus, dit Lars. Non, vous ne trouverez pas, je vais vous le dire. Elle le vend trente dollars au détail, et quinze vont directement dans le tiroir-caisse.

— C'est une excellente marge, remarqua Curtis.

— C'est du vol pur et simple, si vous voulez mon avis, dit Lars en baissant la voix. J'aimerais vous aider. Laissez-moi vous acheter un de vos tableaux.

— Tu n'es vraiment pas obligé, papa, protesta Mary. Tu ne les as même pas vus. Ce n'est peut-être pas du tout ton style.

— Choisis celui que, d'après toi, je préférerais, dit Lars en haussant gentiment les épaules.

— On a vu la caravane, dit Mary d'un ton neutre.

— Oh ça, dit Lars en se raclant la gorge. On l'a achetée en solde. Ta mère s'est mis dans la tête d'aller dans l'Ouest. Ce que j'ignore, c'est quand on aura le temps de voyager.

La mère de Mary rapporta de la cuisine chinoise du restaurant voisin. Comme son mari, Gretchen était très grande et paraissait beaucoup plus jeune que son âge. Elle avait une très longue queue-de-cheval et, cet après-midi-là, portait une jupe en jean et un pull avec des oursons brodés. Mary éprouvait pour sa mère une adoration désespérée, comme un appel sans réponse. Elle savait bien qu'un tel sentiment était très fréquent chez les enfants intermédiaires, mais il n'y avait pas que cela. La mère de Mary avait passé les dix premières années de sa vie dans un orphelinat de Grand Forks, dans le Dakota du Nord, tenu par les Sœurs de la Miséricorde. Même si Gretchen était la première à affirmer que c'était un endroit tout à fait correct, le fait d'avoir grandi dans une institution

— de manger, se laver et dormir au sein d'une importante communauté encadrée par de vieilles femmes pleines de bonne volonté mais qui ne se souvenaient pas toujours du nom de chacune — lui avait laissé une vision de l'enfance sentimentale et générale. Elle ne semblait pas voir beaucoup de différences entre Mary et ses frères aînés ou sa petite sœur — elle confondait facilement l'un avec l'autre ; un jour, elle avait conduit Mary à une leçon de guitare que devait prendre son frère Mark — et rien ne pouvait lui ôter la certitude que ses enfants, qui avaient des vêtements à se mettre sur le dos, de la nourriture à manger, une maison pour les abriter, ne pouvaient qu'être heureux quoi qu'il arrive. En vieillissant, Mary finit par comprendre que sa mère reproduisait tout naturellement les sentiments impersonnels et bien intentionnés des sœurs qui l'avaient élevée. Mais, malgré cela, elle espérait plus, elle espérait qu'on la découvre.

Gretchen leur servit des travers de porc en sauce dans des assiettes en carton.

— Alors, attaqua-t-elle, enjouée. Dois-je en conclure que vous ne partagez plus le même appartement ?

— Mais nous partageons le même appartement, dit Mary.

— C'était une question technique, continua Gretchen. Comment donne-t-on rendez-vous à une personne avec laquelle on vit ? Je me demande comment ça peut marcher.

— Je viens d'acheter un des tableaux de Curtis, dit Lars pour changer de sujet.

Gretchen regarda autour d'elle comme si elle allait voir le tableau sur le mur.

— Vraiment ? Lequel ?

— Je ne sais pas encore, dit Lars en agitant ses baguettes devant lui. C'est une surprise.

Le déjeuner se poursuivit, puis ils ouvrirent leurs confiseries-surprises et lurent les messages à haute voix. Mary annonça simplement : « Vous recevrez de l'argent », et sur le parking, Gretchen lui glissa un billet de cinquante dollars qu'elle venait de prendre dans la caisse.

Le billet était doux dans la main de Mary.

— Est-ce que ça ne fausse pas les comptes, de puiser comme ça dans la caisse ?

— Les comptes, les comptes, dit Gretchen d'une voix lasse. Les comptes, c'est moi.

Elle étreignit Mary très fort, puis Mary et Curtis ensemble.

— Soyez heureux tous les deux, les enfants.

Lorsqu'ils arrivèrent à Twig, la nuit était tombée, et le ciel au-dessus de l'impasse derrière le magasin de chaussures était tout étoilé. Mary s'habilla pour aller travailler avec un pantalon noir et une des chemises blanches de Curtis, puis elle mit son gros manteau pour parcourir les trois blocs glaciaux jusqu'au Norway. À l'intérieur, l'atmosphère était floue et enfumée, et autour des tables se pressaient des étudiants du collège, de retour de leur congé de Thanksgiving et déjà joyeusement ivres. Le client préféré de Mary était un homme prénommé Phil, un quasi-alcoolique avec une moustache à la gauloise jaunie de nicotine, qui survivait grâce à de minces subsides de l'État. Phil habitait une minuscule cabane en bois près du silo à grains, et avait pour seuls compagnons ses chats auxquels il avait donné des noms de villes vietnamiennes : Saigon, Da Nang, Haiphong. Chaque soir, Phil entrait, posait sept dollars sur le comptoir et buvait jusqu'à ce que tout l'argent soit dépensé : un total de six bières à un dollar pièce — Pabst Ruban Bleu ou Grain Belt — plus un dollar de pourboire pour Mary. C'était très peu, en regard du temps qu'il passait au bar, mais Mary ne s'en offusquait pas et si Phil était encore en état, il lui arrivait de l'aider à ranger, en lui racontant des histoires sur ses chats ou sur la guerre dans le Sud-Est asiatique, dans laquelle il n'avait jamais combattu.

Mary dit bonjour à Phil, noua son tablier et prit un plateau derrière le bar, puis elle s'approcha d'une table où quatre garçons venaient de s'installer.

— Est-ce que l'un de vous envisage d'avoir un jour vingt et un ans ?

En grommelant, les garçons présentèrent divers documents. La plupart avaient été falsifiés, d'une manière ou d'une autre, mais la règle tacite du Norway récompensait toute tentative honnête par une boisson. Puis Mary regarda la dernière carte.

— Qu'est-ce que c'est ? dit-elle. C'est une carte de bibliothèque.

— Mon âge est indiqué dessus, expliqua le garçon.

Une date avait été maladroitement tapée à la machine tout en bas.

— Ah, je vois, dit Mary.

— Ce sera comme d'habitude, dit le garçon. Un whisky sec.

Mary lança la carte sur la table.

— Au revoir, mon bébé, dit-elle.

Le garçon remit la carte dans son portefeuille.

— Bon. Donnez-moi un Coca si vous le prenez comme ça.

— D'accord, si tu le demandes gentiment, dit Mary.

Le garçon leva les yeux au ciel pendant que ses copains ricanaient.

— Je pourrais avoir un Coca, maman ?

— Tu peux, dit Mary en pivotant.

Plus tard dans la soirée, pendant sa pause, Mary but un café au bar avec Phil qui finissait sa quatrième Ruban Bleu.

— Comment va Curtis ? dit-il.

C'était Curtis, en réalité, qui avait interdit à Phil d'amener ses chats au bar. Chaque fois que Phil parlait de lui, il avait encore un peu d'amertume dans la voix.

— Pas trop mal. Il vient de vendre un tableau, dit Mary.

Phil hocha la tête et fuma un instant en silence.

— Pour être franc, je ne suis pas tout à fait sûr que ce type te mérite.

Mary lui chipa une cigarette.

— Ce n'est pas comme si nous devions nous marier, Phil.

— Je vais te dire un truc qu'on m'a raconté.

Phil regarda par-dessus son épaule et baissa la voix jusqu'à émettre un murmure rocailleux.

— Tu connais le collège, là-haut, sur la colline ? Les gamins y sont si riches qu'ils jettent les clés de leur Mercedes neuve. Ils les balancent aux ordures.

— Je ne pense pas que ce soit à ce point-là, dit Mary.

Phil se rembrunit face au grand miroir au-dessus du bar.

— J'ai vu mes potes mourir à côté de moi, et à quoi ça a servi ?

— J'y ai été étudiante, tu sais, Phil.

— Alors je ne t'apprends rien, dit-il gravement.

En janvier, la température chuta, comme chaque année, et la neige s'amoncela tout autour de la ville de Twig. Les distances semblaient s'allonger dans le froid et la nuit les étoiles brillaient violemment, telles des échardes de glace, alors que Mary se rendait de son appartement au Norway par les rues silencieuses. À la fin du mois Mary tomba malade ; de la grippe crut-elle ; elle était tout le temps fatiguée et lorsqu'elle n'avait pas de nausées, un goût de métal lui emplissait la bouche. Curtis et Russell s'occupaient d'elle, lui servant des verres de bière légère au lit, ou des bols de bouillon chaud. Mary plaisantait, affirmant que c'était bien agréable de les voir s'accorder sur un point, mais ils n'avaient pas l'air de comprendre, ou d'apprécier la plaisanterie.

Ses nausées s'estompèrent, mais la fatigue demeura — on aurait dit qu'elle s'était coulée dans ses os — et lorsqu'elle n'eut pas ses règles, Mary sut ce que c'était. Les indications sur la boîte précisaient qu'elle devait attendre le lendemain matin pour pratiquer le test, la concentration d'hormones étant plus forte au réveil. Mais ses horaires — elle travaillait tard le soir au bar et ne voyait le soleil que quelques heures chaque jour — semblaient renvoyer ce type de conseils à quelqu'un d'autre. Elle tenta le test toute seule dans l'appartement à deux heures de l'après-midi, sans vraiment espérer recevoir un résultat différent de celui qu'elle reçut, puis elle s'habilla et partit au Norway.

Elle se demandait ce qu'elle allait décider. Elle ne pouvait pas dire qu'elle aimait Curtis, mais même si cela avait été le cas, cet amour n'aurait pas été bon conseiller. De toute façon elle n'imaginait pas Curtis en père. Elle avait peur, mais sentait en même temps, bizarrement, que cette peur allait la guider, qu'elle allait l'aider à choisir. Au collège, elle avait connu des filles à qui la même chose était arrivée, et c'étaient celles qui paraissaient le moins soucieuses qui payaient le prix le plus lourd. Elles s'absentaient un jour ou deux, pas plus que pour se faire arracher une dent de sagesse — c'était d'ailleurs l'alibi fourni par la plupart —, puis reprenaient leurs activités comme si de rien n'était ; mais un mois plus tard, alors que l'incident semblait oublié, on les trouvait barricadées dans leur chambre, incapables de dormir, de manger, ou même seulement de se vêtir, à pleurer sans pouvoir s'arrêter, ou pire, à ne rien éprouver du tout. Mary avait vu plus d'une fois une surveillante frapper doucement à la porte, puis poser des questions — est-ce que tout va bien pour une telle ? — et on ne savait plus rien, sinon que la chambre était vide, le matelas roulé contre le mur ; après, il n'en était plus question.

Le lendemain du test, Mary s'éveilla, seule dans son lit, et comprit que le plus pénible était passé. Curtis avait pris la Citation pour aller montrer quelques-uns de ses tableaux à un marchand de Minneapolis qui achetait de la peinture pour décorer les appartements témoins d'opérations immobilières, et Mary consacra son après-midi à du ménage avant de rendre visite à Russell à la boulangerie. L'atmosphère y était moite et tiède, et sous les longs néons, Russell enfournait des plateaux chargés de pâte à pain sculptée en baguettes. Mary l'observa, sans ôter son gros manteau.

— Qu'est-ce que tu comptes faire ? demanda-t-il.

— Qu'est-ce que font les autres ?

Ils prirent des bouteilles de lait dans le réfrigérateur et s'installèrent dans le fond contre un plan de travail en acier impeccable, pour manger des gâteaux de la Saint-Valentin en forme de cœurs constellés de grains de sucre violets qui leur collaient aux doigts.

— Je peux parler à Curtis, si tu veux.

Russell but une grande gorgée de lait pour accompagner une bouchée de gâteau et chassa les miettes accrochées à sa barbe rousse.

— Le mot auquel je pense, c'est « responsabilités ».

Mary trouva cette démarche peu réaliste.

— Vous ne vous aimez même pas, tous les deux, dit-elle.

Russell réfléchit un moment puis jeta sa bouteille vide dans une poubelle remplie de copeaux de pâte.

— Ça pourrait jouer en ma faveur.

Il s'interrompit pour regarder Mary.

— De toute façon, reprit-il, c'est plutôt toi qui devrais lui parler, non ?

Russell attendait des réponses de grandes écoles, et ils se mirent à discuter de ses projets. Son premier choix avait été l'Université de l'Iowa, mais Laurie s'y était opposée car elle voulait couper les ponts avec l'Iowa.

— Le vrai problème, dit Russell en hochant la tête, c'est que je ne peux pas vraiment expliquer pourquoi je veux passer le doctorat. Qu'y a-t-il de si important dans les us et coutumes élisabéthains ? Pourquoi est-ce que je m'intéresse à des choses dont les gens se contrefichent ?

— C'est toujours la question, pour tout le monde, approuva Mary.

Le grand-père de Russell était lui aussi boulanger, dans une petite ville d'un bassin minier.

— Un jour, je lui ai demandé : « Comment as-tu su — vraiment su — que tu voulais faire ce métier ? »

— Qu'a-t-il répondu ?

Russell descendit de son tabouret et s'essuya les mains à son tablier.

— « Le vieux boulanger venait de mourir. »

Twig n'était pas connue pour grand-chose, mais en 1874, au plus fort de l'hiver, la bande de Jesse James avait dévalisé la banque. Contrairement à son fameux fiasco dans la ville de Northfield pendant l'été 1876, la bande de James s'était introduite dans les Dépôts et Prêts de Twig et y avait raflé l'argent très facilement, précipitant la ville dans un gouffre financier si profond qu'elle avait failli être rayée de la carte. Ce n'était pas le genre d'événement qu'on commémore, pourtant chaque année, pour l'anniversaire du vol, le Lions Club mettait en scène une reconstitution dans Main Street et à la nuit on donnait un feu d'artifice sur le terrain de base-ball.

Ce soir-là, Mary et Russell allèrent ensemble voir les fusées et lorsque les derniers feux se furent éteints au-dessus du terrain enneigé, Mary le quitta pour prendre son service au Norway. Elle termina à minuit et vint s'asseoir avec Phil qui portait un chapeau de cow-boy fatigué comme toujours lors de la « Fête de Jesse ». C'était une des grandes déceptions de Phil que le Lions Club ne lui ait jamais demandé d'incarner le célèbre bandit. Il y avait une balle sur le zinc devant lui, il la saisit et la pointa sur Mary qui leva les mains, faussement terrifiée.

— Ne tire pas, Jesse, dit Mary.

Phil reposa la balle et se lissa pensivement la moustache du pouce et de l'index.

— De toute façon, ce n'est pas le bon calibre. Regarde plutôt ça.

Il fouilla dans les poches de sa chemise et en sortit une photocopie d'un avis de recherche de Jesse James qu'il plaça à côté de son visage.

— C'est toi tout craché !

— Je l'ai eue à la bibliothèque, expliqua Phil. Moi aussi j'ai été surpris par la ressemblance.

Mary étudia encore l'affiche un moment.

— Tu peux toujours espérer pour l'année prochaine, dit-elle.

— Pas d'après mes informations, confia Phil en repliant la photocopie, dégoûté. Tu crois peut-être que ça ne les a pas frappés. Je suis personna non grata dans cette ville, voilà la vérité.

Mary servit sa dernière bière à Phil et s'en ouvrit une.

— Tu ne devrais pas boire, lui dit-il.

Mary vida la bière dans l'évier et prit un Coca.

— Mon Dieu, qui te l'a dit ?

— Il ne faut pas boire, tu sais. Ni fumer.

Phil alluma une cigarette pour lui et froissa le paquet vide. Mary vint se rasseoir à ses côtés et chassa la fumée de la main.

— Respirer l'air d'ici, c'est pareil. Mais je suis sérieuse. Tu as parlé avec Russell ?

— Qui est Russell ?

— Alors, tu ne lui as pas parlé.

— J'ai toujours eu envie d'avoir un fils, soupira Phil, les yeux soudain pleins de larmes. Maintenant c'est trop tard.

Mary montra sa bière.

— Tu en es à combien ? Je m'y perds.

— C'est bon, dit Phil en se mettant péniblement debout. J'ai mon compte pour ce soir.

Elle l'aida à enfiler sa veste, un blouson en jean si sale qu'il semblait alourdi de crasse. Il avait son chapeau de cow-boy mais pas d'écharpe, et elle noua la sienne autour de son cou maigre, fourrant les extrémités dans le blouson.

— Tu rentres directement chez toi, hein ? Il fait froid. Appelle-moi dès que tu y es.

Mary quitta le bar et s'en retourna sous la pleine lune à l'appartement au-dessus du magasin de chaussures. Curtis travaillait devant son chevalet dans son ancienne chambre, et Russell dormait. Elle ne s'expliquait pas comment Phil avait pu deviner — même si, au fond d'elle-même, elle admettait qu'il n'en était peut-être rien ; ce qu'il avait dit restait ambigu. Mary fit du chocolat pour elle et Curtis, puis elle lui annonça la nouvelle.

Curtis vint la rejoindre sur le canapé et l'entoura de ses bras.

— Un bébé, dit-il joyeusement, sans pourtant la regarder. Comment est-ce arrivé ?

— Par les voies naturelles, je suppose, dit Mary.

— Nous avons fait attention, non ?

— Il y a faire attention et faire attention, dit Mary.

Ils décidèrent d'un commun accord de laisser passer une semaine pour analyser ce qu'ils ressentaient. Cette nuit-là, couchée auprès de Curtis, Mary pensa à Phil. Il n'avait pas appelé, mais elle ne l'avait pas vraiment espéré. Elle le vit s'éloignant sous la lune vers la bicoque en ruine qu'il partageait avec ses chats, à travers un champ de neige bleu comme du lait radioactif. Elle le vit étendu par terre, puis le vent commença à ramener de la neige sur lui, jusqu'à ce que seuls les bouts de ses chaussures soient visibles, mais c'étaient les chaussures de Gretchen, sa mère, et c'était Gretchen, sous la neige. Alors elle se réveilla et comprit qu'elle venait de rêver.

Curtis déclara qu'il voulait l'épouser. Son désir n'avait pas l'air tout à fait sincère, mais étant donné les circonstances Mary se demanda comment il aurait pu l'être. De toute façon, elle pensait qu'ils devaient au moins essayer. Ils furent tous deux surpris par la facilité de l'entreprise — pas d'analyses de sang, uniquement quelques papiers à signer. Curtis se chargea des coups de téléphone nécessaires, et un mardi, ils se rendirent à la mairie de Minneapolis et suivirent la file d'attente. Ensuite, Mary avait l'intention de travailler au bar le soir même, et Curtis retournerait à son chevalet.

Curtis mit une veste sombre et un jean et Mary la robe de laine bleue qu'elle avait usée sous sa toge de choriste au collège. Elle n'avait pas de fleurs, contrairement à beaucoup d'autres candidates de la salle d'attente qui serraient des petits bouquets. Chaque couple avait un numéro, et toutes les cinq ou six minutes un employé porteur d'un registre passait la porte située derrière un bureau pour appeler les suivants afin qu'ils viennent se jurer fidélité et assistance.

— C'est complètement dingue, dit Curtis.

— Ce n'est pas non plus exactement ce dont j'avais rêvé, dit Mary.

Elle tenait leur numéro, le trente-six. Le couple qu'on venait d'appeler avait le trente-deux.

— D'un autre côté, je ne crois pas avoir beaucoup rêvé.

On aurait dit que Curtis allait pleurer.

— C'est impossible, souffla-t-il, désespéré. Et pour toi et pour moi.

Mary lui prit la main et leurs doigts s'entrelacèrent.

— Je sais, dit-elle.

Ils sortirent du bâtiment et remontèrent en voiture.

— Ne fais pas ça, dit Curtis, les mains crispées sur le volant. Tu ne vas pas le faire ?

Il inspira profondément.

— Je ne... Je n'y crois pas, dit-il.

— Personne n'y croit.

Ils sortirent de la ville et s'arrêtèrent dans un self pour déjeuner. Son état rendait difficile pour Mary la composition de son repas ; l'appétit était déjà là, presque irrésistible, et en même temps elle savait que tout ceci n'avait pas d'avenir.

— J'irai avec toi, dit finalement Curtis.

— Rien ne t'y oblige, dit Mary.

La clinique se trouvait à St Paul — une petite maison blanche dans une rue résidentielle avec des poussettes d'enfants sous les porches et des jouets en plastique aux couleurs vives éparpillés dans les cours. Mary gara sa voiture et fit deux fois à pied le tour du bloc avant de se résoudre à franchir la porte. À l'intérieur une dizaine de femmes étaient assises sur des chaises en formica. Certaines étaient très jeunes, et leurs mères les accompagnaient. En les voyant, Mary les envia, mais bien sûr c'était impossible — sa mère avait été adoptée et aurait peut-être même pu ne pas naître du tout. Mary donna son nom à l'accueil.

— Où sont les manifestants ? demanda-t-elle.

Sur un tabouret près de la porte d'entrée elle avait remarqué une pile de tracts, avec une pierre posée dessus.

La femme jeta un coup d'œil à la pendule murale, puis revint sur Mary. Son crayon calé sur l'oreille, elle tournait une cuillère dans un yaourt.

— Je crois qu'il part déjeuner à treize heures, d'habitude.

Quelqu'un, médecin ou infirmière, examina Mary et lui dit de reconsulter dans quinze jours. Cela lui sembla long, mais elle ne se sentait pas en position de contester. Dehors, un unique manifestant arpentait l'allée, un homme-sandwich chauve avec des mitaines. Un œil la regardait, mais pas l'autre ; le deuxième était en verre.

— Ce n'est pas la bonne solution, plaida-t-il.

— Allez vous faire foutre, dit Mary.

Le printemps arriva tôt à Twig, et au cours des quinze jours, les orages se succédèrent dans la petite ville. Mary réintégra son ancienne chambre, dont la fenêtre donnait sur la rue, au-dessus du magasin de chaussures et tout près de son enseigne, une botte à la pointe retroussée qui grinçait dans le vent printanier. Il était évident que tout était fini avec Curtis — que, le moment venu, à l'autre bout de l'aventure, ils ne seraient plus ensemble — mais pendant ces deux semaines de bourrasques et de pluie, ils reformèrent un couple, d'une manière qu'ils n'avaient encore jamais connue. Ils étaient tendres et affectueux l'un envers l'autre, et lorsqu'elle rentrait du Norway, chaque soir, Curtis lui avait préparé quelque chose à manger, puis il lui souhaitait bonne nuit depuis la porte de sa chambre, comme s'ils vivaient dans deux villes différentes.

Le onzième jour, un samedi, en rentrant de la laverie automatique, Mary trouva Curtis assis sur le canapé et se tenant l'œil. Elle crut d'abord qu'il pleurait, mais quand il écarta sa main, elle vit l'ecchymose ainsi que la coupure sur la pommette, avec son trait noir de sang séché. L'œil lui-même n'était pas touché.

Elle s'assit à côté de lui et lui caressa la joue du bout des doigts.

— Qu'est-ce qui s'est passé ?

— C'est Russell qui m'a fait ça, dit Curtis.

Mary essaya d'imaginer la scène, mais en vain. Elle mit un peu de glace dans un torchon tiède qu'elle venait de rapporter de la laverie et le lui appliqua sur l'œil.

— J'ignorais qu'il était capable de frapper. C'est arrivé où ? Dehors ou ici, à la maison ?

Russell lui avait lancé son poste de radio à la figure. Mary plia le linge pendant que Curtis se soignait. Jusque-là, leurs affaires étaient mélangées et elle en fit deux piles distinctes qu'elle rangea soigneusement dans le vieux coffre qui servait de table pour prendre le café. Elle avait toujours procédé ainsi mais, avec le temps, la séparation avait disparu.

— Je me disais que je devrais peut-être rentrer chez moi, dit Curtis.

— Ce serait sans doute le mieux, s'entendit répondre Mary. Je suis désolée, mais est-ce que tu ne pourrais pas t'en aller tout de suite, s'il te plaît ?

Le lendemain matin il était parti et deux jours plus tard, Mary se rendait de nouveau à la clinique. Comme c'est dur, pensa-t-elle, d'avoir vingt-deux ans et d'avoir déjà le plus mauvais souvenir de sa vie à traîner avec soi. Puis elle imagina une chambre forte, ou plutôt une sorte de petit coffre-fort, et enferma cette idée dedans. Après, elle resta étendue une heure, but le jus de fruits et grignota les gâteaux qu'on lui proposait, puis elle rejoignit sa Citation. On lui avait déconseillé de conduire après l'avortement, mais il n'y eut personne pour vérifier, et elle conduisit la moitié du chemin avant de s'arrêter pour vomir au bord d'un champ.

Elle réussit tout de même à regagner Twig, monta l'escalier jusqu'à l'appartement et s'effondra sur le lit. On lui avait dit d'éviter l'aspirine — qui fluidifie le sang — mais comme elle n'avait rien d'autre elle en prit deux et s'enveloppa dans une couverture. Elle navigua en lisière d'un sommeil sans joie. Plus tard dans l'après-midi Russell rentra de la boulangerie, les cheveux et les mains couverts de farine. Elle ne lui avait pas dit que c'était pour aujourd'hui, et maintenant elle se rendait compte qu'elle aurait dû. Il lui apporta un plateau avec du thé et des tartines à la cannelle, et il s'assit au pied du lit.

— Je suis désolé, mais c'est tout ce dont je suis capable.

— C'est parfait, dit-elle en plantant les dents dans le toast. Je ne croyais pas avoir une telle faim.

Russell regarda le sol, l'air accablé.

— Oh, c'est vraiment un enfoiré.

— Je n'en suis pas sûre.

Ce soir-là le vent souffla en rafales dans les branches nues des arbres. Allongée sur le canapé, Mary suivit la progression de la tempête. Au début elle semblait très lointaine, mais tout d'un coup elle fondit sur eux. Au même instant, le ciel vira au jaune, ils entendirent les sirènes d'alarme ; les cieux s'ouvrirent et la grêle commença à marteler la fenêtre, avec un bruit de machine à sous.

— Mets la télé, dit Mary.

— Pas le temps...

Russell l'arracha au canapé et la transporta dans ses bras au rez-de-chaussée. Une lueur verte emplissait la rue et le vent avait cessé, figeant toute la scène en pleine désolation — un très mauvais signe, Mary ne l'ignorait pas. Le trottoir était jonché de grêlons, certains gros comme des billes, mêlés à des feuilles mortes et des petites branches volées aux arbres par le vent. Des voitures, que leurs conducteurs avaient abandonnées pour aller se mettre à l'abri, étaient arrêtées en désordre.

— Et maintenant, mon héros ? dit Mary.

Il la porta jusqu'au couloir dallé, descendit un escalier en ciment jusqu'à un sous-sol lugubre. Là, Russell la déposa, toujours enveloppée dans sa couverture, par terre à côté du ballon d'eau chaude. Le vent reprit de la force, les lumières s'éteignirent, l'atmosphère vibra sous le tonnerre. Russell, étendu à côté d'elle sur le sol humide, l'embrassa.

— Ta barbe chatouille, dit Mary.

La tornade s'abattit à deux kilomètres de là, près d'un pont enjambant l'autoroute. Elle traversa tout un champ de maïs désert, creusant une profonde tranchée dans la terre détrempée, sembla hésiter entre plusieurs cibles, puis se décida pour une ferme, qu'elle réduisit en morceaux.

Elle avait menti à Phil ; elle possédait un peu d'argent, après tout. Des années plus tôt, un oncle lui avait laissé dix mille dollars par testament. Elle l'avait rarement rencontré et ne gardait de lui qu'un vague souvenir, celui d'un homme pâle, en sueur, qui sentait la menthe et allait s'installer dans le patio de ses parents, au soleil, pour boire des verres de thé glacé. Il était boucher en Californie, mais n'en avait pas l'air. Les parents de Mary avaient placé l'argent sur un compte d'épargne, à un taux dérisoire, mais malgré cela, au cours des six années écoulées depuis la mort d'oncle George, la somme était montée à un peu plus de quatorze mille dollars.

Elle quitta Twig pendant l'été. Curtis était revenu chercher le reste de ses affaires ; Russell était retourné chez ses parents à Bloomington et, à l'automne, il entamerait une thèse de doctorat à l'Université de l'Illinois. La veille de son départ, elle fit une vente sauvage dans le passage jouxtant le magasin de chaussures, et le soir, il ne subsistait plus que quelques casseroles usées, une fougère en pot, le poste de radio cassé de Russell, le Petit Chéri que sa mère lui avait offert pour son diplôme, et un carton de livres de poche. Dans la lumière blafarde, Phil l'aida à porter les casseroles, la fougère et la radio à la décharge, derrière le Norway, et avec un gros marqueur, elle écrivit sur le carton de livres : GRATUIT — LA TABLE AUSSI — SERVEZ-VOUS. Elle le laissa sur place et fut réveillée cette nuit-là dans sa chambre vide par le bruit de la pluie qui ricochait sur les couvertures de ses livres.

Elle partit en voiture pour le Nord le lendemain matin, un dimanche chaud et moite de juillet, sous un ciel couleur de lait. L'air conditionné de la Citation ne fonctionnait pas, et elle conduisit avec un mouchoir mouillé sur la tête, écoutant la radio de Minneapolis qui devenait plus nette à chaque kilomètre. Elle avait pensé se débarrasser du Petit Chéri, mais elle en avait assez de ces batailles mesquines et il était posé sur le siège, à côté d'elle. À Bloomington, elle s'arrêta chez les parents de Russell et mit la voiture à son nom.

— Je vais te payer quelque chose, dit-il en ouvrant son portefeuille.

Ils se faisaient face dans l'allée, devant la maison. Il avait tondu la pelouse et des brins d'herbe adhéraient à sa chemise. Elle les chassa de la main.

— Tu as déjà payé, dit-elle.

Elle accepta un dollar, et le lendemain après-midi, Russell la conduisit dans la Citation à l'aéroport. Il ne l'avait pas embrassée depuis le soir de la tempête. Elle savait qu'il en aurait envie, mais elle ignorait si ce serait ou non une bonne chose. Elle décida que oui. Dans la bruyante salle d'enregistrement, ses valises empilées à leurs pieds, ils s'embrassèrent, en prenant leur temps. Puis elle embarqua ses bagages, gagna son siège et s'envola pour Rome, dans la nuit d'été.

À l'automne, elle lui écrivit une lettre. Elle se trouvait à Florence où elle était arrivée en septembre. Elle habitait près de Santa Croce, partageant un appartement avec sa cousine, étudiante dans l'école où elle-même suivait un séminaire sur Dante, la langue et la culture italiennes et le dessin du corps.

Depuis sa fenêtre, dans le bâtiment délabré des domestiques d'un vaste palazzo, elle pouvait apercevoir l'Arno entre les immeubles, et sur la piazzetta, en bas, où le soleil chauffait les pavés ronds, des vieillards se regroupaient pour écouter la retransmission des matches de football à la radio. Elle avait un petit ami, un Américain qu'elle avait rencontré en se promenant dans les jardins du Palais Pitti, où elle était allée dessiner, munie de son grand cahier de croquis. Il s'était approché d'elle, lui avait montré un plan des jardins et lui avait demandé dans un italien effroyable qui l'avait fait rire *: « Dove siamo ? » Dove siamo :* Où sommes-nous ? Il était blond et bronzé avec un large sourire heureux, et il ne ressemblait pas du tout à Curtis, ne le lui rappelait pas du tout. Il adorait parler, raconter des histoires sur lui et sur les endroits qu'il avait traversés. Il était sorti du collège l'année précédente, travaillait comme menuisier à San Francisco et voyageait avec des amis qu'elle n'avait jamais rencontrés. Ils bavardèrent tous les deux sur un banc du parc, et lorsque le soir tomba, il prit le bus pour aller chercher son sac à dos à l'auberge de jeunesse et s'installa avec elle ; et même si elle ne fit pas l'amour avec lui ce jour-là, ils le firent un peu plus tard, et elle comprit qu'elle était guérie. Elle avait vingt-trois ans, était une Américaine visitant l'Europe, elle faisait l'amour avec un garçon de l'Ohio qui était drôle, gentil et n'avait aucun conseil à lui donner : il allait trouver un appartement, un emploi de professeur d'anglais, ils allaient se rendre ensemble à Rome, à Venise pour le *carnevale*, en Grèce dès qu'il ferait chaud ; elle était guérie, son cœur était guéri. *Mon cher Russell,* écrivit-elle,

Merci pour ta lettre, et félicitations pour Laurie et toi. Cela me fait plaisir, et si je rentre avant l'été, je viendrai au mariage.

C'était il y a à peine quelques mois, mais déjà l'époque de Twig ressemble à un lointain souvenir. Est-ce que c'est pareil pour toi ? Ici, les lettres mettent du temps à arriver et on ne peut pas téléphoner, c'est sans doute pour cette raison que je n'ai aucune nouvelle de chez moi. Mais je sais aussi que cette année là-bas était exceptionnelle — c'était une année hors du temps — et je suis contente que nous l'ayons vécue ensemble, contente qu'elle ait existé.

Elle écrivit cela dans un café, à la fin d'un après-midi d'octobre. Elle lui parla de son compagnon, de ses cours et de ses amis, et des trains qui étaient sans arrêt en grève et de la chaleur qu'il faisait tous les jours ; elle lui écrivit sur sa vie. À la fin, elle mit la lettre sous enveloppe sans la relire, acheta à la jeune femme derrière la caisse un timbre bigarré, et alla glisser le tout dans la boîte près du téléphone. Dans la rue animée, le soleil fondit sur elle et pendant un moment elle resta immobile à savourer la lumière d'automne. Elle ferma les yeux, remonta la bride de son sac sur son épaule et ce fut alors qu'elle la ressentit, une dernière fois : la légèreté. Elle s'épanouit en elle et s'élargit, comme des cercles sur l'eau d'un étang, remplaçant toute pensée, et elle sut ce que c'était, elle sut que c'était un enfant. Puis il y en eut un deuxième, puis un troisième, et ainsi elle sut qu'au cours de sa vie, elle aurait trois enfants, deux filles et un fils. Des motos passaient près d'elle, des étudiants hilares, de petites voitures se faufilaient ; mais les voix, les yeux, les couleurs — tout semblait loin, très loin. Elle se rendit compte que des gens s'étaient arrêtés, attroupés autour d'elle ; quelqu'un lui avait saisi le bras, de peur qu'elle ne tombe. Elle se trouvait à Florence, debout sur les antiques pavés de la rue, les yeux fermés, une main posée sur sa poitrine, là où était son cœur, et elle sentit l'esprit de chacun de ses enfants, qui ne s'élevaient pas mais au contraire descendaient ; ils venaient d'au-dessus d'elle. Puis un quatrième la traversa — différent des autres, car c'était une présence très indécise, à la fois là et pas là —, elle sut, cette fois encore, de qui il s'agissait. *Adieu,* songea-t-elle, *adieu,* et elle s'éloigna des badauds et se mit à courir au long de la rue de la vieille ville pour qu'on ne la voie pas pleurer.

JEUNE MARIÉ

Mai 1991

Le matin de son mariage, O'Neil Burke — trente ans, professeur d'anglais de seconde et terminale — est d'abord réveillé à trois heures par un éclat de rire et un bris de verre sur le trottoir, à nouveau à cinq heures aux premières lueurs du jour, et encore une fois à huit heures, lorsqu'il lève la tête de l'oreiller humide de la sueur causée par ses rêves pénibles et inextricables, et il regarde par la fenêtre tout près de son lit, dans le vieil hôtel. Deux étages plus bas il peut voir le parking, les voitures de ses amis, la pelouse tondue, magnifiquement verte ; et au-delà les ciguës et les pins blancs qui se lancent à l'assaut de la montagne. Près de sa voiture, quelqu'un a laissé tomber une bouteille de bière, et il se souvient du bruit qu'elle a fait en se brisant, et de la voix de son ami Connor, allègrement ivre, qui a aboyé, « Bor-*del*! ». L'air est immobile et moite, le soleil chaud pour un matin de la fin mai si haut dans le Nord, et les vitres des autos sont couvertes de l'épaisse rosée du Vermont. O'Neil entend une porte battre, et bientôt une femme sort de derrière l'hôtel et se dirige vers sa voiture, une conduite intérieure neuve sans doute louée. C'est Simone, une amie de lycée de Mary que O'Neil a rencontrée pour la première fois la veille, à la réception dans le bar de l'hôtel. Elle est déjà habillée pour la cérémonie, avec ses talons hauts, sa robe vert pâle décolletée aux épaules, et un large chapeau de paille avec une fleur en soie, un ruban rouge et, dans le dos, deux longs brins accompagnant le balancement de ses beaux cheveux blonds. Le chapeau, se dit O'Neil, est très bien sur elle, mais le serait beaucoup moins sur une autre tête, et comme elle a des talons hauts, son parcours sur le sol inégal prend un certain temps, comme si elle sentait qu'on l'observe. En arrivant à sa voiture, elle ouvre le coffre et en retire un grand paquet blanc avec une faveur du même rouge que le ruban de son chapeau. Le paquet dans les bras, elle lève les yeux et voit O'Neil qui la regarde depuis sa fenêtre du deuxième étage ; elle lui fait un signe. Ou peut-être n'est-ce pas O'Neil qu'elle a vu, mais juste une forme derrière la vitre. Gêné, O'Neil répond au salut.

Son esprit se tourne bien vite vers le ciel, sur quoi tout repose. Pendant qu'il regardait Simone traverser le parking, les nuages semblent s'être alourdis et obstruent maintenant l'horizon d'une manière menaçante. La noce est prévue pour midi, dans le pré qui domine la maison de sa sœur, à huit kilomètres d'ici. On ne peut y accéder que par un chemin étroit ; s'il tombe ne serait-ce qu'une brève averse, il risque d'être trop boueux pour les invités, ou pire, d'être inondé. Dans tous les cas, la prairie sera détrempée. O'Neil commence à s'inquiéter, alors il se lève, se brosse les dents et se lave le visage en vitesse, puis enfile ses vêtements de sport pour escalader la colline derrière l'hôtel et jeter un coup d'œil de là-haut. Il se rappelle que lorsqu'il s'est réveillé il faisait clair, mais maintenant il ne sait plus comment les choses vont évoluer.

O'Neil, assis sur son lit, met ses chaussettes lorsqu'on

frappe brièvement à la porte. Stephen, son témoin, passe la tête dans la chambre. Il a les cheveux mouillés et les joues rasées de frais ; il a l'air remarquablement en forme, se dit O'Neil, pour quelqu'un qui a bu toute la nuit, et surtout de la bière brune et épaisse sortie de la mini-brasserie de l'hôtel. Elle était bonne, se souvient O'Neil, à condition toutefois de ne pas en abuser.

— Je n'arrive pas à le croire, dit Stephen.

Il s'affale sur le lit, à côté de O'Neil.

— Tu vas courir ? Retourne te coucher.

— Tu comptes rester habillé comme ça pour la cérémonie ?

Stephen porte un jean, de vieilles sandales réparées avec du fil électrique et un T-shirt orné de l'inscription : « Je Suis Un Produit Fabriqué Par Une Femme. » O'Neil fait une grimace et pense à Simone, à son lent déplacement sur le parking, comme un mannequin sur un podium.

— Allons, détends-toi. C'est dans plusieurs heures. Bois donc une bière. Tu veux une bière ?

— Je vais escalader la colline.

O'Neil a commencé à lacer ses chaussures ; des Nike à cent dollars avec des compensateurs pour équilibrer ses genoux fragiles. Escalader une montagne lui semble une excellente façon de débuter la journée de ses noces, une purification appropriée, mais lorsqu'il se penche sur ses lacets, un vertige lui vide la tête et l'énergie qui l'avait sorti de son lit le quitte, le laissant épuisé et terrifié. Il doit prendre une profonde inspiration, puis une autre. Alors le malaise s'estompe ; il va bien.

— Je m'inquiète à propos du temps, parvient-il à dire. Comment ça se présente ?

— Mi-figue, mi-raisin.

Stephen pêche une cigarette dans la poche de son jean, l'allume et la garde au coin des lèvres, l'œil droit artistiquement plissé dans la colonne de fumée. Il fait un grand geste pour barrer la route à O'Neil qui s'apprête à partir.

— Je suis désolé, mais Mary m'a prévenu que tu risquais de fiche le camp. Alors tu ne vas nulle part.

— Viens plutôt avec moi. C'est juste à côté. Tu t'es couché tard, non ? Je t'ai entendu un bout de temps, là, dehors.

— Je ne sais pas, répond Stephen en haussant les épaules. Deux heures, peut-être. Connor dort encore.

Il regarde sa cigarette et tord le nez.

— Finalement ce truc est très mauvais.

Il traverse la pièce, à la recherche d'un cendrier où l'écraser.

— Bon, d'accord, accepte-t-il. Je t'attends dehors. Tu vas bien rigoler. Je suis nul à la course.

En sortant, O'Neil voit qu'il ne s'est pas trompé, pour le temps. Le vent s'est levé et de lourds nuages arrivent de l'ouest et du sud, au-dessus de la montagne qui domine l'auberge. Près de sa voiture, il éloigne du pied le verre brisé, fait un pas en arrière et pose un talon sur le pare-chocs pour étirer le mollet. Il a les reins raides, mais la jambe reste flexible et il maintient la position pendant dix secondes, jusqu'à ce que le muscle se réchauffe et s'assouplisse avant de passer à l'autre jambe. Il se consacre ensuite à la cambrure, à l'équilibre, chaque exercice le rapprochant du moment où il sentira qu'il a réintégré son corps, et que sa journée peut commencer. Il est assis dans l'herbe, les genoux écartés et les semelles de ses chaussures parfaitement jointes, lorsque la porte de l'hôtel s'ouvre sur Stephen. Il a enfilé une tenue de sport : un short et un autre T-shirt, sans manches, celui-ci, avec le logo d'un organisme de croisières imprimé devant. Aux pieds, il porte de grosses chaussures montantes noires avec des languettes orange. Un peu tape-à-l'œil, se dit O'Neil.

— Tu n'as pas d'autres godasses ? Avec ça tu vas avoir des crampes, crois-moi.

Stephen s'est mis, pour rire, à faire de grands sauts en se tapant dans les mains au-dessus de la tête et en lançant des nombres au hasard.

— Six, quatorze, cent huit.

Puis il se jette sur le sol et exécute brutalement cinq pompes, souffle comme une forge et s'effondre dans l'herbe humide.

— Le problème, gémit-il, c'est que j'adore fumer. Je veux dire, j'aime vraiment ça. Si je devais arrêter, j'en aurais le cœur brisé.

Il est neuf heures lorsqu'ils s'élancent. O'Neil ralentit un peu pour que Stephen puisse suivre. Il ne sait pas exactement où il va, mais il pense qu'il y a un chemin qui conduit au sommet de la montagne, quelque chose portant un nom évident : Sentier du Toit du Monde ou Rampe Bella Vista. De là il espère pouvoir se forger une bonne idée de ce qui les attend. La noce est pour dans trois heures, et bien qu'une tente ait été dressée dans la cour de sa sœur comme lieu de repli, il est important, aussi bien pour O'Neil que pour Mary, qu'ils soient mariés dehors. Ils ont fait ce choix il y a des mois, alors qu'il y avait encore trois centimètres de neige grise sur Philadelphie et que le printemps semblait très loin. Sur les invitations, ils n'avaient pas précisé d'adresse, mais seulement « La Prairie, Hanford, Vermont », et avaient décoré le bristol avec des pastels : une trace de vert pour le sol, du bleu et du rose pour le ciel. Ce fut une soirée amusante, à colorier les invitations sur la table de salle à manger de leur petit appartement ; O'Neil et Mary avaient vidé une bouteille de vin, comme la première fois où, incertains, ils s'étaient retrouvés seuls tous les deux. Mais ce soir-là c'était différent. Ils envoyaient des faire-part de mariage.

O'Neil et Stephen courent un moment en silence, sous les arbres touffus qui leur masquent le ciel et les signes qu'ils pourraient y lire. Ils contournent la montagne, constate O'Neil, tout en restant à sa base, mais il ne semble pas y avoir de chemin pour monter. À ses côtés, Stephen respire bruyamment et O'Neil doit régulièrement ralentir pour ne pas distancer son ami. Stephen tient ses bras trop haut — comme s'il transportait des rondins de bois, alors qu'il devrait les garder au niveau de la taille pour ouvrir la poitrine — et il court sur la pointe des pieds, qui raclent le sol à chaque pas. Cela va précipiter l'apparition des crampes déjà garanties par ses grosses chaussures, mais O'Neil décide de ne rien dire. Au bout de deux kilomètres, ils atteignent une grande maison avec une grange et deux chevaux en train de paître sur la pelouse ; un sentier de terre longe la maison sur la droite. Il y a un panneau sur lequel est écrit Chemin de l'Horizon, et, au-dessous, en guise d'avertissement : Voie à Maintenance Minimum. Quelqu'un a tiré trois balles dans le panneau et le bord des trous est rouillé. Plus loin, le chemin tourne encore à droite et s'enfonce entre les arbres.

— Pas question, souffle Stephen.

Il s'arrête et se casse en deux avant de tomber à genoux. Pendant une seconde, O'Neil se demande si son ami ne va pas vomir. Stephen s'ébroue comme un cheval fourbu puis crache devant lui, dans la poussière.

— Il ne faut pas penser à l'effort à l'avance.

Les jambes de O'Neil sont lourdes et douloureuses et il sait que s'il s'interrompt, tout courage va l'abandonner.

— C'est ces chaussures, dit Stephen. Je n'arrive pas à *croire* que tu m'as laissé partir avec ces putains de godillots.

Il crache à nouveau et s'écroule sur le sol, s'adossant au poteau du panneau. Il fait signe à O'Neil de continuer, les yeux déjà fermés.

— Moi, je ne vais pas plus loin.

O'Neil ne répond rien et s'engage seul dans l'ascension. Il estime le sommet à deux kilomètres au plus, mais maintient un bon rythme, pour le cas où il se tromperait. Il est surpris de voir qu'il se sent vraiment mal. Bien qu'il n'ait dormi que six heures, et pas très bien, il n'a pas couru depuis trois jours et d'habitude son corps emmagasine de l'énergie. Mais aujourd'hui c'est comme s'il n'avait jamais couru ; il a un point de côté, ses doigts sont gelés et il n'arrive pas à trouver la bonne équation — bras, jambes, poumons, la partition du corps sur trois temps — qui le mènera au cœur de la forêt en accord avec la pente qui s'étend devant lui. La route est boueuse à cause de la dernière averse, et O'Neil entend le faible murmure d'un ruisseau tout proche qui se fraie un lit dans la mousse. Il longe une petite maison, puis une deuxième, plus grande, avec un joli porche fermé et un hamac accroché dans la cour, et il se demande quel effet cela lui ferait de vivre ici comme sa sœur, d'élever une famille dans ce paysage de hauts arbres et d'hivers interminables ; un moment il songe qu'une telle vie est exactement ce qu'il souhaiterait pour plus tard, et il y croit tout en espérant qu'à force de retourner cette idée dans sa tête, une fissure apparaîtra par laquelle pourra glisser son corps meurtri. Comme rien ne se passe, il pense à Mary, qui maintenant doit être réveillée et doit s'habiller pour la noce, dans sa chambre, avec ses amies, et aux enfants qu'ils auront peut-être un jour, aux métiers qu'ils exerceront, et aux maisons qu'ils habiteront. Il pense à un livre qu'il a lu il y a des années — un livre qu'il adorait et qu'il avait oublié — à propos d'un garçon qui vivait seul dans les forêts du Maine et se liait d'amitié avec les arbres et les animaux. Il pense à sa sœur, qui va le conduire à l'autel, à son mari et à ses fils ; il se rappelle ses parents, combien ils lui manquent, là, le jour de son mariage.

O'Neil en est à dix minutes d'escalade lorsque le terrain devient plat, s'ouvrant sur une clairière avec une vue dégagée vers le nord et, plus haut derrière lui, sur un champ dans lequel des moutons paissent rêveusement. O'Neil s'arrête et s'appuie sur un poteau de clôture poli par le vent. Au-dessous il distingue son hôtel et la ville de Southwich, son damier de rues et de maisons, et son cœur bondit au tableau de cet endroit heureux et séduisant qui existe sans raison. À l'ouest, il reconnaît la route qui suit le lac et ses reflets, et encore plus loin les pics sévères des Adirondacks, maintenant couronnés d'une épaisse brume. O'Neil revient à l'est, vers la maison de sa sœur, et compte sept trains de nuages qui progressent presque imperceptiblement vers lui dans l'air compact. À l'horizon, un rideau de pluie s'abat sur les montagnes.

C'est là, seul avec la ville nichée à ses pieds, que O'Neil s'autorise à penser à ses parents et se remémore l'accident qui leur a coûté la vie il y a douze ans. C'est pour cela qu'il est ici. Il ne croit pas au paradis, ni à l'existence d'une quelconque conscience après la mort, mais il sait que leur présence à ses côtés est constante, comme un fantôme qui se promènerait près de lui, toujours à la limite de son champ de vision ; et que lorsqu'il veut se rapprocher d'eux, comme aujourd'hui, il peut faire le point sur cette présence, brièvement, et l'intégrer à une image. Il ferme les yeux et laisse son esprit travailler. L'image qu'il choisit appartient au mariage de sa sœur, un an avant l'accident : son père en smoking, debout sur une chaise pour porter un toast en direction de l'assistance ; sa mère riant, la tête en arrière, le visage ravi par l'humour du toast que O'Neil ne peut plus entendre. *Voici mon père,* pense-t-il. *Mon père qui porte un toast. Et voici ma mère dans sa robe bleue.* Il retient cette image dans sa tête aussi longtemps que possible, jusqu'à ce que les couleurs se fanent et s'effacent, puis tout se brouille comme un poste de radio déréglé, et ne demeurent plus qu'une lumière clignotante qui danse à l'intérieur de ses paupières baissées et la certitude qu'ils sont morts. Puis il dit une prière pour conjurer la pluie et entreprend de redescendre.

En bas, Stephen s'est endormi. Ils rentrent ensemble à l'hôtel. Lorsqu'ils arrivent, il est plus de dix heures. Les parents de Mary finissent de prendre leur petit déjeuner dans la salle à manger et avant que O'Neil puisse se précipiter dans l'escalier, ils l'aperçoivent et l'appellent. Ils sont vêtus pour la noce et O'Neil, avec son short et son T-shirt trempé de sueur, reste debout au bord de leur table et mange un beignet à la cannelle pendant qu'ils lui parlent du temps. S'il menace de pleuvoir, interroge Gretchen, grimperont-ils quand même jusqu'à la prairie ? Elle espère qu'il va répondre non — depuis le début la famille de Mary n'est pas très convaincue par ce projet — mais il dit qu'il n'est sûr de rien ; qu'il doit en discuter avec Mary. Si le temps est à la pluie sans qu'il pleuve effectivement, ajoute-t-il, sans doute prendront-ils le risque. O'Neil termine son beignet, en pêche un deuxième sur la table pour le manger plus tard dans sa chambre, et s'excuse car il doit voir des amis et s'habiller. Il a presque traversé le hall lorsque le directeur l'arrête et lui tend le téléphone : sa sœur.

— Et le temps ? s'inquiète-t-elle.

O'Neil se frotte les yeux. Cette question l'épuise, et il ne veut rien décider. Les invités commencent à descendre. Il faut absolument qu'il aille se préparer. Il dit à sa sœur qu'il ne sait pas.

— Eh bien, ici il pleut. Enfin il pleu*vait.* Je me demande comment les personnes âgées vont réussir à marcher dans le chemin.

Il y a un grésillement sur la ligne et la voix de sa sœur s'éloigne.

— Arrête, Noah. Tiens, joue avec ça.

Puis elle revient.

— O'Neil ? Excuse-moi, il m'agace. Le traiteur est arrivé, en plus. Je crois qu'il aimerait te parler des chaises. S'il pleut, il faudra aussi en installer sous la tente.

— D'accord.

O'Neil réfléchit une minute. Qu'est-ce qu'il voudrait qu'il n'a pas ? Il lève les yeux et aperçoit ses amis, Russell et Laurie et Adam, leur petit garçon, dans l'escalier, tous trois chaussés de bottes en caoutchouc et Russell muni d'un parapluie qu'il balance comme un club de golf. Ils éclatent de rire en le voyant encore en short à une heure de son mariage, comme si c'était d'une certaine façon tout à fait typique, ce que O'Neil doit bien admettre. Il est en retard pour presque tout : le dernier prêt, le dernier à garer sa voiture, le dernier à réussir ses examens ; en dehors de Stephen, il est le dernier à se marier.

— Écoute-moi, Kay, dit-il.

— Jack, occupe-toi de lui, je t'en supplie.

Il y a un remue-ménage pendant que Kay se libère de son plus jeune fils.

— Qu'est-ce qu'il y a, chéri ?

— Je suis hors jeu. Je ne parviens plus à réfléchir. Je ne suis même pas habillé.

O'Neil sait qu'elle comprend ce qu'il demande véritablement ; de laisser aller les choses jusqu'à ce qu'il arrive, et s'il y a des décisions à prendre il les prendra à ce moment-là, ou il s'en remettra à la magie de la journée pour que chaque pièce trouve sa place.

— Je crois que j'ai besoin d'un peu de protection familiale, sur ce coup-là, dit O'Neil.

— Ne t'inquiète pas, p'tit gars.

Quelques secondes s'écoulent. D'autres invités descendent, lui adressant un signe et se poussant du coude en voyant son accoutrement, et O'Neil est très pressé de quitter le hall.

— Bon, alors écoute ça, dit enfin Kay. Aucune remarque concernant le temps, le traiteur se débrouille comme il veut avec ses chaises et quiconque désire entrer en contact avec le jeune marié doit d'abord passer par moi. C'est bon ?

Un flot de soulagement l'envahit.

— Je t'aime. Je sais bien que tu es ma seule famille, mais tout de même.

— Et réciproquement. Et ne va pas embêter Mary. Je devine que c'est ton intention, mais il ne faut pas plaisanter avec cette histoire de porte-malheur. Jack ne m'a pas vue, et jusqu'ici ça va plutôt bien.

O'Neil raccroche, prie le directeur de ne plus lui transmettre d'appel et se dirige vers la cuisine dans l'espoir de trouver de quoi préparer un plateau de thé et de gâteaux pour Mary. Il projette de le déposer devant sa porte, de frapper, et de partir en courant. Il est sûr d'avoir oublié quelque chose, un détail quelconque comme les chaises du traiteur, mais ne se souvient pas de quoi, et il se résout à se concentrer sur la joie d'apporter son petit déjeuner à Mary et à laisser tout le reste s'organiser sans lui. La cuisine est vide, mais O'Neil finit par découvrir Alice, la femme qui tenait le bar hier soir, en train de lire le journal dans la réserve. Le petit déjeuner est fini, dit-elle, mais elle pense pouvoir arranger ça.

— Alors, c'est l'angoisse ? demande-t-elle en versant le thé.

Elle a un joli visage, avec la peau caramel des gens qui passent beaucoup de temps dehors en toute saison. Ses cheveux blonds sont réunis en une lourde tresse germanique qui lui court tout au long du dos et effleure la ceinture de son jean.

— Vous n'avez pas l'air trop inquiet.

Elle rit, en plissant les yeux. C'est un rire qui veut dire qu'elle aussi est mariée, que ça arrive à tout le monde.

— Je ne sais pas, dit O'Neil. Il me semble que je m'y habitue, peut-être.

— Eh bien, il ne faut pas vous y habituer.

Elle lui donne le plateau. À côté du panier de beignets et de la théière, elle a posé un mince vase avec une rose jaune. Elle s'essuie les mains à son tablier.

— Vous pouvez me croire. C'est le jour le plus heureux de votre vie. Vous verrez.

— Vous êtes sûre ?

O'Neil, tenant le plateau à hauteur d'estomac et les yeux fixés sur la rose, ressent une tension dans les joues et comprend soudain qu'il va s'évanouir. Il ignore pourquoi, parce que, à sa connaissance, il n'est pas anxieux, ni triste ni même spécialement heureux, même si ce qu'il éprouve paraît de même nature que le bonheur. C'est comme s'il était entré dans ses émotions, si loin à l'intérieur qu'il en aurait omis de respirer, alors il pose le plateau sur le comptoir et inspire très fort par le nez. Il remarque qu'Alice a quitté la pièce. Puis elle revient avec une chaise en bois qu'elle est allée chercher dans la réserve.

— Voilà, dit-elle en glissant la chaise contre ses jambes. Reposez-vous une minute.

O'Neil fait ce qu'elle lui dit, et Alice lui tend le thé de Mary. Il avale une petite gorgée, gardant la tasse tout près de son visage pour sentir la douce vapeur effleurer ses joues. La tasse est comme une pierre chaude et lisse dans sa main, et il s'aperçoit qu'il frissonne.

— Il est arrivé la même chose à mon mari. Tout va bien. Vous pouvez rester ici autant que vous voudrez. C'est sans doute votre famille qui vous rend fou.

— Je n'aurais peut-être pas dû aller courir, dit O'Neil. Je n'ai presque pas dormi.

— C'est juste un peu de fatigue.

Alice est assise sur ses talons devant O'Neil, et elle le dévisage. Derrière lui, la porte de la cuisine s'ouvre ; sans détourner les yeux, Alice dit « Je viens dans une minute » et la porte se referme.

— À quelle heure commence la cérémonie ? Midi ?

O'Neil fait oui de la tête.

— Bon, alors dans deux heures, c'est terminé et vous allez être tous les deux ensemble. C'est ça, le beau côté des choses, non ?

— C'est le jour dont on se souvient toute la vie, dit O'Neil, inexplicablement.

Alice sourit et prend sa main libre. La sienne, tout comme la tasse, est lisse et chaude, et couverte de farine.

— Bien parlé, dit-elle.

— Mes parents ne sont pas là, explique O'Neil. Ils sont morts il y a longtemps. C'est peut-être ça qui me préoccupe.

— Ça ne m'étonnerait pas, dit Alice. C'est très dur, dans ce genre d'occasions. Ils doivent vous manquer.

— Il me reste ma sœur, en revanche, dit O'Neil. Elle était au bar, hier soir, avec son mari. C'est chez elle qu'a lieu le mariage.

— Bon, c'est quelque chose. C'est même beaucoup.

— Et Mary, évidemment. J'ai Mary.

— Alors vous avez une famille, dit Alice.

Elle secoue la main de O'Neil, pour l'encourager.

— Elle a l'air bien. Une famille, c'est ça, d'après moi : des gens qui veillent sur vous.

Un moment ils demeurent ainsi, les mains unies, pendant que O'Neil boit son thé. Son malaise est passé et ce qu'il ressent maintenant, c'est une sorte de langueur satisfaite qui monte de ses pieds dans ses jambes, sa poitrine et ses bras, et il a l'impression qu'il pourrait très bien s'endormir, là. Il aimerait s'endormir et qu'Alice veille sur lui, ici, dans la cuisine bien chauffée où elle travaille.

— J'apprécie beaucoup ce que vous avez fait pour moi, dit O'Neil. Je suis votre débiteur.

— Ce n'est rien.

Elle hausse les épaules et son long cordon de cheveux se balance.

— *De nada.*

O'Neil se lève et prend le plateau. Il a bu tout le thé, mais les beignets sont encore dans le panier d'osier couvert d'une serviette bleue. Au-dessus du fourneau, la pendule indique que onze heures viennent juste de passer ; Mary est sans doute déjà à la maison et les invités ne vont plus tarder. Il pose la main sur la serviette et sent la moiteur rayonnante de la viennoiserie à travers l'étoffe, et alors Alice lève le visage et l'embrasse sur la joue. C'est la plus belle chose qui lui soit arrivée de sa vie, et il a aussitôt envie de décrire ce moment tout entier à Mary.

— Pour le marié, dit-elle.

À l'étage, ses amis l'attendent : Stephen, dans son complet bleu, et Connor, dans un incroyable costume de baba cool avec un nœud papillon rose. C'est un tableau étonnant ; les deux hommes, étendus sur les lits jumeaux de la chambre de O'Neil, sont profondément endormis, les mains croisées sur le ventre, comme des pharaons. Les volets clos plongent la pièce dans l'ombre.

Stephen ouvre les yeux lorsque O'Neil s'assoit sur le lit à côté de lui. Il lance un regard plein d'espoir vers le plateau posé sur les genoux de O'Neil.

— Petit déjeuner ?

O'Neil lui tend le panier de beignets.

— Mary est déjà partie ?

— Il y a quelques minutes. Je les ai vus par la fenêtre.

Il mord dans un beignet, puis se penche vers l'autre lit et tape sur l'épaule de Connor.

— Debout là-dedans. Notre homme est ici.

— Quelle heure est-il ?

Connor est instantanément réveillé. Il a conduit sur toute la distance depuis Boston parce que sa femme, interne à l'hôpital où lui-même est assistant chirurgien, ne pouvait pas se libérer.

— Ah, te voilà, dit-il à O'Neil. Alors ?

— Je ne sais pas, répond O'Neil. Il est tard.

— C'est ça qui est beau.

Connor tente vainement de lisser ses cheveux hirsutes et sourit. O'Neil se dit qu'il doit avoir une terrible gueule de bois.

— Pas de marié, pas de mariage.

O'Neil prend une bière dans le réfrigérateur et va dans la salle de bains pour se doucher. La pression est merveilleusement forte et, sans se hâter, il laisse les aiguilles brûlantes le parcourir, ne pensant qu'au temps qu'il va faire, à la pluie qu'il conjure de ne pas tomber, et à ses bons et loyaux amis dans la pièce à côté. Il les connaît depuis le lycée, depuis dix-sept ans ; bientôt il les aura connus plus longtemps qu'il n'a connu ses propres parents. Lorsqu'il a fini, il s'enveloppe dans une serviette un peu rêche et se plante devant le miroir en buvant sa bière, qu'il savoure comme toujours après une course. Il remplit le lavabo pour se raser, mais en saisissant le rasoir, il s'aperçoit qu'il tremble ; il ne frissonne plus, mais il ne peut pas compter sur sa main. Il termine sa bière et ouvre la porte. Stephen fume une cigarette près de la fenêtre et Connor est assis dans l'unique fauteuil en cuir de la chambre. Pendant une seconde, ils ne le voient pas. Puis Stephen se retourne et sourit.

— Comment cela se passe-t-il, mon grand ?

— Pas trop bien, dit O'Neil en tendant ses mains tremblantes devant lui. Tu avais raison. Je crois que je ne suis pas en état de me raser.

— Ah, approuve Stephen. Connor ? C'est ton rayon, si je ne m'abuse.

Connor se précipite vers le réfrigérateur et en retire une nouvelle canette qu'il donne à O'Neil.

— En tant que médecin traitant, je te conseille de boire ça. Et maintenant...

Connor pousse une chaise dans la salle de bains et O'Neil s'y assoit, en entamant sa deuxième bière, ce qu'il ne devrait pas faire, il le sait. Connor étale la mousse sur les joues de O'Neil puis se place derrière lui et lui lève le menton. Le visage tout près de celui de O'Neil, il commence à le raser, les yeux fixés sur les mouvements de la lame.

— Tu es sûr que tu es compétent ?

— Non.

O'Neil ferme les yeux et sent l'acier gratter son menton, là où d'habitude il se coupe. Dans son oreille, le souffle de Connor siffle légèrement et il perçoit des relents de bière. O'Neil ne comprend pas comment il a pu se mettre en retard à ce point, mais il est incapable d'aller plus vite.

— Et voilà, champion.

O'Neil observe son reflet dans le miroir, Connor toujours à ses côtés, le rasoir à la main. Il promène ses doigts sur ses joues et sur son cou, sur la pointe dure de sa pomme d'Adam.

— Super, dit-il.

— Je peux raser le reste, si tu veux, propose Connor en rinçant la lame. J'ai appris à l'école de médecine.

— Je suis un peu barbouillé, dit O'Neil.

Il considère son ami, son accoutrement comique.

— Et si tu m'opérais de l'appendicite ?

— Uniquement, dit Connor, si tu me promets de ne pas bouger, de ne pas bouger *du tout*.

Stephen a disposé les vêtements de O'Neil sur le lit, et pendant qu'il s'habille, Connor et Stephen finissent leur bière et discutent du mariage de Connor, qui s'est tenu l'été précédent à Montréal.

— Tu as beaucoup de chance, dit Connor.

Il est tassé sur son siège, balançant sa canette vide entre ses genoux d'un air absent.

— Un mariage doit conserver une certaine intimité. Quand je regarde les photos, maintenant, je me dis : Est-ce que tu as vraiment participé à cette réception ? Il fallait voir ça.

Il roule les yeux et fait claquer joyeusement la langue.

— On les aurait tous crus sortis d'un magazine.

Devant le miroir, O'Neil se bat avec sa cravate Elle est neuve, avec de vives arabesques jaunes et bleues pour égayer son costume, et il n'arrive pas à obtenir la longueur idéale. Il essaie d'abord le Windsor, puis le double Windsor, et chaque fois le petit bout dépasse. C'est lorsqu'il ne s'acharne plus qu'il y parvient tant bien que mal ; il tire sur les extrémités et une jolie fossette apparaît au-dessous du nœud. Il enfile sa veste, remuant les épaules pour qu'elle tombe bien. Il contemple son double en essayant de s'y habituer, quand soudain il se souvient : la boutonnière. Il était censé aller ce matin chez le fleuriste en face de l'hôtel. Et maintenant il est trop tard. Il prend la rose sur le plateau d'Alice, casse la tige et en décore son revers.

O'Neil se détourne du miroir pour dire à ses amis qu'il est prêt et les découvre devant la fenêtre, lui tournant le dos. Il suit la direction de leur regard ; c'est Simone qui traverse une nouvelle fois le parking pour rejoindre sa voiture. La première pensée de O'Neil, c'est qu'après tout il n'est peut-être pas si tard, que les invités ne sont pas encore tous partis. Mais son esprit dérive bien vite dès qu'il voit Simone avec les yeux de ses amis, car il comprend qu'il est en train d'admirer une belle femme, peut-être la plus belle femme qu'il ait rencontrée de sa vie, qui traverse le parking, en bas. Ses pas sont lents, gracieux, naturels ; on dirait presque qu'elle flotte. O'Neil est rempli d'une terreur respectueuse, qui lui parcourt le corps comme un trait de lumière.

— *In*croyable, dit Stephen.

— En réalité, c'est tout simple...

Les mains enfoncées dans les poches, Connor secoue la tête de stupéfaction.

— ... elles ne sont pas comme nous. Et ce n'est pas le mari qui s'exprime, c'est le scientifique.

Les trois hommes la regardent ouvrir la portière du conducteur, enlever son chapeau et, en appui sur ses fins talons, se glisser derrière le volant en lissant sa robe sur ses jambes avant de les rentrer à l'intérieur de la voiture. Puis elle claque la portière, pose le chapeau à côté d'elle et creuse les reins pour s'examiner dans le rétroviseur en passant une main dans ses longs cheveux. Le moteur s'éveille et elle quitte le parking en marche arrière.

Ils ne bougent pas encore. Le silence de la pièce les enveloppe. C'est comme s'ils avaient vu une apparition, un signe, comme s'ils avaient tous trois, ensemble, fait le même rêve. Puis ses amis constatent qu'il est prêt, ils prennent leurs affaires et emmènent O'Neil à son mariage.

Il est midi et quart quand ils atteignent la maison, et la sœur de O'Neil vient l'accueillir à la porte. Il a plu, lui dit-elle, un peu après leur conversation au téléphone : juste une averse, mais le chemin est trop boueux pour qu'on monte à la prairie.

— Je sais, dit O'Neil. Où est Mrs Cavanaugh ? Je vais lui parler.

O'Neil pénètre dans la maison bondée en quête du pasteur

et la découvre dans le bureau, en train de relire une dernière fois ses notes pour l'homélie. Elle porte un gros pull de laine sous sa chasuble et O'Neil la prend dans ses bras, les plongeant tous deux dans l'embarras, car il ne l'a encore jamais prise dans ses bras, jusqu'ici.

— Je crois que nous allons nous replier sous la tente, lui dit-il. Si vous n'y voyez pas d'obstacle. Plan B.

Ils se mettent d'accord pour commencer dans une dizaine de minutes, et O'Neil se retire, à la recherche de Mary. Mais au milieu du salon, il comprend qu'il n'a aucune chance de la trouver; Mary est à l'étage avec ses amies et si elle voulait le voir, elle serait déjà descendue. Il parcourt des yeux la petite foule qui se presse dans la pièce. On dirait qu'ils sont déjà au courant que le mariage aura lieu dans quelques minutes et O'Neil devine que, exactement comme il l'a souhaité, on a déjà pris toutes les décisions à sa place, qu'on avait prévu, et excusé, son retard, qui entrait dans l'essence de cette journée au même titre que la nourriture, les serments et le problème météorologique. Maintenant, il ne reste plus rien à faire, plus rien à modifier. Il aperçoit un photographe parmi les invités et remarque pour la première fois que la pièce est pleine de fleurs; il entend, venant de la pelouse, le son d'un violon qui joue une valse choisie par Mary et lui il y a un mois, mais il ne se souvient plus de l'avoir choisie, pas plus qu'il ne se souvient d'avoir engagé un photographe ou commandé des fleurs; il ne se souvient plus de rien. Stephen lui tend un verre d'eau, et il le vide d'un trait, en demande un autre, et le vide aussi. *On est le vingt-neuf mai,* pense-t-il, *j'ai trente ans. La femme que je vais épouser est là-haut.* Ces simples faits semblent soudain résumer toute sa vie, et il en est heureux, jusqu'à la moelle des os. Ils le sauvent, même s'il ignorait qu'il devait être sauvé. Et des mots qu'il a entendus plus tôt dans la journée lui reviennent : *Bon, alors, vous serez tous les deux ensemble. C'est ça, le beau côté des choses, non ?*

Sa sœur est près de lui.

— Eh bien ? dit-elle, ça n'est pas si difficile.

— Alors c'est comme ça.

— Exactement, mon p'tit gars.

Kay lui sourit et lui prend le bras.

— C'est comme ça.

Elle l'entraîne dehors. Les invités se déploient déjà sur la pelouse et O'Neil voit qu'on a disposé des chaises sous la tente en ménageant une allée centrale pour faciliter l'accès, et que le ciel reste bas et gris. Il voit deux chaises inoccupées, où ses parents auraient pu s'asseoir, et il se rappelle ce que cela lui faisait de les aimer tandis que, accompagné de sa sœur et de Stephen, il suit Erin Cavanaugh à l'avant de la tente. Il se retourne, et à l'instant même où il se retourne le jour diminue et il perçoit le tableau de toute l'assistance — les parents et les connaissances de Mary, ceux avec qui ils travaillent et ceux qui ont été en classe avec eux, leurs amis, leurs enfants — et au fond de son cœur il se marie avec chacun d'eux, car il sait que c'est là l'unique sacrement, l'unique bénédiction de toute sa vie ; puis à leur tour ils s'éteignent dans sa conscience pour ne plus laisser que Mary, là-bas, debout à l'autre extrémité de la tente. Lentement elle approche, les cheveux tressés dans le profond silence des fleurs ; et puis elle est là. Mary. Il lui prend la main, et alors, comme s'ils l'avaient eux-mêmes décidé — comme si de tels actes d'amour pouvaient exister — une douce brise agite la tente, la lumière baisse, et paisiblement, il se met à pleuvoir.

MAMMIFÈRES

Avril 1992

Ils n'étaient pas joueurs, mais le domaine disposait d'un petit casino et c'est là qu'ils s'enfermèrent les deux premiers jours. Kay et Jack : le voyage représentait une récompense après deux années difficiles, au sortir des eaux tumultueuses qu'ils avaient traversées ensemble, et bien qu'ils aient envisagé ce séjour comme un moment à passer réunis, en famille, une suite de journées à paresser sous un soleil volé, ils n'avaient presque pas mis le nez hors de la salle de jeu. Ils ne la quittaient que pour manger, pour dormir et pour voir si Mia et les garçons ne manquaient de rien, et ils revenaient — tour à tour vainqueurs et perdants, mais toujours avec un léger gain — et au matin du troisième jour, après douze heures de rang sans sommeil, ils se trouvaient à la tête de quatre mille dollars, suffisamment pour payer la semaine.

Ce fut Kay qui décida d'arrêter. À dix heures du matin : elle venait d'avoir trois mains gagnantes successives — soixante dollars de plus — lorsqu'une immense fatigue lui tomba sur les épaules, une impression de totale plénitude, comme la dernière bouchée d'un repas. Elle comprit aussitôt qu'elle n'en pouvait plus.

— Tu sais, je crois que j'en ai marre, dit-elle.

Jack hocha la tête, mais garda les yeux fixés sur la table. Ses joues et son menton étaient couverts d'un chaume couleur de cendre. Il fit signe au croupier, un jeune Noir avec des dreadlocks et un beau nez couleur cuivre, qu'il jouait. Impassible, le jeune homme distribua les cartes : un dix, et un huit par-dessus. Le croupier tira un deux. Jack passa la main devant ses cartes pour indiquer qu'il en restait là. Il misait petit, dix ou vingt dollars, le plus souvent cinq. Il était prudent, mais affichait aussi une radieuse stupéfaction, comme un homme penché sur un problème qui trouve sa solution quoi qu'il fasse. C'était un économiste, mais son travail demeurait très théorique ; en manipulant des dollars réels, il n'avait plus de repères. C'était Kay qui tenait le chéquier, réglait les factures et pilotait le navire. Elle regarda Jack, qui venait encore de gagner.

— Jack ? Tu m'entends ? Faisons-nous payer.

Il l'embrassa brièvement sur le front.

— Va dormir un peu, si tu veux.

Cette seule pensée la fit bâiller. Quatre mille dollars : pas une fortune, se dit-elle, mais une raison suffisante pour être sage. Elle avait des amis de collège qui possédaient maintenant pas mal d'argent : des banquiers ou des avocats en train de monter des associations, des médecins qui avaient déjà remboursé tous leurs emprunts, et même un romancier dont les livres marchaient bien. Elle lisait de leurs nouvelles dans le bulletin des anciens et éprouvait des accès de jalousie. Pour des gens comme eux, elle le savait bien, quatre mille dollars ne représenteraient pas grand-chose. Et pourtant il avait fallu à Kay et Jack presque une année entière pour mettre cette somme de côté, prélevant çà et là quelques centaines de dollars sur le salaire qu'il rapportait du collège.

Et maintenant la même somme trônait devant eux en jolies piles de jetons bleus et rouges frappés du nom du domaine — une aubaine qui ne leur avait rien coûté. Qu'y avait-il dans ces jetons pour qu'ils soient si agréables au toucher ? Malgré sa fatigue, elle avait encore envie de les avoir en main.

— Sérieusement, Jack. Ça ne durera pas indéfiniment.

— Je me demande même comment ça a pu durer aussi longtemps.

Il déposa son enjeu sur la table et le croupier distribua de nouvelles cartes.

— Tu vois ? Vingt et un.

C'était vrai : un roi et un as, elle était témoin. Le croupier paya. Elle se sentait trop épuisée pour insister.

— Ne tarde pas trop, tout de même.

Seule, elle quitta le casino, pénétrant dans la lumière aveuglante et la chaleur déjà forte du matin. L'air transportait des odeurs de fleurs et de mer. Le domaine était une sorte de complexe entouré d'une haute clôture en forme de U autour d'une partie de la baie et d'une plage de sable parfaitement blanc. La brochure ne mentionnait le casino qu'incidemment — ce n'était qu'un divertissement de plus, au même titre que les courts de tennis ou les leçons de pêche sous-marine ou les concours de charades qui se tenaient dans le patio après le dîner — et ils en avaient même ri tous les deux. Fallait-il être assez stupide pour aller aux Caraïbes et gaspiller son temps à jouer aux cartes dans une pièce aveugle ? Mais maintenant le séjour en était déjà à la moitié, et ils n'avaient presque rien fait d'autre.

Leur bungalow était vide ; les lits froissés et ouverts. En

regardant par la fenêtre, Kay découvrit les garçons sur la large plage vide, et Mia, qui lisait un livre, sa longue silhouette blonde étendue dans un des transats que le personnel du domaine installait tous les matins. Sam avait huit ans et Noah cinq. Elle se demanda s'ils se sentaient négligés, mais elle savait que non : Sam voulait n'en faire qu'à sa tête, et Noah ne voulait rien. C'est ce qui avait été le plus dur : admettre l'idée qu'elle ne pouvait lui offrir que le confort, qu'elle ne le connaîtrait jamais réellement — qu'être avec Noah était, d'une certaine manière, être tout seul.

Elle prit une douche, enfila un maillot de bain — pudique, de dame, une de ces horribles choses avec une jupette, mais ils ne vendaient rien d'autre pour les femmes comme elle, les femmes supposées moins jeunes — et elle s'étudia dans le miroir. Trente-six ans : ses cheveux, d'un riche châtain, avaient commencé, par endroits, à griser. Elle n'avait jamais été menue, mais après la naissance des garçons, il y avait eu un élargissement des hanches qui, elle en avait conscience, correspondait à une modification irréversible de son squelette. Et malgré tout, en regardant son reflet, elle sentait que, d'une certaine manière, elle était encore jolie. Ses traits restaient délicats et expressifs, ses jambes solides et minces, musclées par les longues marches qu'elle s'imposait quotidiennement ; ses dents et ses yeux étincelants. L'année de sa maladie — cette affreuse année, comme ils l'appelaient — lui avait laissé la peau plus fine, aurait-on dit, presque translucide. Maintenant, huit mois après, elle avait retrouvé sa force qui la remplissait tel le vent une voile. Le maillot de bain, très peu décolleté, ne révélait rien.

Les garçons bâtissaient des châteaux de sable, multipliant les allers et retours jusqu'aux vagues avec des seaux. Ils n'éprouvaient aucun besoin de conserver : tout ce qu'ils construisaient, ils le détruisaient aussitôt, même Noah qui suivait toujours l'exemple de son frère.

Sam vint prendre la main de Kay pour l'entraîner.

— Mia a dit qu'on peut aller faire du bateau si tu es d'accord.

— Elle a dit ça ?

Le domaine entretenait une flotte de dériveurs sur la plage. Elle ébouriffa les cheveux de Sam, raidis par le sel et le soleil.

— Nous verrons après déjeuner, dit-elle.

— On veut faire du bateau *maintenant*, déclara Sam. Mia a dit qu'elle nous emmènerait.

Elle s'agenouilla devant ses deux fils. Leurs corps étaient sveltes, sans la moindre graisse, et après trois jours de soleil, aussi cuivrés que des pièces de monnaie neuves. Sam était grand pour son âge, avec des yeux noisette, tout en coudes, genoux et pointes, comme son père ; Noah, sous une touffe de cheveux bruns, avait un visage large et lunaire qui, chez un autre garçon, du genre qui sourirait et rirait, aurait été le livre ouvert de ses pensées. Mais ses sourires, lorsqu'ils affleuraient, ne semblaient là que par accident. L'un de ses yeux, le gauche, ne la regardait pas complètement en face mais très légèrement sur le côté, un degré de déviation qu'on ne décelait que lorsqu'on se tenait très près de lui. Cette affection était connue sous le nom de syndrome de Brown et s'accompagnait parfois d'autisme. C'était l'œil de Noah les regardant depuis son berceau qui leur avait fait penser la première fois qu'il y avait peut-être quelque chose d'anormal.

— Papa a gagné assez d'argent pour payer le séjour, leur annonça-t-elle. Qu'est-ce que vous dites de ça ?

Le cadet plissa le front et bascula la tête en arrière pour la voir.

— En jouant aux cartes ?

— Exactement, en jouant aux cartes. Des cartes pour les grands. Maman aussi a gagné un peu d'argent.

— On va pouvoir acheter un bateau ? demanda Sam.

— Non, ça ne suffirait pas.

— J'ai trouvé une méduse, déclara Noah.

Son univers était constitué de rencontres avec toutes sortes de bêtes ; presque rien d'autre ne l'intéressait. Après une série d'expériences décevantes avec des chats de gouttière et des oiseaux blessés, ils avaient essayé de canaliser cette manie avec une ménagerie de petits animaux domestiques : poissons rouges, tortues, un couple de lapins à oreilles pendantes baptisés Dopey et Doc. Il semblait plus proche de ces créatures que de tout être humain, s'occupant d'elles avec une parfaite dévotion, et cependant, lorsque l'une d'elles mourait, il paraissait ne pas le remarquer.

— Où ça ?

Il tendit le doigt.

— Là-bas, sur le sable.

— Alors c'était une méduse *morte*, répliqua Sam avec une mimique exaspérée. Tu parles d'un événement.

Les paupières de Noah s'abaissèrent comme deux stores jumeaux.

— Méduse. 1. Animal marin représentant la forme nageuse de nombreux cnidaires, fait d'une ombrelle contractile, transparente et d'aspect gélatineux dont le bord porte des filaments urticants et la face inférieure des tentacules. 2. *Fam.* Personne sans volonté ni vigueur.

Il prononçait les abréviations exactement comme il les

avait vues écrites dans le dictionnaire. Lorsqu'il s'exprimait, son visage restait vide de toute expression.

— C'est magnifique, chéri. Est-ce que c'est Mia qui t'a appris ça ?

Le petit garçon eut un mystérieux froncement de sourcils.

— Elle *était* morte, confirma-t-il.

Elle n'avait pas dormi de la nuit, mais elle était là, totalement mère. Elle aida un peu Noah à attraper les petits poissons dans les flaques avec son filet, puis elle approcha une chaise longue de celle de Mia, à l'ombre d'un grand parasol.

— Comment marchent les cartes ?

Kay se laissa aller dans son siège. Quelques minutes passées avec les garçons avaient suffi à l'épuiser ; elle sentit tout de suite qu'elle ne tarderait pas à s'endormir.

— On s'en tirait très bien quand je suis partie. Je crois que nous étions en veine.

Elle soupira et se tourna vers Mia.

— Tu n'es pas fâchée ? Je sais bien que ce n'est pas ce qui était prévu.

Mia haussa les épaules. Elle sortit une brosse à cheveux du panier d'osier posé sur le sable à côté d'elle et, clignant des yeux dans la lumière, commença à caresser le dessous de sa queue-de-cheval.

— Les garçons vont bien. Ils s'en donnent à cœur joie.

— Eh bien, pas leur mère. Leur mère est cuite.

Mia s'immobilisa.

— Cuite ?

— Fatiguée, expliqua Kay — et elle ferma les yeux.

Elle rêva qu'elle était petite et qu'elle jouait au poker avec son père dans la cuisine, un rêve qui était aussi un souvenir ;

elle avait réellement fait cela, il y avait bien longtemps. Une paire, deux paires, trois, bon jeu bon argent : sur la table de la cuisine, ses allumettes s'alignaient proprement devant elle, elle calculait ses gains sur un bout de papier où figurait aussi l'ordre des distributions. C'était une feuille de carnet pliée et repliée, usée jusqu'à avoir pris la douceur d'une peau de chamois restée des années dans le sac de sa mère. Ses parents jouaient avec des amis ; sa mère avait de la chance, expliquait son père, mais elle ne savait jamais à qui c'était de donner. Dans la cuisine, régnait une luminosité d'hiver, froide et contrastée ; Kay avait onze ans. Son père lui apprenait à bluffer, comment capitaliser lentement lorsqu'on a de bonnes cartes, quand se retirer. Ne te réjouis jamais de ce que tu reçois, lui enseignait-il ; même un excellent jeu peut être perdant. Choisis une couleur porte-bonheur, mais sans compter dessus. Le haut-parleur de la radio crachotait de la musique ; elle était en chemise de nuit mais ne frissonnait pas, et son père était vivant. Il battait les cartes avant de distribuer. *Cinq cartes,* annonça-t-il. Les rois suicidés et les valets borgnes étaient de sortie. Il lui montra les cartes : le valet avec son regard de côté, le roi avec une épée dans la tête. *Papa ?* dit-elle. *Papa, j'ai épousé Jack. C'est très bien,* répondit-il. *Je le sais puisque j'étais là. Souviens-toi. J'ai toujours apprécié Jack.*

La lumière devint plus vive, plus vive et encore plus vive, la musique de plus en plus forte, et elle s'éveilla dans le soleil et la chaleur, et elle se rappela où elle était. Elle avait dormi deux heures ; elle ne voyait nulle part ni les garçons ni Mia. À quelques centaines de mètres au large de la plage un bateau de croisière venait d'apparaître — une superposition de ponts au-dessus de l'eau, un impossible tableau, comme un gâteau de mariage flottant. Le grincement de l'ancre, jetée au bout de sa chaîne, l'avait réveillée, et aussi autre chose : quelque part, un orchestre jouait un ragtime.

Elle trouva les garçons au snack-bar en train de dévorer des sandwiches au fromage et des frites dans des barquettes en carton. Mia était assise en face d'eux, tenant son livre d'une main, telle une femme lisant dans un parc, sur une vieille gravure. *Jane Eyre*, un exemplaire de la bibliothèque, son austère couverture enveloppée dans du papier cristal ; elle lisait avec frénésie mais sans discernement, tout, depuis les romans de gare jusqu'aux nouvelles du *New Yorker* ou aux revues de base-ball de Sam.

Kay s'assit entre les garçons et vola une frite à Sam.

— Est-ce que Jack est revenu ?

— Le professeur m'a chargée d'annoncer qu'il continuait à gagner.

Mia mit un marque-page dans son livre et le referma.

— Et qu'on ne devait pas s'inquiéter pour lui.

Les frites étaient grasses et couvertes de sel. Délicieuses.

— Comment trouves-tu ce livre ?

Mia se renfrogna.

— Très triste... Mais j'imagine que ça va me faire progresser en anglais.

— Je ne l'ai pas relu depuis le collège. D'ailleurs, depuis les garçons, je n'ai rien lu *du tout*.

Mia haussa les épaules et eut un sourire neutre.

— Le professeur m'a dit qu'il me plairait.

Kay commanda un club-sandwich et un thé glacé, mais les garçons étaient trop agités pour attendre, et elle mangea toute seule pendant que Mia les ramenait au bungalow pour voir un film sur le câble. Noah avait encore l'âge de faire la sieste, mais elle savait que Sam l'empêcherait de dormir. De toute façon, ce n'était pas plus mal de les tenir éloignés du soleil pendant un moment. C'étaient leurs premières vacances depuis sa maladie, leurs premières vraies vacances tout court si on exceptait les excursions chez les amis ou chez les parents de Jack à St Louis — pourquoi ne pas les laisser un peu s'ébattre comme ils l'entendaient ?

Elle régla son déjeuner avec le numéro de son bungalow et retourna au casino. Jack était assis au bar et mangeait un hamburger. Il lui dit qu'il gagnait quinze.

Elle ne comprit pas tout de suite.

— Quinze *mille* ?

— Là-dedans, il y a des gens pour qui c'est de la menue monnaie.

Il croqua un cornichon et s'essuya les mains. Seize heures à la table de jeu ; il n'avait pas du tout l'air fatigué.

— Regarde cette pièce, là derrière ? On y joue au poker, c'est du sérieux. J'ai vu un type perdre vingt grands formats en une seule donne.

Grands formats — il n'avait encore jamais parlé de cette façon.

— Ils ne vivent pas sur un salaire de professeur d'université. Seigneur, Jack ! Quinze mille dollars.

Autant d'argent, sorti de nulle part. Elle n'arrivait pas à y croire.

— On peut rembourser tous les crédits, et même le van.

— N'oublie pas l'Oncle Sam.

— D'accord, alors uniquement le van.

Puis elle rit à ce qu'elle venait de dire.

— *Uniquement* le van. Qu'est-ce que je raconte ?

Elle resta avec lui pendant qu'il finissait de déjeuner en lui racontant des anecdotes sur les jeux qu'il avait remportés, puis elle l'accompagna jusqu'à la table de black jack.

— Tu es sûr que c'est une bonne idée ? De continuer à jouer ?

Il réfléchit un instant avant de se décider.

— Je me sens en pleine forme, dit-il.

Le croupier avait changé ; cette fois c'était une jeune femme aux cheveux en brosse, d'un an ou deux plus âgée que Mia. Elle ôta le sceau d'un sabot neuf.

— En fait, il y a longtemps que je ne me suis pas autant amusé. J'ai l'impression que je pourrais jouer toute la journée. Que font les garçons ?

— Ils veulent faire de la voile. Mia leur a promis, je le crains.

Il se passa une main sur le visage. Elle comprit à quel point il avait envie de jouer, de suivre ce filon de chance.

— Si tu désires rester ici pendant quelques tours, je peux les emmener, dit-il enfin.

— Non, joue, toi, si ça te fait plaisir. Mais sois raisonnable. Dès que tu es fatigué, tu arrêtes.

Elle l'embrassa de nouveau et lui pressa la main. Le van avait deux ans ; ils l'avaient acheté juste avant qu'elle ne tombe malade, après que la vieille Volvo que ses parents leur avaient donnée avait finalement rendu l'âme. Combien de traites restait-il ? Toutes envolées d'un coup, l'ardoise effacée.

— Quinze mille dollars, Jack. Je n'en reviens pas. Il ne faut pas laisser échapper cette chance.

Il trouva sa taille et l'attira contre lui.

— Ça me rend amoureux, lui murmura-t-il à l'oreille.

Elle accepta son étreinte, mais se dégagea bientôt, soudain gênée. Elle fronça le nez.

— Tu as besoin de prendre une douche, dit-elle en riant.

Le bateau de croisière était toujours ancré au large de la plage. On avait descendu une passerelle à la poupe et une flottille d'infatigables canots faisait la navette jusqu'à la rive sur les eaux de la baie plus bleues que bleu. Le soleil était si chaud qu'elle en avait des frissons.

Elle signa le bordereau de location machinalement, sans se soucier des détails. Elle n'avait pas navigué depuis des années, depuis qu'elle était jeune fille, dans les camps de vacances, mais elle sentait qu'elle allait retrouver ses marques. Et de toute façon, il n'y avait pratiquement pas de vent. Un jeune homme en tennis blanches avec une énorme montre-bracelet l'aida à hisser les voiles, pendant que Mia équipait Noah d'un gilet de sauvetage. *Au vent, sous le vent, amure, virer*; les mots étaient tous là, intacts après des décennies, comme de vieux vélos suspendus à la poutre d'un garage glacé.

— Vous allez savoir vous débrouiller ?

Collé sur la poche de sa chemise, un badge le nommait : Thomas. Il avait l'accent du Sud ; il venait d'obtenir son diplôme au collège, supposa-t-elle, et s'accordait une année de liberté pour profiter du soleil.

— J'espère.

Elle examina le bateau avec un geste dubitatif.

— Eh bien, pour dire toute la vérité, ça fait un moment.

Il l'encouragea d'un sourire. En plus de la maintenance des bateaux, il donnait aussi des cours de plongée, expliqua-t-il.

— Je vous surveille.

Il porta le regard jusqu'à des rochers noirs surmontés d'une tour métallique.

— Ne dépassez pas ces rochers. Il n'y a pas de danger, mais au-delà vous êtes en pleine mer.

Kay et les garçons s'installèrent dans le bateau et Mia et Thomas les éloignèrent du bord. On entendit le sable crisser sous la coque, puis plus rien : ils flottaient ; à l'arrière Kay tira sur la drosse qui maintenait le gouvernail en place.

— Bon voyage ! lança Mia en français depuis la plage. Joyeuse promenade !

Une brise légère les poussa dans la baie. Kay manœuvra la barre et l'écoute, serrant le bout entre ses dents pendant qu'elle réglait la voile, avant de le fixer solidement à son taquet. Elle jeta un bref coup d'œil par-dessus son épaule ; la plage reculait.

— Voilà ce que c'est, faire du bateau, dit-elle aux garçons. Qu'est-ce que vous en pensez ?

— On va voir des dauphins ? demanda Noah.

— Je ne sais pas, chéri.

Barre, voile, gouvernail, droit devant. Dans quoi les avait-elle entraînés ? Elle respira profondément et s'installa plus confortablement.

— Il va y avoir des tas de poissons à observer.

— Les dauphins sont des mammifères qui vivent dans la mer, récita l'enfant. Ils veillent sur leurs petits et respirent l'air comme les humains. Les dauphins peuvent rester sous l'eau pendant cinq minutes ou plus et descendre jusqu'à une profondeur de deux cent cinquante mètres.

— C'est vrai, chéri. Tu as lu ça dans un livre ?

— *Créatures des profondeurs.*

C'était un cadeau de l'oncle du petit, O'Neil, le frère de Kay. Noah l'avait emporté avec lui dans l'avion.

— Oh la la, grogna Sam, ce que tu es *bizarre.*

— Ton frère n'est pas bizarre, corrigea Kay. Il est différent.

Sam leva les yeux au ciel.

— Oh la la, ce que tu es *différent.*

Ils longèrent le bateau de croisière, sa poupe très haute au-dessus d'eux, avec le nom, *Princesse sous le vent,* peint en noir. Un tourbillon d'eau bouillonnante le suivait, le maintenant en place. Une fois franchie cette difficulté, Kay mit l'embarcation en amure, dans l'axe du vent, et expliqua aux garçons ce qui allait se passer.

— En avant *toutes*!

La bôme se balançait à l'aplomb de leur tête, répondant par un claquement sec au gonflement de la voile. Un bord correctement tiré; elle ressentit un accès de fierté. Maintenant ils naviguaient parallèlement à la plage, à l'ombre du grand paquebot qui leur cachait la côte. Sur les ponts, au-dessus d'eux, des gens les regardaient, penchés au bastingage. Quelques-uns faisaient des signes.

— Va plus près, l'encouragea Sam.

Elle tourna la proue en plein vent; le bateau réagit en se cabrant. Tout lui revenait, le jeu avec le vent, la voile et la coque, et comment chaque élément était relié aux autres par des lignes de force invisibles. Les garçons se déplaçaient à quatre pattes à côté d'elle pendant qu'elle assurait l'écoute de grand-voile. Tout près s'élevait la paroi de l'énorme paquebot, tel un mur d'acier blanc de trente mètres de haut. L'un des canots pneumatiques les frôla presque et ils dansèrent dans le sillage, des éclaboussures les aspergeant comme des diamants liquides.

— Cramponnez-vous, matelots!

Ils contournèrent la proue et débouchèrent à la fois dans une poche d'air immobile et dans le tableau de la plage. Mia était encore là où ils l'avaient laissée, parlant avec le garçon qui avait aidé au gréement. Les garçons, pensa Kay — évidemment elle ne s'en priverait pas. Elle lui avait donné le reste de son après-midi pour parler aux garçons.

— Qui c'est ? demanda Noah.

Il criait, ne sachant pas adapter sa voix pour qu'elle soit audible malgré le bruit de l'eau clapotant sur la coque.

Elle soulagea un peu la grand-voile et la refixa à son taquet.

— Il s'appelle Thomas.

— C'est l'ami de Mia, lui aussi ?

Elle regarda à nouveau vers la plage. Le garçon se tenait tranquillement aux côtés de Mia, les mains dans les poches. Elle avait l'air de rire ; elle leva un bras et fit quelque chose à ses cheveux qui retombèrent sur ses épaules en captant la lumière. L'image prit Kay de court, non dans l'inquiétude mais dans l'étonnement, dans l'émerveillement pur que l'on ressent devant le temps qui passe. C'était comme si, de loin, elle découvrait quelqu'un qu'elle n'avait encore jamais vu. Quand était-ce arrivé ? Elle songea à la fille maigre qui s'était présentée chez eux deux ans plus tôt, tendue, trop grande et pauvrement vêtue, avec un anglais incertain et émaillé d'expressions étranges : « Est-ce que tu es né dans l'escalier ? » demandait-elle, stupéfaite, quand les enfants étaient distraits ; ou bien, pour les secouer : « Bats le fer. » Trop malade pour s'y attarder, Kay n'avait pas remarqué le changement. Allongée sur le canapé après son traitement, ou au lit lors des pires moments, le seul sentiment qu'elle parvenait à éprouver était une gratitude immense à l'idée que quelqu'un était là pour aider, pour aimer ses fils et les encourager à sa place. Maintenant elle allait de nouveau bien, et Mia lisait *Jane Eyre* et flirtait sur la plage avec un étudiant. Fini le corps malingre et les méchants habits. Elle portait un bikini noir et un T-shirt en coton blanc noué sous les seins pour bien montrer la minceur de sa taille et tout le reste, et pendant que Kay l'observait, Mia toucha une nouvelle fois ses cheveux puis, avec une lenteur qui trahissait son état d'esprit, elle souleva un de ses pieds nus et dessina sur le sable du bout de l'orteil. Quand avait-elle appris cela, retenir l'attention d'un garçon avec le plus insignifiant des mouvements ? S'il ne l'avait déjà fait, il allait l'interroger : *Vous avez des amis dans le Vermont ? Est-ce que vous aimez le froid, est-ce qu'il vous rappelle le Danemark ? Est-ce que ces gens vous plaisent, la famille chez qui vous travaillez ? Vous finissez à quelle heure ?*

Elle détourna le regard.

— Bien sûr qu'ils sont amis, dit-elle aux enfants. Vous voudriez que Mia n'ait pas d'autres amis que vous ?

— Papa est son ami, dit Noah. Mais c'est un secret.

Le bateau s'arrêta brutalement. *Bon sang, qu'est-ce qui... ?* Elle actionna la barre à gauche et à droite ; mais sans succès. Trop près de la plage, elle les avait ensablés. L'impact de la coque avait projeté les garçons en avant. Plus tard, elle se souviendrait de cet incident comme d'un moment comique : Kay et ses deux fils en mer, et la nouvelle qui n'en était pas une, à vrai dire, lui explosant à la figure juste à l'instant où elle avait précisément trop à faire pour pouvoir y penser vraiment.

— Oh merde, dit-elle, et elle perçut sa colère dans sa voix. *Merde de merde de merde !*

Le visage de Sam s'illumina de plaisir.

— Est-ce qu'on est en train de couler ?

— Mais non, bien sûr que non. On a touché le fond, c'est tout.

Noah commença à gémir.

— On coule ! Je veux pas !

— Sam, aide ton frère, dit-elle, furieuse, tout en manœuvrant la grand-voile pour trouver le vent.

Sur la plage, Mia et Thomas avaient soudain disparu. *Papa est son ami...* Elle secoua vivement la tête pour se concentrer sur le bateau.

— Tu vois bien que j'ai les mains prises. Il ne comprend pas.

— On coule ! répétait Noah qui s'était mis à pleurer.

Sam fusilla son frère du regard.

— Mais non, on ne coule pas, imbécile.

— Sam, *ça suffit.*

Elle s'accorda une seconde pour se calmer.

— Nous ne risquons absolument rien. La plage est juste là.

Lentement, le bateau pivotait et se plaçait nez au vent. *La dérive*, pensa Kay. Elle chercha le levier qui la faisait remonter dans son logement. Elle le tira et ils furent libérés, glissant vers le large, poupe première. Lorsqu'ils furent sortis d'affaire, elle redescendit la dérive et remit le bateau dans l'axe.

— Venez ici, vous deux.

Les garçons la rejoignirent à l'arrière.

— Tiens, Noah, tu vas prendre le gouvernail. Tu le sens ? Tu vois comme c'est lui qui dirige le bateau ?

La main de Kay posée sur la sienne, il poussa la barre de droite et de gauche ; mais le cœur n'y était pas, elle s'en rendait bien compte.

— Je voulais pas le dire, dit Noah.

Il la regardait misérablement, les yeux inondés de larmes.

— Tout va bien chéri.

De son bras libre, elle le serra contre elle.

— Personne ne te fait de reproche.

Elle laissa les deux garçons piloter à tour de rôle. Donc, c'était ça, et Noah était au courant. Et elle ? Et Sam ? Son silence indiquait qu'il savait.

— Nous allons faire un pacte. Tout ce qui est fait et dit ici n'existe que pour nous. Ni pour papa, ni pour Mia, ni pour personne. D'accord ?

— Comme des pirates ? dit Noah d'une voix à nouveau réfugiée au loin, dans la sécurité. Mille sabords, tenez bon et amenez-moi cette voile.

— Exactement. Comme des pirates en haute mer. Sam ?

À côté d'elle son fils aîné avait détourné le regard.

— Sam ?

— Quand c'est un secret, on ne dit rien.

À leur retour, Jack était sous la douche. Il avait de bonnes nouvelles — il gagnait dix-huit mille dollars. Il allait faire une petite sieste, annonça-t-il, dîner avec eux, puis il retournerait jouer au casino.

— On ne dédaigne pas une chance comme celle-ci, dit-il.

Il s'adressait à Kay dans le miroir embué en se rasant. Dans la pièce, derrière eux, les garçons avaient commencé une partie de sept familles sur le tapis.

— Je ne m'arrêterai qu'après avoir remboursé la maison. Je suis en veine, je t'assure.

— C'est quoi, envène, papa ? demanda Sam.

— C'est quand on ne peut pas perdre. Et cessez d'espionner. Ça vous a plu, le bateau, les garçons ?

— Noah a eu peur.

— Sois gentil avec ton frère, dit Jack. Ça ne te tuera pas.

— On pourra acheter un bateau ?

Il se sécha le visage avec une serviette et fit un clin d'œil à Kay.

— Quel genre tu voudrais ?

— Un blanc, dit Sam en écartant les mains. Avec un gros moteur.

— Ah, dit-il, sentencieux. Il va falloir que je joue un peu plus longtemps, alors.

Il se détourna du miroir pour regarder Kay en face.

— Sérieusement, ajouta-t-il avec calme. Dès que ça vire de bord, je m'en vais. Tu me crois, dis ?

— Bien… Je n'ai pas de souci à me faire, alors ?

— Allez, Kay. Dix-huit mille billets.

Il devint grave.

— Il faut que tu aies confiance en moi, là-dessus. Après tout ce qu'on a traversé, ça devrait te remonter le moral, il me semble.

Elle eut envie d'éclater de rire mais parvint à se maîtriser. Était-il possible, pensa-t-elle, qu'elle ait effectivement su ? Comment n'aurait-elle pas su ? Une autre personne était entrée dans le cercle. Et, malgré cela, elle était là, avec son mari et ses fils, aux Caraïbes, Jack en train de se raser, les garçons jouant aux cartes, exactement comme si Noah n'avait rien dit du tout.

— Ce n'est pas à propos de l'argent que je me plains, Jack, s'entendit-elle répondre. Je trouve seulement que nous devrions passer plus de temps ensemble.

— Et c'est ce que nous allons faire, je te le promets. Je te le promets solennellement. Il faut juste que j'aille au bout de ce truc.

Kay garda le silence ; Jack s'assit sur le bord du lit pour enfiler son short et dit :

— Je pensais... Mia mérite peut-être un petit extra, en compensation de tout le mal qu'elle se donne ici.

Un cadeau, songea-t-elle. Un cadeau d'amant. Elle chassa cette idée.

— Tu crois que c'est vraiment nécessaire ? En plus de ce qu'on la paie, elle passe de bonnes vacances, dit Kay.

— Elle a prévu de retourner chez elle cet été. On pourrait peut-être participer au billet. Pourquoi ne pas faire un peu profiter de notre chance ceux qui nous entourent.

Il se leva et frappa dans ses mains.

— Allez, les gars, tout le monde dehors. Papa a sommeil.

Il dormit trois heures, pendant que Kay surveillait les garçons sur la plage. Mia avait sa fin d'après-midi ; elle ne rentrerait que pour le dîner, puis resterait ce soir avec les garçons, aussi Kay et Jack seraient-ils libres de leurs mouvements. C'était cela, elle le savait bien, qui rendait le séjour viable, d'avoir Mia à disposition pour les aider. Sans Mia, il n'y aurait pas eu de séjour du tout. Pourquoi n'était-elle pas davantage en colère ? L'air était léger, le ciel d'un bleu profond et riche au-dessus de la baie paisible. Le paquebot s'était éclipsé sans laisser de trace. Elle regardait ses fils nager et creuser le sable, mais son esprit s'était échappé très loin, jusqu'à l'année de sa maladie. Comme elle avait été malade : c'était comme si elle était partie dans quelque pays inconnu, à des années-lumière d'eux tous. Ce n'est pas la chirurgie qui lui avait coûté le plus — tous les livres et les films sur le sujet se trompaient ; le sein tentait de la tuer, elle voulait qu'on l'enlève — mais les cheveux sur l'oreiller chaque matin, de longues mèches échouées là où sa tête avait reposé, et la blancheur de son crâne au moment où il était apparu, d'abord sur le dessus, en couronne, puis partout. Elle s'était arrangée pour que les garçons ne voient rien. Je suis en train de me désagréger, pensait-elle. Je suis en train de tomber en mille morceaux. Elle avait des aphtes dans la bouche, sur la langue, dans la gorge. Et toujours ce goût de sang. Entre deux séances de chimio, ce n'était qu'une même brume d'épuisement et d'angoisse. Elle prenait des cachets pour dormir, des cachets pour se réveiller, des cachets pour digérer et enrayer la diarrhée qui la précipitait aux toilettes. Et toujours, Mia était là : accompagnant Sam à l'école ou Noah à sa rééducation, rangeant les provisions dans la cuisine ou parlementant avec les garçons à propos des siestes ou des friandises, apportant à Kay un verre d'eau ou une tasse de thé les jours où elle ne pouvait rien avaler d'autre. Depuis sa chambre, elle entendait la voix de Mia, mêlée à celles de Jack et des enfants ; un jour elle s'était assise en haut de l'escalier, juste pour écouter. Ils jouaient tous les quatre aux petits chevaux, ou du moins essayaient ; Noah refusait de rester sur son siège et déplaçait ses pièces n'importe comment, et pourtant le jeu avait continué tant bien que mal, Mia cajolant les garçons et laissant Noah tricher, alors que Jack répétait « Allez, regardez comment Mia s'y prend. Faites comme elle, les gars. » Elle avait écouté pendant une heure, et elle avait compris ce qu'elle entendait : les sons d'une famille, d'une famille dont elle ne faisait pas partie. Le cancer s'était développé en douze nodules dans le bras et la poitrine. N 12, indiquait le dossier. Ce n'était pas le cas le plus favorable, lui avait-on dit. Dans une ville universitaire, on ne pouvait pas garder de secrets, c'est du moins ce qu'elle avait pensé. La maison était toujours pleine d'amis et de collègues, sa chambre était encombrée de foulards et de chapeaux, et le réfrigérateur débordait de marrons glacés. Un jour, vers la fin du mois, alors que les factures s'accumulaient, elle avait été jusqu'au bout de l'allée relever le courrier, et elle avait trouvé dans la boîte aux lettres, fourrés dans une enveloppe, cinq cents dollars en liquide.

Et puis elle guérit ; elle était jeune et ses forces revinrent vite. Elle marchait quotidiennement, suivait un régime, cessa de fumer les cigarettes des autres au cours des fêtes. Ses cheveux repoussèrent ; un jour elle quitta la maison sans chapeau et ne s'en aperçut qu'une fois arrivée en ville, en voyant son reflet dans une vitrine. Lorsqu'elle accompagnait Sam au hockey, à la caisse du supermarché ou à la sortie de l'église, un océan de regards étonnés et heureux cherchaient le sien. *Vous avez une mine épatante !* disaient-ils tous. Des gens sains, normaux : comment faisaient-ils ? Elle s'émerveillait devant leur candeur, leur appétit naturel de vie. Certains de ses amis pratiquaient l'escalade, conduisaient sans boucler leur ceinture, ne s'étaient pas soumis à un bilan de santé depuis des années. Quelles pouvaient être leurs pensées ? Elle avait réintégré le monde, mais pas complètement ; elle était une imposture, un demi-fantôme, un espion qui venait des ombres. Elle portait sa santé retrouvée parmi la multitude comme un ostensoir, et tous les trois mois elle retournait de l'autre côté du fleuve, dans l'horrible quartier des condamnés à mort : d'autres prises de sang, des rayons X, des dépistages des marqueurs du cancer. En août, un an après l'opération, elle avait passé un scanner de contrôle du corps entier — terrifiant, toute une expédition dans un cercueil, les oreilles transpercées par un bruit de feuilles métalliques sciées méthodiquement. Ce fut seulement lorsque le médecin lui rendit compte des résultats, avec pour la première fois un sourire devant la bonne nouvelle, qu'elle comprit que tout le monde s'était attendu qu'elle meure. À ses côtés, Jack avait craqué et éclaté en sanglots.

Un serveur approcha ; elle commanda un thé glacé, puis changea pour du vin, même si elle savait bien qu'elle ne pourrait qu'y tremper les lèvres. Les garçons bâtissaient des châteaux de vase sur la bande humide découverte par la marée descendante du soir. Le serveur revint, avec son verre sur un plateau. Au bout d'une telle année, elle était là, un verre à la main, sur une plage à mille cinq cents kilomètres de l'avril boueux du Vermont.

Elle but une gorgée de vin et sa douceur fraîche alluma des lumières dorées sur sa langue. Le soleil, le corps plein de force, Sam et Noah à nouveau heureux, ou du moins délivrés de la peur : que pouvait-elle désirer de plus ? À l'époque où elle allait très mal, elle avait essayé d'imaginer une journée comme celle-ci, de la construire mentalement. Et c'était peut-être la vraie raison : tout cela ressemblait à un cadeau.

— Venez ici, les garçons.

Ils accoururent. Leur torse nu était couvert d'arabesques de sable humide. Elle les prit ensemble dans ses bras. Noah lui toucha le visage.

— Pourquoi tu pleures, maman ?

Elle ne s'en était pas aperçue. Elle essuya une larme du pouce.

— Je suis contente de vous voir, c'est tout. Parfois, les grands pleurent quand ils sont heureux.

Sam eut une mimique sceptique ; elle crut qu'il allait parler de son père.

— Tu n'es pas de nouveau malade, dis ?

— Pas du tout, dit-elle en les étreignant encore.

Lorsqu'ils regagnèrent le bungalow, Jack ronflait, le bras sur les yeux. Treize ans de mariage : l'esprit de Kay rôda autour de cette pensée, et n'aboutit qu'à un vague étonnement quant à la fuite du temps. Dans la pièce contiguë, elle baigna les garçons, leur fit enfiler des shorts et des T-shirts propres et les emmena au restaurant pour y attendre leur père. C'était le premier service du dîner ; la plupart des autres vacanciers étaient accompagnés d'enfants, et même de bébés. À la table voisine, une mère donnait à sa fillette le contenu d'un petit pot à la cuillère. Un frisson rapide et violent la traversa, et elle se souvint des garçons quand ils étaient petits : la minuscule bouche de Sam cherchant le biberon, l'odeur et la chaleur de la peau de Noah, comme un pain à la cannelle encore chaud. C'était si bon, seulement d'être près d'eux ; certains jours, elle en plaisantait, elle aurait pu les dévorer. Ces idées n'étaient plus à la mode — avoir des enfants était marginal, une concession qu'on accordait à la biologie au milieu de bien d'autres choses — et c'était pourtant le seul désir véritable dont elle avait jamais été l'esclave.

— Il vient quand, papa ? demanda Sam.

— Il va arriver, répondit-elle en ouvrant le menu. Et si on choisissait ?

Elle commanda des hamburgers pour les garçons, un filet pour Jack et du poisson pour elle. Elle avait réveillé Jack avant de partir pour le restaurant et craignait qu'il ne se soit rendormi. Mais au moment même où on les servait, il apparut à l'entrée de la salle.

— Désolé.

Il s'assit à côté des enfants. Comparés à ceux de Sam et Noah, son visage et ses bras étaient très pâles.

— C'était comment, la plage, les gars ? Est-ce que je vous ai manqué ?

Puis il ébouriffa Noah.

— Comment va notre zoologue ? Tu as vu des poissons ?

Le petit garçon haussa les épaules et continua de mâcher.

— Des tout petits.

— Où est Mia ? demanda Jack en cherchant autour de lui.

— Je lui ai donné sa fin d'après-midi, dit Kay. Je crois qu'elle a rencontré quelqu'un.

Jack sala sa viande sans rien dire.

— Un garçon de son âge, précisa Kay. Il s'occupe des bateaux.

— Il s'appelle Thomas, intervint Noah.

— Il faut qu'elle fasse attention, dit gravement Jack.

Le serveur approcha et Jack commanda une bière, ainsi que des Cocas pour les garçons ; ils avaient droit à une boisson sans alcool avec le dîner.

— Ce que je veux dire, c'est que nous sommes responsables. Si quoi que ce soit lui arrive. Nous ne sommes plus chez nous, c'est un monde complètement différent, ici.

— Il m'a fait bonne impression, poursuivit Kay. Tu voulais qu'elle se distraie un peu, souviens-toi.

Ils terminèrent leur dîner. Dehors, dans le patio, une fanfare s'installait. Comme ils se levaient, Mia surgit, courant presque, en robe de plage, les cheveux luisants et encore humides de la douche. Les garçons lui saisirent chacun une main.

— Nous sommes allés jusqu'à un château, leur expliqua-t-elle, essoufflée. En moto ! Exactement comme au Danemark. C'était très amusant.

— Nous avons dîné, dit Kay. Mais prends ce que tu veux et inscris-le sur le compte du bungalow.

— Ça ira, dit Mia en souriant. J'ai déjà mangé.

— Et nous, on pourra aller au château ? interrogea Sam.

— Peut-être demain, dit Kay.

— Pourquoi c'est toujours peut-être ?

Sam avança sa lèvre inférieure comme il l'avait toujours fait depuis qu'il était bébé.

— Pourquoi c'est jamais oui ?

Mia lui pressa la main.

— Obéis à ta mère, Sam, dit-elle d'une voix sans réplique. Si elle dit peut-être, c'est peut-être.

Autour d'une table en fer, ils écoutèrent la fanfare tandis que le soleil sombrait au fond de la baie. Kay voyait bien que Jack était impatient de retrouver le casino. Elle les laissa dans le patio et se rendit au bureau de renseignements, dans le hall, vaste espace rempli de plantes et de fleurs. Où y avait-il un château dans les environs ? demanda-t-elle. Ou quelque chose qui ressemblait à un château ? L'employé prit une brochure sur un présentoir, derrière son siège, et la déplia sur le comptoir. Des photos avantageuses d'une construction de pierre en ruine avec des remparts dominant la mer ; des empilements de boulets de canons et des gens saluant de la main ; une carte avec l'emplacement du château sur un promontoire signalé par une étoile rouge. En réalité il s'agissait d'un fort espagnol du XVIIIe siècle, commenta l'employé. Ils pouvaient louer des cyclomoteurs, mais les routes d'accès étaient étroites et escarpées. Un minicar pouvait aussi les emmener, moyennant trente dollars.

Elle réserva pour le minicar de neuf heures, avant que le soleil ne devienne trop chaud, glissa la brochure dans la poche de sa robe et regagna le patio. La publicité précisait que la situation élevée du fort en faisait un poste d'observation idéal pour les baleines ; c'était cet argument qui l'avait convaincue. Elle voulait offrir une baleine à Noah.

La fanfare avait cessé de jouer lorsqu'elle arriva ; la table était vide. En bas, tout au bord de l'eau, elle vit les garçons avec Mia. Les dernières lueurs du jour allaient s'éteindre. Elle ôta ses chaussures et les rejoignit. Sous ses pieds, le sable conservait encore la chaleur de la journée.

— Tu as raté ça, dit joyeusement Sam en courbant le dos pour marcher à quatre pattes. Mia m'a montré comment faire le crabe.

— Jusqu'où tu peux descendre ? Jusqu'où tu peux descendre ? récita Noah.

Son visage était impassible, sa voix neutre ; l'intonation restait dans sa tête, elle le savait bien, parfait enregistrement sans la moindre trace de sentiment, excepté peut-être une vague curiosité. Elle lui sourit lorsqu'il applaudit sans joie.

— On est descendus voir les dauphins, expliqua Mia.

Kay la regarda.

— Est-ce que Jack est retourné au casino ?

— Le professeur vous demande de le retrouver là-bas, répondit Mia.

— Bon.

Que pouvait-elle dire d'autre ? Mais elle s'aperçut qu'elle était gaie ; elle avait bien le temps. Qu'il joue.

— Plus tard, peut-être, dit Kay.

Ils flânèrent le long de la plage, Noah tenant à ramasser des coquillages laissés par la marée. Derrière eux les bruits du domaine s'atténuèrent. Ils allèrent jusqu'au bout, où s'arrêtait le sable et où une clôture fermée par une chaîne et couronnée de rubans de sécurité marquait la limite de la propriété. Elle l'avait déjà vue, de jour, et n'avait rien éprouvé de spécial, mais là, dans l'ombre, elle luisait comme un interdit menaçant. Au-delà se trouvait une maison mal entretenue, au ravalement tout pelé. Un chien famélique était attaché dans la cour de devant, et rongeait quelque chose dans la poussière. Sur les marches de l'entrée, une petite lumière flamba soudain : une allumette, et peu après, sortant des ténèbres, l'odeur de la marijuana. Elle entendit le rire grave d'un homme, puis deux voix qui se répondaient, sans qu'elle pût saisir les mots. Sans prévenir, la peur s'insinua en elle. La clôture était-elle solide ? Avait-on remarqué leur présence ?

Elle recula, appelant ses enfants dans un murmure rauque.

— Partons d'ici, les garçons.

Sam s'accrocha à la clôture, par simple curiosité. Il y avait du neuf.

— Je veux voir...

— *Immédiatement.*

Ils suivirent leurs traces en direction du domaine, étincelante oasis d'illuminations et de musique, et le temps d'atteindre le bungalow, son inquiétude s'était dissipée. L'atmosphère s'était chargée d'une douceur florale ; au-dessus de leur tête les palmiers bruissaient, avec le son qu'auraient pu produire des filles en robes de taffetas descendant un escalier. La fanfare avait repris son récital dans le patio. Pour les adultes, la soirée n'en était qu'à son début, mais pour les enfants elle se terminait ; la journée avait complètement épuisé les garçons, même Sam qui, debout devant la cuvette des toilettes pour faire pipi, fourra son pouce dans sa bouche. Elle les borda, leur recommandant d'être bien sages, puis alla rejoindre Mia sous la véranda.

— Je me demandais..., commença Mia. Si vous n'avez pas l'intention de jouer aux cartes...

Elle avait un pull autour des épaules et son sac à la main.

— Vas-y, vas-y, dit Kay. Prends ta soirée.

Mia hésitait, mais son expression était ravie.

— Thomas m'a parlé d'une fête, pour les employés. Je peux revenir pas trop tard pour surveiller les garçons, au cas où vous changeriez d'avis.

Kay lui fit signe de s'en aller.

— Tu en as bien assez fait, dit-elle.

Elle s'assit dans un fauteuil à bascule de la véranda et attendit le retour de Jack. Elle se dit que son absence était de bon augure, elle signifiait qu'il continuait à gagner. Une traîne d'étoiles était déployée au-dessus de la baie, et on percevait une délicate brise. À onze heures, elle rentra et se prépara pour la nuit, mais une fois couchée le sommeil ne vint pas ; un peu plus tard elle entendit la porte s'ouvrir et sentit la pression de l'air se modifier dans la pièce. Elle se leva et passa dans le vestibule. Mia posait son sac sur la table.

— Oh, dit la jeune fille, surprise et portant une main à son cœur. Vous m'avez fait peur.

— Excuse-moi, j'ai cru que c'était Jack.

— Il est très tard. Je ne voulais pas vous réveiller.

— Je ne dormais pas.

Elle se tut et scruta Mia, la fille qui se tenait devant elle. Elle ne savait pas très bien ce qu'elle cherchait. Mia était pieds nus, et ils étaient couverts de sable ; elle avait aussi du sable dans le cou, dans les cheveux, de ce pur sable blanc qu'on ne trouvait qu'à la limite de la marée haute, aussi fin que de la poudre.

— Kay ?

— Ce n'est rien. Tout va bien, dit-elle en essayant de sourire. Tu t'es bien amusée ?

— C'était juste une fête, dit Mia en haussant les épaules. Les garçons américains sont parfois si… quel est le mot ? Ils veulent des choses.

— Exigeants.
— Oui, ils exigent des choses de nous. Même les petits! ajouta Mia en riant. Il n'y a qu'à voir Sam. Je crois que ce sera un drôle d'homme à femmes.
— Comme son père.
Mia garda le silence; son visage ne trahit rien.
— Lorsque nous rentrerons, j'ai l'intention de te rendre ta liberté, dit Kay. Tu pourras rester encore un mois, et nous te paierons le voyage, pour repartir chez toi.
Là encore, Mia ne montra aucune émotion. Elle regarda le plafond, puis revint sur Kay.
— Je ne sais pas quoi dire. C'est peut-être la meilleure solution.
— Ça va être dur pour les enfants. Il va falloir que tu m'aides à le leur faire accepter. Ils sont mon premier souci. Je ne leur annoncerai qu'après notre retour dans le Vermont.
— Bien sûr, approuva Mia.
— Je ne te juge pas le moins du monde responsable de cette situation, Mia. Tu m'as été d'un grand secours ainsi qu'à toute la famille, je veux que ce soit bien clair.
Mia hocha la tête et croisa les bras. Des larmes perlèrent dans ses yeux bien que son visage restât de marbre. Elle déglutit puis expira très fort par le nez.
— Mais, malgré tout, je suis virée.
— Oui. Ça me fait de la peine, mais oui.
Quand Mia eut regagné sa chambre, Kay enfila une jupe, un chemisier et des sandales, se brossa les cheveux et retourna voir encore une fois si les garçons allaient bien. Ils dormaient dans un méli-mélo, les draps du lit double qu'ils partageaient bouchonnés autour d'eux dans la chaleur. Elle les regarda respirer comme elle l'avait fait pendant des centaines d'heures

depuis leur naissance, puis elle leur écrivit un mot expliquant où elle était, qu'elle laissa sur la table bien en évidence.

Elle était enceinte de deux mois. Elle s'en était aperçue ce matin, ou en avait eu l'intuition, lorsqu'elle s'était réveillée sur la plage au son de l'orchestre du paquebot de croisière. Une fois de plus, elle n'avait pas eu ses règles, mais elle n'avait pas pris cet incident au sérieux, pas jusqu'à ce qu'elle entende la musique. Elle savait bien qu'en réalité il n'y avait aucun orchestre et que le son venait de l'intérieur de son corps. C'était idiot, mais c'est comme ça qu'elle avait été avertie pour Sam et Noah. Elle essaya de s'imaginer ce nouveau bébé, en espérant que ce serait une fille, mais tout ce qu'elle réussit à voir, ce fut un minuscule visage pressé contre son unique sein, un enfant qui ignorerait qu'il y en avait eu deux.

Ses chaussures à la main, elle foula le sable jusqu'au casino. Elle trouva Jack devant la table, et comprit tout de suite qu'il perdait, qu'il avait tout perdu. Les dix-huit mille avaient fondu, et pis encore, il devait trois mille à la banque. Le poker en était cause. Lassé du black jack, il avait décidé de s'y risquer pour quelques tours, et il avait tout perdu très rapidement. Pendant deux heures il avait tenté de se refaire au black jack et la poisse l'avait poursuivi. Il n'avait presque pas dormi depuis le soir de leur arrivée, trois jours plus tôt. Il avait les yeux fous et désespérés.

— Aide-moi, dit-il

— Bon sang, Jack, siffla-t-elle en l'entraînant dans un coin tranquille. Combien est-ce que nous perdons ?

— Trois mille.

Il enfouit son visage dans ses mains et se mit à pleurer.

— Je suis désolé, Kay. Je suis désolé.

Elle fit un rapide calcul mental. Il restait trois jours ; ils pouvaient se passer de mille dollars s'il le fallait, deux à la rigueur. Le bungalow était déjà réglé. Sur combien s'étaient-ils engagés pour les repas, le bateau, l'excursion au fort pour que Noah voie les baleines ? Elle sortit son portefeuille, lourd et chaud, de sa poche.

— Nous discuterons plus tard, ordonna-t-elle. Va te coucher.

Le casino était calme ; seules quelques tables fonctionnaient. Elle changea cinq cents dollars de traveller's cheques et s'installa à l'une d'elles, empilant ses jetons sur le feutre vert. Une serveuse approcha et elle demanda un verre d'eau, sans glace. Il était deux heures du matin ; elle devait prendre un car à neuf heures. Sept heures pour regagner trois mille dollars. Elle remonta les manches de son chemisier.

— Madame ?

Elle croisa le regard du croupier. Les autres attendaient qu'elle ait misé avant qu'on ne distribue les cartes. D'un instant à l'autre, le jeu allait recommencer, mais elle s'accorda quelques secondes de répit. Dans le bungalow, ses petits dormaient ; elle sentait le bleu de la mer partout autour d'elle. Tout était réel, c'était ce monde-ci et pas un autre, et elle en faisait partie. Elle retira un jeton de cinquante dollars de la pile.

— Donnez, dit-elle.

LES FANTÔMES DE L'HIVER

Janvier 1995

Mary et O'Neil : ils ressemblaient à n'importe quel autre couple. Elle, juste trente ans, silhouette mince, beauté pâle et nordique, pas spectaculaire mais émouvante ; lui, deux ans de plus, avec de grandes et douces mains et un réseau de petites rides naissantes aux coins des yeux. Propriétaires, inscrits sur les listes électorales, employés ; l'éclosion éphémère de leurs vingt ans était derrière eux. Tous deux étaient professeurs, métier qu'ils considéraient comme honorable même si, en réalité, l'un comme l'autre n'avait choisi cette carrière que par accident, le provisoire étant devenu définitif lorsque les projets plus hardis s'étaient délités. Leur maison, dans une vieille banlieue de Philadelphie, essayait de les mettre sur la paille ; l'électricité était à refaire, une tempête de printemps les avait mobilisés avec des bassines, il y avait de la peinture au plomb partout avec des craquelures suffisantes pour y introduire une pièce de monnaie. Son histoire restait obscure. En démontant un châssis de fenêtre pourri, O'Neil avait découvert une carte de Noël datant de 1879, avec ces mots, écrits d'une main d'institutrice si appliquée que O'Neil avait d'abord cru qu'ils étaient tapés à la machine : « Votre allusion au couteau me fait douter que vous ayez reçu le calendrier. Je vous serais très obligée de m'informer sur ce point. J'ai eu tout et plus que tout pour Noël, depuis un mouchoir amidonné jusqu'à des pendants d'oreilles. » Ils passaient leurs week-ends avec des masques anti-poussière, des ceinturons à outils et de vieux vêtements tachés de peinture — bleue pour la chambre, beige pour le salon et l'entrée, un jaune pâle pour la chambre d'amis qui leur avait paru gai dans le magasin mais qui se révéla une lourde erreur, évoquant au bout du compte la couleur des citrons électrifiés — pour émerger le lundi matin au seuil d'une nouvelle semaine d'enseignement, avec des amas de peinture sous leurs ongles martyrisés, les épaules basses sous le poids de manuels si gonflés de marque-pages qu'on aurait dit qu'ils avaient été abandonnés sous la pluie. Le soir, suivant distraitement un programme de télévision ou écoutant de la musique, ils corrigeaient des interrogations écrites ou des devoirs sur le canapé, ne brisant le silence de leur concentration que pour se poser de brèves questions ou pour solliciter une opinion : « Est-ce que tu voudrais un thé ? Peux-tu me prêter ton dico ? Écoute, est-ce que cette phrase a *le moindre* sens ? » Parfois, sous une couverture qu'ils avaient descendue de la chambre, le visage immobile grignoté par la lueur de la télévision, ils s'endormaient sur place, glissant dans une inconscience d'autant plus profonde qu'elle était advenue par surprise, et se réveillaient des heures plus tard devant le torrent d'images déversé par l'écran — un gangster chargeant un pistolet, une femme en maillot s'échinant sur un appareil de gymnastique, le vol d'oiseaux au-dessus d'un pré — qu'ils avaient recouvert de leurs rêves.

Et pourtant, il y avait chez eux quelque chose d'instable. C'était difficile à expliquer. Leur amour était éclectique et sensuel — O'Neil, par exemple, posait parfois son nez contre la joue de Mary uniquement pour sentir sa peau, ou prenait son bain dans la même eau qu'elle — et ils faisaient l'amour avec une aisance qui les surprenait l'un et l'autre. Tant d'années d'inquiétude ; pourquoi ne leur avait-on jamais dit que le sexe pouvait être amusant, et qu'on avait le droit de prononcer les mots qu'on voulait et de demander ce qu'on aimait ? Ils étaient heureux, c'était vrai ; ils avaient atteint un palier de bonheur dans leurs vies, un lieu de repos après un voyage plutôt pénible, et ils s'émerveillaient fréquemment de cette chance : comment, au milieu de tous les gens qui peuplent la terre, et de toutes les trajectoires qu'ils auraient pu suivre, en étaient-ils arrivés à bâtir ensemble cette existence-là ? O'Neil avait été élevé au nord de l'État de New York, Mary dans le Minnesota. Il y avait si peu de probabilités qu'ils se rencontrent. Ils s'étaient raconté tant de fois cette histoire, remontant leurs pistes respectives depuis l'école privée où ils étaient venus enseigner (le français pour Mary, l'anglais pour O'Neil) à travers un labyrinthe de temps et d'espace jusqu'aux villes enneigées de leur enfance. Ils retraçaient le tout avec plaisir, s'accordant pour terminer la phrase de l'autre ou enluminer leur récit d'un détail afin d'en conserver la fraîcheur, mais cet exercice naturel, malgré son innocence, ne prouvait-il pas justement que leur chance restait fragile ? Les parents de O'Neil étaient morts dans un accident de voiture lorsqu'il était encore au collège ; la famille de Mary, des provinciaux d'origine allemande, était loin. Comment de telles personnes pouvaient-elles considérer tout attachement humain, et même la simple possibilité d'être heureux, sans scepticisme ? Et c'était peut-être ça ; c'était peut-être précisément leur bonheur qui les effrayait tant.

Pendant un temps, les défis de leur maison les divertirent, car l'appétit de bricolage semblait insatiable. Ils se réjouirent de travailler dur puis, plus tard, de se persuader que la maison était hantée. L'idée les séduisit immédiatement, même s'ils savaient qu'elle ne reposait sur rien ; mais dès qu'elle fut émise — c'est Mary qui, en dînant, en parla la première — les indices affluèrent. Il y avait bien sûr la carte de Noël que O'Neil avait trouvée. (Les pendants d'oreilles ? Et cette histoire de couteau ?) Et on ne pouvait nier que par moments la maison réagissait à quelque subtile présence. Les lumières augmentaient en éclat ou faiblissaient ; les ventilateurs de plafond tournaient tout à coup à l'envers ; des portes s'ouvraient ou se fermaient sans raison, poussées par d'inexplicables courants d'air. Tout un réseau caché semblait tissé dans la construction. Par exemple, il arrivait au couvercle de la cuvette des toilettes du deuxième étage de se rabattre lorsqu'ils mettaient en marche le broyeur de la cuisine. Dans la cave — un trou inhospitalier évoquant un tombeau dans lequel ils entreposaient de vieilles caisses et faisaient la lessive, avec des murs de plâtre tout effrités et des kilomètres de fils électriques agrafés aux poutres — des poches d'air glacé stagnaient et un jour, mystérieusement, la machine à laver avait débordé. Plus tard, O'Neil découvrit une chaussette tassée dans le siphon du lavabo ; il n'était certes pas impossible qu'elle se fût coincée là par accident, mais n'était-il pas évident que cet événement, au même titre que tous les autres, avait bel et bien les caractéristiques d'un nouveau tour qu'on leur aurait joué ?

Puis, une nuit de décembre après Noël, dans la troisième année de leur mariage, Mary s'éveilla d'un sommeil troublé et prit conscience que depuis quelques instants déjà elle entendait des bruits de pas. Bizarrement, elle ne s'inquiéta pas ; elle s'y attendait, ou à quelque chose de ce genre. Elle souleva les couvertures et se rendit avec précaution dans l'entrée où se tenait l'apparition. C'était une jeune femme — on aurait dit qu'elle était drapée dans un nuage d'étoiles — et ses cheveux blonds étaient étrangement arrangés : non selon une mode compliquée d'autrefois, mais coupés irrégulièrement, comme avec des cisailles de jardin. Elle portait sur son corps mince un sarrau lisse et blanc qui la couvrait jusqu'aux chevilles, et elle était pieds nus. « Nous avons trouvé votre carte », dit Mary, pensant que ce serait une bonne manière de briser la glace, mais la femme — qui était une très jeune fille, s'aperçut Mary — ne répondit rien. Il y avait une penderie au fond du vestibule, où Mary et O'Neil conservaient de vieux vêtements qu'ils ne mettaient plus mais dont, pour une quelconque raison, ils répugnaient à se séparer. La fille sourit à Mary et entra dans la penderie qu'elle referma sur elle.

Elle vit alors que O'Neil l'avait rejointe.

— Qu'est-ce qui t'arrive ?

— C'est une fille, murmura Mary. Elle est là-dedans.

O'Neil remonta dans la chambre et redescendit avec une raquette qu'il gardait à côté du lit, une vénérable Jack Kramer payée trois sous dans un vide-greniers.

— Je ne crois pas qu'elle soit venue pour jouer au tennis, dit Mary.

O'Neil recula et brandit la raquette, mais Mary se doutait bien qu'il faisait cela uniquement pour l'amuser.

— À mon signal, tu ouvres, souffla O'Neil.

Mary eut un soupir irrité et ouvrit la porte. Évidemment il n'y avait personne ; Mary s'y était déjà résignée. O'Neil parcourut du bout de sa raquette les manteaux et les robes pendus là.

— Chou blanc, dit-il.
— Elle était là-dedans.
— Tu as rêvé, dit O'Neil. Tu dormais, ma douce.
— Elle a voulu échapper au mépris du mécréant.
Il bâilla et l'embrassa sur le front.
— Tu as peut-être raison.
— J'ai vu ce que j'ai vu, dit Mary.

Sous les couvertures de leur lit, Mary, incapable de dormir, restait les yeux ouverts dans le noir. C'est sûrement O'Neil qui était dans le vrai — petite fille, elle s'était illustrée par son somnambulisme qui l'avait conduite une nuit dans la maison des voisins où, installée à la table de la cuisine, elle avait confectionné des tartines de beurre de cacahuète et de confiture — mais en même temps elle sentait que son aventure dans l'entrée ne pouvait être aussi facilement niée. Les détails étaient frappants, tout autant que son souvenir. La fille avait souri ; elle portait un sarrau ; elle avait une coupe de cheveux catastrophique. C'était troublant mais pas effrayant, et Mary demeura ainsi à repasser les images dans sa tête. Puis, au bout d'un moment, un reflet lumineux clignotant se mit à danser sur le plafond au-dessus d'elle. Cela aussi devait faire partie de la féerie nocturne — on aurait dit le soleil des anges — mais Mary finit par se lever pour aller à la fenêtre et elle vit qu'il neigeait ; les flocons avaient pesé sur la cellule au-dessus de la porte de derrière, nimbant la cour d'un semis fluorescent.

Le lendemain matin, il y avait trente centimètres de neige, et un vent glacial soufflait. Les vacances de Noël n'étaient pas terminées et Mary et O'Neil passèrent la journée à faire cuire des fournées de petits sablés et à regarder des films sur une chaîne câblée. Vers la fin de l'après-midi, la tempête ayant cessé, ils se ressaisirent et allèrent se promener aux alentours.

Ils marchaient lourdement dans la neige épaisse, en se tenant l'un l'autre pour s'empêcher de déraper. Tout était calme; le spectacle qu'ils avaient sous les yeux semblait enfermé derrière une vitre, sorte de diorama d'une ville en hiver. Dans les cours de leurs voisins subsistaient les vestiges abandonnés des jeux de la journée : châteaux et bonshommes de neige, luges et planches éparpillées un peu partout. Mais maintenant il faisait trop froid, et tous les enfants étaient rentrés chez eux. Au loin, ils entendirent le bruit des chasse-neige sillonnant les rues du quartier, et le cliquetis des chaînes des autos.

De retour à la maison, ils ôtèrent leurs manteaux et leurs jeans humides, et O'Neil prépara du thé. En slip et chaussettes il apporta leurs bols dans le salon où attendait Mary, sur le sofa, une couverture remontée jusqu'au menton.

— Je veux un enfant, déclara Mary.

O'Neil posa le plateau sur la table. Il avait de la vapeur sur ses verres et fit glisser ses lunettes sur le bout de son nez pour la regarder.

— À cette heure-ci? Les magasins sont fermés.

— Je veux dire que je veux que nous en fassions un.

O'Neil rit, aux anges, comme elle l'avait espéré.

— Moi, j'avais pensé faire des spaghetti.

— Très bien, plaisante tant que tu veux, dit Mary.

Elle baissa la couverture pour lui montrer qu'elle aussi s'était déshabillée.

— Au boulot.

Un enfant : c'était bien sûr ce qu'ils voulaient. Ils en avaient déjà parlé, lorsqu'ils avaient commencé à envisager le mariage. Ils étaient tombés d'accord pour admettre que les enfants jouaient un rôle dans leur futur — c'était, en réalité, l'une des choses qui les avaient attirés l'un vers l'autre, cette volonté de laisser s'accomplir de tels événements le moment venu — et qu'ils sauraient reconnaître l'heure quand elle sonnerait.

C'était maintenant et ils se mirent à l'ouvrage sans attendre — ce soir-là, sur le canapé, pendant que leur thé refroidissait. Ensuite, ils firent les spaghetti promis par O'Neil, et discutèrent à la table de la cuisine de l'enfant qu'ils désiraient avoir. Ils conclurent qu'ils voulaient une fille et qu'ils l'appelleraient Nora, Emily ou Zoé. Elle ressemblerait tant psychologiquement que physiquement à Mary, mais ils souhaitaient aussi qu'elle hérite de certaines qualités de O'Neil : son caractère facile, son rapport chaleureux aux autres, ses dons sportifs et son habileté manuelle. Elle aurait une vie passionnante et aisée dans laquelle ils vagabondèrent comme s'ils feuilletaient un magazine, lisant un article çà et là, avant de retourner au sommaire pour chercher un nouveau centre d'intérêt. Elle serait avocate ou médecin, décidèrent-ils, mais elle pourrait aussi nourrir une passion dévorante pour la littérature, et peut-être trouverait-elle le temps de passer un doctorat en philosophie — et de terminer ainsi le parcours universitaire abandonné par Mary. Ils l'emmèneraient souvent en ville, pour l'initier à la musique, à la peinture et au théâtre, mais plus tard, c'est dans une maison près de la mer qu'elle s'installerait. Jamais encore ils n'avaient parlé de la sorte, avec de telles certitudes sur ce dont ils rêvaient pour l'avenir, et lorsqu'ils montèrent se coucher, il paraissait impossible que Mary ne fût pas déjà enceinte.

Mais elle ne l'était pas : pas ce mois-là, ni le suivant ni celui qui suivit le suivant, et lorsque le printemps arriva, ils avaient déjà commencé à s'inquiéter. Mary avait été enceinte, des années plus tôt — une histoire pénible sur laquelle elle ne désirait pas revenir — et de cette expérience elle avait tiré une conviction : il était facile de tomber enceinte. « C'est comme assommer un homme d'un coup de bûche », disait-elle. À présent l'ironie était évidente, mais ils n'avaient pas le droit de se plaindre. Tant d'années passées à tromper leur propre biologie, avec des diaphragmes en caoutchouc saupoudrés de farine de maïs et des préservatifs luisants dans leurs emballages clinquants — ils pouvaient difficilement espérer, maintenant, une conception à la carte, comme des gens qui commandent dans un restaurant. Mary surveillait son cycle, prenant sa température chaque matin avant de se lever et consignant les informations sur une feuille de papier quadrillé à lignes bleues qu'elle laissait auprès du lit. Mais à l'automne, pour la rentrée des classes — après un été voué à l'amour, au lit, sur le canapé, dans la maison d'un ami à Cape May, sur une table de camping dans les Poconos, en se balançant dans un hamac dans la cour le jour de l'anniversaire de Mary —, ils durent reconnaître que quelque chose ne fonctionnait pas idéalement.

Leur programme d'assurance leur permettait de débuter les consultations de fertilité en novembre. Le médecin qui les reçut était une jeune femme très méticuleuse, avec des fils d'argent dans ses longs cheveux noirs.

— Mon pronostic ?

Le médecin feuilleta leur dossier et haussa les épaules.

— La grossesse ne va plus tarder. Ce dont vous avez besoin, c'est d'y consacrer un peu de temps.

— Nous venons d'y consacrer un an, dit Mary.

— Je veux bien vous croire, mais parfois il faut compter plus longtemps.

Elle baissa à nouveau les yeux sur le dossier.

— Trente-deux ans. Une menstruation anarchique. Vos règles apparaissent et disparaissent comme le vent de mars.

Elle referma le classeur d'un geste définitif, puis agita une main au-dessus.

— Vous avez essayé le vin ?

— Je vous demande pardon ? s'étonna Mary en se penchant en avant.

Le médecin se laissa aller au fond de son fauteuil.

— Un verre de vin peut atténuer la tension.

— Je ne suis pas tendue.

— Il n'existe pas de tests ? suggéra O'Neil. Ne devrait-on pas examiner mon sperme ?

Le médecin bâilla et consulta sa montre.

— Je suis désolée. Mais non. Ce n'est pas la procédure à ce stade. Avez-vous déjà regardé du sperme au microscope ? On dirait le pèlerinage de La Mecque.

Ce soir-là ils firent ce qu'avait prescrit le médecin et ouvrirent une bouteille de chardonnay. Elle coûtait onze dollars, était plus sirupeuse qu'un sucre d'orge et lorsqu'elle fut vide, ils étaient tous les deux pompettes et gazouillaient comme des enfants en bas âge. En essayant de s'extraire de son jean, O'Neil se prit le pied sous le tapis de la chambre et vit le montant du lit en bois se diriger vers son visage, d'abord lentement, puis très vite, comme la proue d'un paquebot surgissant d'un épais brouillard. En chemise de nuit, Mary le conduisit à la salle de bains, le fit asseoir sur la cuvette des W-C et lui appliqua sur le nez un gant de toilette plein de glaçons.

— Il y a toujours l'adoption, dit O'Neil à travers son appendice tuméfié.

— Nous sommes trop vieux, dit Mary, désespérée, en se mettant à pleurer. Qui voudrait encore nous adopter ?

Au début janvier ils retournèrent voir le médecin qui, cette fois non plus, n'engagea rien de médical ni même d'approchant, si ce n'est qu'elle prit la température de Mary. Ses questions paraissaient arbitraires. Dormaient-ils fenêtre ouverte ou fermée ? Préféraient-ils les bains ou les douches ? O'Neil continuait-il de courir par temps froid ? Le médecin écoutait leurs réponses en hochant la tête et en faisant cliqueter son stylo. Peut-être, conclut-elle, devraient-ils partir en voyage ensemble, pour s'enlever de la tête cette idée de grossesse.

— J'ai constaté que parfois un séjour à l'hôtel peut aider certains couples à résoudre ce problème, dit-elle.

— Ce problème ? répéta Mary.

— Choisissez un hôtel qui diffuse des films dans les chambres, dit le médecin.

Cela semblait absurde ; néanmoins ils suivirent le conseil. Ils n'avaient que le week-end, aussi décidèrent-ils de se rendre en voiture dans le Nord pour visiter la ville où O'Neil avait grandi. Mary n'était jamais allée à Glenn's Mills. Le trajet entre le nord de l'État de New York et Philadelphie durait cinq heures, la fin du parcours sur des routes de campagne traversant une pauvreté rurale si déchirante qu'ils s'en émurent. Mais la ville elle-même de Glenn's Mills semblait avoir été épargnée. Dans la lumière blanche de l'hiver, énervés par tout ce temps passé en voiture, ils roulèrent le long de la grand-rue entre des boutiques, des magasins d'antiquités, des salons de thé et des ateliers d'artisanat. Bien que Noël fût déjà loin, des branches de sapin ornaient encore les réverbères d'un style victorien très chargé, comme pour le décor d'une pièce de théâtre. Ils s'attendaient presque à voir déboucher des hommes en cape et haut-de-forme, mais la plupart des piétons étaient engoncés dans de grosses parkas, avec des écharpes superposées jusqu'au menton, et ils se hâtaient tous, tête baissée contre le froid.

— Il n'y avait rien de tout ça quand j'étais gosse, expliqua O'Neil.

Ils dépassèrent une herboristerie appelée la Sorcellerie, puis une station Mobil avec une pancarte dans la vitrine disant : Nous Servons du Cappuccino ! O'Neil eut un geste navré.

— Qui peut bien boire autant d'expresso ? Ça a toujours été une ville de café bouilli, ici.

À la station Mobil, ils achetèrent des sandwiches à la dinde, des chips et un pack de six bières, puis ils se trouvèrent un motel. Il était propre et neuf, à deux étages, et baignait dans un halo fluorescent. Ils mangèrent leurs provisions sur le lit, puis se mirent en pyjama et se glissèrent dans les draps rêches. Une double carte était posée sur la table de nuit avec les titres des films qu'ils pouvaient recevoir dans leur chambre. Les chaînes habituelles, puis ce qu'ils cherchaient : *Je vais et je viens, Ménagères en chaleur,* et *Sur l'oreiller II : Débutantes dans le noir.*

O'Neil vota pour le troisième.

— J'avais apprécié *Sur l'oreiller I.* Est-ce que Doris Day joue dans celui-ci ?

Mary secoua la tête et poursuivit sa lecture.

— Les aventures sexuelles d'une fille riche en Europe. La vedette s'appelle Chandra Jaimetout, mais je ne suis pas certaine que ce soit son vrai nom.

Elle fronça le nez et regarda O'Neil en inclinant la tête de côté.

— Franchement, tout cela ne m'a pas l'air très convaincant.

— Je connais assez mal l'œuvre de Miss Jaimetout, dit O'Neil, mais je ne demande qu'à apprendre.

Ils sélectionnèrent finalement le premier parce que Mary, qui avait étudié le post-structuralisme à l'université, aimait le titre à double sens. Le film était très sombre, et on entendait énormément de gémissements dans l'ombre, avec une bande-son frénétiquement saturée chaque fois que les organes sexuels entraient dans le champ, ce qui était presque constant. L'argument était mince, mais en réalité plus sophistiqué que prévu. Un beau jeune homme, rendu orphelin par une tornade fatale à la ferme familiale, quitte l'Iowa et se rend en Californie pour trouver du travail dans l'industrie du cinéma. À peine est-il descendu du car qu'il est assiégé par des directrices de casting et des productrices sans scrupule qui, toutes, recherchent ses faveurs. Elles sont bien déterminées à le corrompre, mais il déjoue leurs manigances ; son passé est mort, sa douce vie dans l'Iowa immolée aux vents furieux, que peut-il faire désormais, sinon se consacrer entièrement à l'exercice de ses talents ? C'était tiré tout droit de Balzac, et presque intéressant, mais l'histoire n'avançait jamais très loin et devait céder la place à la musique et aux gémissements. Parfois la caméra zoomait si près que ni l'un ni l'autre ne pouvait dire ce qu'ils voyaient.

— Je ne voudrais pas me montrer rabat-joie, dit Mary au bout d'un moment, mais je dois avouer que ça ne me fait aucun effet. C'est quoi, ça ? Une jambe ?

Elle tendit sa bière vers l'écran.

— Très sincèrement, je n'en ai pas la moindre idée.

— On pourrait peut-être voir ce qu'ils ont d'autre.

Mary échangea sa canette vide contre une fraîche qu'elle

sortit du petit réfrigérateur, près du lit. Sous les couvertures elle portait une chemise de nuit de flanelle et des chaussettes.

— C'est toi qui paies, dit-elle.

Ils passèrent d'une chaîne à une autre et s'arrêtèrent sur un documentaire mettant en scène une famille de pumas. La mère avait deux petits ; elle leur apprenait à chasser, et tous s'ébattaient dans la poussière. Ensuite, elle les lavait avec sa longue langue.

Mary se tourna vers O'Neil dans l'ombre de la chambre. Le reflet de l'écran éclaboussait de bleu les verres ronds de ses lunettes.

— Tu sais, dans cette lumière tu as quelque chose. Une sorte de séduction.

— Est-ce que c'est la bière qui s'exprime ? demanda O'Neil.

Mary lui embrassa le nez et se réinstalla à ses côtés.

— Je préfère ce programme, de loin.

— Oui, ce sont de mignons chatons, reconnut O'Neil.

Pendant un moment ils observèrent sans parler. Les petits grandissaient ; et le jour vint bientôt pour eux de se débrouiller seuls. Mary regarda la mère les entraîner hors de leur abri, sous un prétexte quelconque, et s'en aller sans se retourner. À la fin du film on la voyait perchée sur un rocher et surveillant la vallée aride où elle avait abandonné ses enfants.

— Ce doit être dur, pour toi, de te retrouver ici, dit Mary contre la poitrine de O'Neil. Comment n'y ai-je pas pensé plus tôt.

— Je vais bien, dit O'Neil.

Mais elle comprit que, dans le noir, presque imperceptiblement, il pleurait.

Le lendemain matin, par un temps froid et clair, ils s'habillèrent, se chaussèrent chaudement et partirent visiter la ville sous la houlette de O'Neil : la pharmacie où il avait un jour volé des cartes de base-ball, le vieux cabinet d'avocat de son père sur Main Street et la bibliothèque où sa mère avait travaillé, la maison en bois bleu où sa sœur, Kay, avait pris des cours de piano avec une femme qui s'appelait « Mrs Horsehead ». Mais O'Neil ne se souvenait pas si c'était son vrai nom ou si ses élèves avaient inventé un sobriquet par cruauté. Dans une galerie de poterie ils regardèrent les vases sans rien acheter, et en fin de matinée, ils déjeunèrent dans une petite restauration rapide derrière la mairie. À l'intérieur, c'était sombre et enfumé — une survivance de ce que la ville avait pu être dans le passé — et dans les box comme sur les tabourets du bar se pressaient de gros hommes en chemise de travail en flanelle dont les mains sales et les visages piquetés de nicotine témoignaient de vies entières consumées dans un incessant labeur. Mary acheta un exemplaire du journal local pour lire en mangeant son sandwich au fromage, et c'est là qu'elle vit l'article. Elle le lut en totalité puis tendit le journal à O'Neil, plié de façon que la photo de la maison lui saute aux yeux — une grande bâtisse carrée blanche avec des volets noirs qu'elle reconnut aussitôt comme celle de O'Neil, d'après certaines photographies qu'il lui avait montrées. Même les couleurs avaient été conservées.

— Ta maison d'enfance a les honneurs de la presse, dit-elle.

La maison des parents de O'Neil était devenue un restaurant appelé Le Café. À côté, une autre photo montrait le propriétaire du restaurant, souriant et serrant la main d'une femme avec qui O'Neil était allé au lycée et qui était maintenant maire de la ville. Le propriétaire, également chef cuisinier, était un grand bel homme, chauve, avec un bouc soigneusement taillé. Il avait fait ses classes au Cordon bleu, disait-on, « à Paris, France ». « J'ai toujours rêvé d'ouvrir une auberge de campagne, avait-il confié au journaliste, pour retrouver l'origine de la bonne cuisine, celle des collines de Toscane ou de Provence. » Avant de se fixer à Glenn's Mills il avait tenu un célèbre restaurant dans Manhattan.

O'Neil lut l'article en entier puis mit le journal de côté.

— Incroyable... Une saloperie de restaurant.

— J'imagine que ce doit être un choc.

— Son resto à Manhattan, tu imagines la réussite que ça devait être pour qu'il finisse par échouer ici ?

Mary trempa son fromage grillé dans une petite coupe de ketchup.

— Ils servent quoi, comme cuisine ?

O'Neil reprit l'article.

— Ils n'en parlent pas. Pas un mot dans tout ce baratin. Mais sérieusement, qui va faire la différence, par ici ?

La serveuse, une vieille femme en tablier plissé, vint remplir leurs tasses de café. O'Neil regarda la ville dehors sous la neige.

— Il devrait y avoir des lois pour empêcher ce genre de truc, remarqua-t-il. C'est une sorte de profanation.

Mary contempla son sandwich.

— Je comprends ton sentiment. D'un autre côté, comme j'ai envie de voir cette maison, on pourrait en profiter pour s'offrir un bon repas.

Mary resta assise pendant que O'Neil allait téléphoner pour réserver. La serveuse lui apporta la tarte qu'elle avait commandée — aux cerises, avec une boule de glace vanille — et elle l'entama sans attendre le retour de O'Neil. Elle sut aussitôt que les cerises étaient de la conserve, mais la pâte était excellente — légère et riche en beurre, et elle gardait encore la chaleur du micro-ondes.

O'Neil revint en secouant la tête.

— Ils n'avaient pas de place avant vingt heures trente, dit-il.

Il s'assit en face d'elle, soucieux.

— Je me souviens d'une époque où par ici tout le monde dormait à cette heure-là, sauf ceux qui battaient leur femme. De tout temps, ça a été un vrai problème, dans la région.

— Toujours des promesses, dit Mary en portant le dernier morceau de tarte à sa bouche.

Après le déjeuner, ils retournèrent à l'hôtel, regardèrent le deuxième des trois films, somnolèrent tout l'après-midi, et s'éveillèrent dans l'ombre précoce et troublante des soirs d'hiver. O'Neil sortit chercher de la bière pendant que Mary se douchait, et la trouva, en rentrant, étendue sur le lit, enveloppée dans une épaisse serviette de bain et plongée dans la Bible à disposition dans le tiroir de la table de nuit. Ses cheveux mouillés étaient hirsutes, et elle s'était frotté si fort le visage qu'il en paraissait poudreux.

— Écoute un peu ça, dit-elle.

Elle commença à lire à haute voix en clignant des yeux devant les minuscules caractères, car elle n'avait pas ses lunettes. Malgré sa vue médiocre elle lisait souvent ainsi.

— Si un homme prend une nouvelle épouse, il ne partira pas à la guerre ni ne se chargera d'un quelconque travail ; en revanche il restera librement chez lui pendant un an et s'occupera de la femme qu'il a choisie.

Elle leva son regard bleu au-dessus du livre.

— C'est intéressant de constater que ce passage des Écritures est très rarement cité.

O'Neil ouvrit une bière et la lui tendit.

— Je ne suis pas certain que ce dîner soit une si bonne idée.

Mary ferma la Bible.

— Alors. Dis-moi tout.

Il vint s'asseoir sur le lit à côté d'elle ; le froid du dehors encore accroché à son manteau.

— Nous pourrions aller manger ailleurs.

— C'est juste.

— Je n'y suis pas retourné depuis près de vingt ans. Depuis que nous l'avons vendue.

Il ôta son manteau et s'ouvrit une bière.

— Tu sais, quand Kay et moi sommes revenus ici après l'accident, la première chose qu'on a trouvée, c'est une énorme pile de paperasses dans l'entrée. Nos parents étaient morts depuis deux jours, mais le facteur avait continué à glisser le courrier dans la fente de la porte comme si de rien n'était. Alors, c'était là, tout un tas de lettres, de factures et de magazines, adressés à des personnes décédées.

Il secoua tristement la tête et avala une grande gorgée de bière. Mary se rendit compte qu'il avait dû penser toute la journée à la tristesse de cette pile de courrier. Elle comprenait bien que c'était inévitable — l'esprit vagabondait à son gré — mais en même temps, au fond d'elle, elle était persuadée que ce genre de ressassement ne menait à rien. O'Neil eut un soupir désemparé, comme s'il avait lu en elle.

— Et maintenant des avocats venus de partout occupent le salon et glorifient les étiquettes des bouteilles.

— Tu t'es renseigné sur la cuisine qu'ils proposent ? dit Mary, pleine d'espoir.

— Franco-chinoise.

Il but à nouveau et s'essuya la bouche.

— C'est le type du supermarché qui me l'a dit. Apparemment, le chef s'en sort très bien avec le canard.

À vingt heures, ils partirent au restaurant. Mary était presque certaine que O'Neil allait changer d'avis au dernier moment et les entraîner dans la campagne, pour dénicher en pleine nuit un autre établissement où dîner, mais il la surprit en les conduisant directement à l'endroit prévu. Ils se rangèrent contre le trottoir, de l'autre côté de la rue, et dans la voiture glaciale O'Neil lui expliqua la configuration du terrain. La maison, en retrait de la rue, ne ressemblait pas de prime abord à un restaurant, et l'enseigne près de la porte était si modeste qu'on aurait pu ne pas la voir — passer devant la maison, songea Mary, sans se douter le moins du monde que c'était un lieu particulier. O'Neil parlait à voix basse, comme si on risquait de les entendre, pour attirer son attention sur certains détails : l'allée que son père avait pavée un été, le pommier encore tout petit à la mort de ses parents et qui faisait aujourd'hui cinq mètres de haut, la fenêtre du deuxième qui avait été celle de sa chambre, avant son départ pour le collège. Il ne s'attachait qu'à l'extérieur, comme si son esprit se refusait encore à franchir la porte.

— On l'a vendue à un couple avec des enfants, dit O'Neil. Je crois qu'ils s'appelaient McGeary. Après je ne sais pas.

— Qu'est-ce que tu ressens ? demanda Mary en lui prenant la main.

O'Neil regarda une nouvelle fois la maison, sans hâte, avant de soupirer.

— C'est bizarre, dit-il. D'une certaine manière, elle n'a pas changé. Mais sans doute l'intérieur est-il totalement différent, maintenant.

C'était le cas. Après avoir passé le seuil, ils découvrirent un espace unique, très éclairé, avec de fines colonnes soutenant la structure là où il y avait eu des murs porteurs. Une demi-douzaine de tables étaient disposées dans la salle à manger, qui ouvrait sur une cuisine à vue au fond. Depuis l'entrée où ils s'étaient arrêtés, Mary et O'Neil apercevaient les fourneaux rutilants, les batteries de casseroles suspendues. L'air était moite et sentait l'ail, et une musique douce de violons s'écoulait de haut-parleurs encastrés dans le plafond.

— Ah, les salauds, murmura O'Neil.

L'homme dont le journal publiait la photo sortit de la cuisine et les conduisit à leur table près de la cheminée. La pièce était suffisamment petite pour que les conversations cessent pendant qu'ils s'installaient.

— Je suppose que la transformation est radicale, dit Mary.

O'Neil parcourut toute la salle des yeux.

— Tu sais, je crois que nous nous trouvons à l'endroit exact où Kay et moi jouions aux échecs chinois par terre. Là, il y avait un canapé et deux fauteuils en face. Je me demande pourquoi je jouais avec elle, elle me battait à chaque fois. À moins que ce ne soit justement pour cette raison. Ça lui faisait tellement plaisir.

Mary prit une tranche de pain dans la corbeille d'osier posée sur la table. Un peu de vapeur s'en échappa quand elle le rompit.

— Je voudrais juste savoir, dit-elle, si toute la soirée va être comme maintenant ? Moi, j'aimerais bien.

— C'étaient des murs de parfaite qualité, dit O'Neil. C'étaient les murs de mon enfance, et aujourd'hui ils ont disparu.

Mary lui tendit la corbeille.

— Goûte le pain, O'Neil. Il est tout chaud.

La corbeille était vide lorsqu'une jeune femme apparut près de leur table pour allumer la bougie placée entre eux avec une longue allumette. Elle était jolie, avec des cheveux bruns jusqu'aux épaules et de petits yeux noirs.

— Êtes-vous déjà venus ? demanda-t-elle.

— Pas dans le sens où vous l'entendez, dit O'Neil.

— Non, dit Mary.

La femme leur donna des menus, de simples feuilles d'épais papier couvertes d'une écriture manuelle.

— En fait, ce n'est pas un menu proprement dit, expliqua-t-elle. Considérez-le plutôt comme un itinéraire.

Pendant que la femme restait au bord de leur table, Mary et O'Neil se plongèrent dans la lecture. Cinq types de mets étaient proposés : apéritifs, consommés, salades, plats et desserts. Les descriptions étaient généreuses et comprenaient de nombreux ingrédients inédits pour l'un comme pour l'autre, du moins dans le domaine de la nourriture. Par exemple, pour la salade, il était question de pensées. Il n'y avait aucun prix de détail, mais le repas complet coûtait cinquante-cinq dollars par personne.

O'Neil rendit son menu.

— Dites-moi, qu'est-ce qu'il y a à l'étage ?

L'escalier était condamné par un cordon rouge, comme

l'aile interdite d'un musée. Une plaque de cuivre y était suspendue, gravée du mot *Privé.*

— C'est une réserve, répondit la femme avec un sourire neutre.

Les plats se succédèrent, chacun plus bizarre que le précédent : huîtres grillées sauce framboise, bouillon jaunâtre avec des morceaux de champignons amers, la fameuse salade d'endives et de pensées. L'endive était présentée en exemplaire unique, plantée telle une fusée au milieu de l'assiette, avec des pensées jetées un peu partout autour, comme tombées de très haut.

Dès que la femme les eut laissés en tête à tête avec la salade, Mary se pencha au-dessus de la table.

— On devrait peut-être lui dire. Ça risque de les intéresser, non ?

O'Neil sélectionna une pensée du bout de sa fourchette et la mâcha en grimaçant.

— Lui dire quoi ? Merci de faire votre cuisine prétentieuse dans la maison de mon enfance ? Tu sais, si mes parents étaient vivants, je ne crois pas qu'ils viendraient manger ici. Ce qui est une réflexion idiote, parce que si c'était le cas, ils habiteraient encore cette maison.

— Pas forcément, dit Mary. Ils auraient pu déménager. Avoir quitté la région, même. Pour la Floride.

Elle songea qu'ils auraient près de soixante-dix ans.

O'Neil avala une longue gorgée d'eau et se rembrunit.

— Ils seraient bel et bien ici, dit-il. Tu peux me croire.

Mary ne répondit pas. Le chef et la femme — son épouse, d'après elle — faisaient à l'évidence de leur mieux, et comment auraient-ils deviné que leur lieu de travail était, en réalité, un tombeau peuplé de souvenirs ? Une fois, Mary était retournée voir la maison où sa famille avait vécu quand elle était toute petite. C'était un an après sa sortie du collège ; elle travaillait comme serveuse dans une ville du Minnesota où elle suivait des cours et logeait dans un minuscule appartement au-dessus d'un magasin de chaussures. La maison n'était située qu'à quelques kilomètres du commerce de ses parents, et pourtant elle n'y était pas retournée depuis des années. Elle gardait en mémoire l'adresse — 694 West Sycamore Lane — et elle la trouva facilement, comme guidée par une boussole intérieure : une maison de poupée, encore peinte en rose bonbon, sur un bout de terrain humide, à l'ombre de deux sapins du Canada étiques que ses parents avaient plantés vingt ans auparavant. Les gens qui revenaient sur les lieux de leur enfance disaient tous que la maison leur paraissait petite, mais Mary savait qu'elle l'avait toujours été — la maison avait paru petite dès le début — et tout un flot de sensations remonta en elle : la réalité physique de ses pièces exiguës, de la finesse des cloisons, de la légèreté des portes, l'odeur de la cuisine mal aérée et la façon dont la lumière tombait, les après-midi d'hiver, sur les tapis élimés. À l'époque où ils habitaient là, leur père occupait deux emplois, vendeur de voitures d'occasion pour un oncle dans la journée, et caissier dans un drugstore la nuit, à vendre des cigarettes et des bonbons, et un soir d'hiver sa mère les avait emmenés — Mary, son frère aîné Mark et sa petite sœur Cheryl encore dans son couffin — lui rendre visite. Ce souvenir était si net, alors qu'elle était assise dans la voiture devant la maison, qu'elle douta momentanément que la scène ait vraiment existé. Mary avait quatre ou cinq ans ; son père, debout derrière son comptoir, portait une blouse vert sombre avec son nom, Lars, sur un badge accroché à la poche de poitrine. Mary savait que c'était son nom et pourtant, le voir ainsi exposé — on aurait dit qu'on le lui avait volé, qu'on la dépossédait d'un droit essentiel — la stupéfiait et l'effrayait. Ce sentiment était si nouveau, si bouleversant dans son étrangeté, que Mary fondit en larmes. Ce fut la confusion générale ; sa mère avait organisé cette visite comme une partie de plaisir, et voilà qu'elle pleurait ; puis son père avait contourné sa caisse enregistreuse pour la prendre dans ses bras. C'était un homme grand et puissant, à la fois dans son souvenir et dans la réalité, et il la serra contre sa large poitrine jusqu'à ce qu'elle se calme, puis il l'assit sur le comptoir, près de la caisse. Sa mère ramena les autres enfants à la maison, mais Mary resta avec lui jusqu'à l'heure de la fermeture, en suçant des sucres d'orge à la cerise.

Pourquoi avait-il fait cela ? Mary n'ignorait pas que beaucoup de gens affirment avoir connu des moments de grâce sans que rien de tel ne se soit produit — la conscience se répandait en vous lentement, comme on boit à petites gorgées — mais c'était pourtant bien ce qu'elle éprouvait, là, dans la voiture arrêtée devant la maison rose. Son père avait voulu lui faire comprendre qu'il l'aimait, évidemment, mais aussi en quoi consistait son amour : qu'il était fort comme l'acier, et qu'il le lui dispensait sans relâche. Même s'il n'avait pas les mots pour l'exprimer, il voulait lui dire que tout était pour elle, tout ce qu'il accomplissait dans le monde ; quoi qu'il pût lui arriver au cours de sa vie, il y aurait eu une personne comme lui. Elle savait cela, comme elle savait que la maison rose était un temple dédié à ce souvenir ; et que c'était pour cette raison qu'elle était venue. Elle n'était pas allée frapper à la porte, n'était même pas descendue de voiture. La maison était en elle, à l'endroit de son cœur où elle restait une petite fille, et si elle y était entrée, elle aurait détruit en elle cette révélation.

Mary glissa la main sous la table pour toucher le genou de O'Neil.

— Je suis désolée.

— Ce n'est pas si désagréable d'être ici, dit-il. J'aurais seulement préféré une cuisine moins *excentrique*. Je voulais que tu aies un délicieux repas.

Ils ingurgitèrent une quantité appréciable de salade avant qu'on apporte le plat de résistance : médaillons braisés de chevreuil aux airelles rouges et écorces de citron, servis sur un lit de semoule de blé noir. Après les pensées, c'était étonnamment bon, et ils mangèrent avec appétit, même O'Neil. Il était maintenant plus de vingt-deux heures et presque toutes les autres tables étaient vides. O'Neil se mit à évoquer librement ses souvenirs de la maison et de la ville, comme il ne l'avait encore jamais fait depuis leur arrivée, la veille. Les histoires qu'il racontait étaient heureuses, et Mary comprit qu'une grande partie de son plaisir résidait dans son incognito — elle avait ressenti la même chose — et que jamais il ne révélerait au propriétaire qui il était, ni n'essaierait de monter à l'étage. Et en même temps elle savait que c'était ce qu'il souhaitait plus que tout : passer quelques instants seul, dans son ancienne chambre.

Ils furent les derniers à quitter le restaurant. Dehors le ciel d'hiver était rehaussé d'un motif serré d'étoiles. Elle laissa O'Neil boucler sa ceinture puis annonça qu'elle désirait retourner au restaurant pour aller aux toilettes.

O'Neil la regarda, surpris. Comment, se dit-elle, ne devinait-il pas ce qu'elle s'apprêtait à faire ?

— Le motel est à cinq minutes.

— Il y a urgence, lança-t-elle en sortant de la voiture.

Elle trouva la salle à manger déserte, comme elle l'avait espéré. Leur table était débarrassée et déjà dressée pour le lendemain soir. Elle entendit, venant de la cuisine, un bruit de vaisselle entrechoquée, d'eau coulant dans l'évier et d'une radio diffusant de la musique country. Elle attendit un instant sur le seuil pour voir si son retour avait alerté quelqu'un, puis enjamba le cordon rouge et monta l'escalier.

Le couloir était sombre, mais elle s'habitua et distingua bientôt cinq portes, toutes closes. Elle se rappelait qu'il y avait trois chambres — O'Neil lui avait décrit la disposition générale — plus une salle de bains et une lingerie. Des piles de menus étaient rangées le long du mur et, tout au fond, elle aperçut un téléphone sur une table étroite. C'était un appareil à cadran très ancien ; sans doute appartenait-il déjà au mobilier quand O'Neil était enfant. Elle s'était tout de suite doutée que le chef et sa femme habitaient ici. Perdue dans l'obscurité, Mary ne savait plus quelle porte donnait sur quoi, mais elle se décida à ouvrir la deuxième à gauche.

La chambre était exiguë et carrée et une veilleuse était allumée au-dessus d'un lit d'enfant. Mary entra. L'air était chaud et doux, comme du linge propre. Elle vit une commode, une table à langer, et une étagère avec des jouets — des dinosaures et des camions, un gant de base-ball, toutes sortes de choses qu'affectionnent les garçons. Que faisait-elle là ? Et pourtant elle n'arrivait pas à s'en aller : le besoin de rester s'imposait, comme si elle se prélassait dans un bain. Elle demeura un moment sans bouger, à goûter l'atmosphère, puis approcha du lit où dormait le petit garçon.

C'est alors qu'elle aperçut l'alarme clignotante sur la commode. Le cœur de Mary eut une embardée, mais il était trop tard — on l'avait repérée. Elle entendit des pas précipités dans l'escalier, puis une voix troua la nuit.

— Qu'est-ce que vous faites ici ?

C'était la femme qui les avait servis à table. Elle bouscula Mary, se plaçant entre elle et l'enfant.

— Excusez-moi, dit Mary. Je cherchais les toilettes. Il n'y avait personne en bas.

— Je croyais que vous étiez partis, dit la femme brutalement. C'est écrit *privé*, vous avez dû le voir. Pour la plupart des gens, *privé* signifie quelque chose.

Le bébé avait commencé à s'énerver. La femme se détourna de Mary pour se pencher par-dessus la barrière et le prendre dans ses bras. C'est à ce moment-là que Mary comprit qu'il ne s'agissait pas du tout d'un nouveau-né mais d'un enfant beaucoup plus grand — un petit garçon en pyjama qui devait bien avoir cinq ans. Il avait les yeux fermés, mais sa bouche, large et humide, se tordait sous ses faibles plaintes. Il posa la tête sur l'épaule de sa consolatrice ; ses pieds nus, presque à hauteur des genoux de la femme, étaient agités de soubresauts. Mary remarqua alors dans la pièce des détails qu'elle n'avait pas notés jusqu'ici : un petit fauteuil roulant près du bureau, un coffret blanc contenant tubes et graphiques qui semblait médical, une potence à perfusion chromée et brillante. Le lit lui-même était spécial — surélevé, comme un lit d'hôpital à barreaux de sécurité.

La femme caressa les cheveux de l'enfant.

— Maman est là, roucoula-t-elle. Pas de vilains rêves, pas de vilains rêves.

Mary alla à la porte.

— Je suis sincèrement désolée, répéta-t-elle. Je ne voulais pas le réveiller.

— Il est sourd.

La femme fixa durement Mary.

— Il n'entend pas les mots, il sent juste les vibrations.

Dehors O'Neil l'attendait dans la Toyota, le moteur tournant au ralenti. Il tenait le volant à pleines mains, comme s'il était impatient de partir.

— Tout va bien, dit-elle.

Il la regarda, peut-être sur le point de parler, mais démarra.

— Il faudra bien que tu me racontes ça, un jour ou l'autre, dit-il.

Le lendemain matin de bonne heure, alors que O'Neil dormait encore, Mary se leva, prise d'une violente nausée, et alla à la salle de bains pour vomir. Elle parvint à faire tout cela sans bruit, puis elle se rinça la bouche et retourna se coucher. Mais lorsqu'ils s'éveillèrent tous deux un peu plus tard, elle s'aperçut que le malaise persistait.

— C'est ce satané restaurant, siffla O'Neil. Des pensées en salade ! Et cette soupe horrible. Qu'est-ce qu'ils ont pu fourrer là-dedans ?

Ils avaient projeté de passer au cimetière dans la matinée, mais convinrent que c'était impossible, et O'Neil sortit acheter du thé et des beignets pour qu'elle ait quelque chose dans l'estomac avant de reprendre la route de Philadelphie. De la fenêtre, Mary regarda la voiture s'éloigner, puis elle enfila son manteau et se rendit en ville. Elle avait repéré la clinique la veille, près de la galerie de poteries ; le panneau disait que l'établissement assurait les consultations le dimanche entre neuf heures et midi.

La porte était ouverte et les lumières allumées, mais la salle d'attente était vide. Mary s'assit et feuilleta un magazine de tricot, et quelques minutes plus tard une femme en blouse blanche avec un stéthoscope apparut.

— Oh, dit-elle en voyant Mary. Je croyais qu'il n'y avait personne.

— Êtes-vous le médecin ?

La femme, qui avait des cheveux gris coupés court et un beau visage en forme de cœur, brandit l'extrémité de son stéthoscope avec une surprise feinte.

— Qui a bien pu m'accrocher ce truc-là ?

Le médecin conduisit Mary dans un cabinet où elle raconta la salade de pensées et le consommé pendant que le médecin lui prenait sa température et sa tension avant de l'interroger sur la douleur. Elle pria Mary de s'étendre sur la table d'auscultation recouverte de papier et lui palpa le ventre. Elle avait des doigts pâles et minces qui s'enfonçaient pourtant dans la chair avec une force étonnante.

— Bien, déclara le médecin en reculant. Je ne crois pas que ce soit une indigestion.

— Le repas était étrange, mais je l'ai mangé volontiers.

— J'ai dîné plusieurs fois là-bas. Ils font un très bon canard.

Le médecin regarda Mary, songeuse.

— Vous avez du retard ?

— Dix jours, plus ou moins.

— Vous avez déjà été enceinte ?

— Pas depuis des années, dit Mary. Il y a eu du changement ?

Le médecin prit dans une armoire à pharmacie une boîte carrée et rose décorée d'une marguerite et la donna à Mary. À l'intérieur se trouvaient un gobelet et un bâtonnet de plastique rappelant un thermomètre miniature sous cellophane. Mary leva son poignet nu.

— Je n'ai pas de montre.

Le médecin ôta la sienne — une Timex ornée de trois cœurs d'or de chaque côté du cadran — et emmena Mary dans une chambre. Mary s'accroupit sur la cuvette des toilettes et présenta le gobelet entre ses jambes pour le remplir, puis elle le posa sur le réservoir de la chasse d'eau. Les instructions sur l'emballage indiquaient que le test prenait trois minutes, mais dès l'instant où Mary trempa le bâtonnet dans le gobelet un ruban turquoise monta le long de la bande absorbante et se termina en une petite croix. Elle compta les trois minutes à l'aide de la montre, de peur qu'il n'y ait une erreur et que la croix ne disparaisse. Comme il n'en fut rien, elle vida le gobelet dans la cuvette, enveloppa le bâtonnet dans du papier toilette pour le montrer à O'Neil, et retourna auprès du médecin.

— Ces tests sont extrêmement fiables, dit celle-ci en rédigeant une ordonnance, mais ils ne font que révéler un état, aussi, dès que vous rentrerez chez vous, il faudra consulter un gynécologue.

— Quelqu'un m'a dit que ça allait arriver, dit Mary.

— Eh bien, ce quelqu'un était bien renseigné.

Le médecin remit sa montre à son poignet.

— Si vous me permettez une question, est-ce une bonne nouvelle pour vous ?

Mary tâta le bâtonnet dans sa poche.

— C'est exactement ce que je voulais, dit-elle.

Sur le chemin du motel, Mary s'arrêta dans une pharmacie pour ses médicaments. C'était un drugstore à l'ancienne avec un coin restaurant et une atmosphère empreinte de lessive et d'œufs frits. Toute une aile du magasin était consacrée aux produits pour bébés — gros paquets de couches jetables, boîtes de poudres, hochets, tétines et petites cuillères avec des manches en forme de chats ou de chiens, le tout en plastique — et Mary prit le temps de regarder attentivement tout ce vaste inventaire plein d'espoir auquel elle n'avait encore jamais prêté attention. Elle jugeait maintenant important de s'y attarder — il lui semblait être enfin parvenue à destination — et lorsqu'elle tendit l'ordonnance au pharmacien, tout, depuis ce vieil homme qui traînait les pieds et s'empara de la feuille sans commentaire jusqu'au mur de couches, l'éclairage désuet et le coin restaurant avec ses pâtisseries sous cloches, tout lui parut en quelque sorte écrit d'avance, comme sorti d'un rêve qu'elle aurait fait des années plus tôt.

Le pharmacien lui remit un sac fermé par une agrafe et son visage s'adoucit d'un sourire.

— Félicitations, dit-il.

Mary le remercia, acheta une bouteille de lait à la caisse du restaurant et sortit. O'Neil devait être rentré au motel, inquiet. Où était-elle partie ? S'était-elle sentie mal au point de ne pas pouvoir attendre le thé et les beignets ? Pourquoi ne lui avait-elle pas laissé un mot ? Le temps s'était réchauffé ; une neige pâle et fantomatique voletait tout autour. Debout sur le seuil de la pharmacie, Mary ouvrit le sac en papier qui contenait un flacon de vitamines prénatales. De grosses pilules orange qui empestaient la nourriture pour poissons rouges ; la notice conseillait d'en prendre une par jour. Le flacon en comptait quarante et l'ordonnance pouvait être renouvelée cinq fois, ce qui faisait deux cents — le nombre de jours qui la séparaient de la naissance du bébé. *Deux cents jours*, pensa Mary, et elle ôta ses mitaines pour avaler la première pilule avec une gorgée de lait, renversant la tête sous les flocons de neige.

LA VIE AU CLAIR DE LUNE

Octobre 1995

Vendredi, 21 heures 31, soirée d'automne humide ; Mary Olson Burke, trente-deux ans — enceinte, enceinte, enceinte — s'est arrêtée dans l'allée peinture-rouleaux-pinceaux du Tout-Pour-La-Maison de King of Prussia, Pennsylvanie, et sait qu'elle vient de perdre les eaux.

La déchirure est minuscule, très haut dans l'utérus ; il n'y a aucune éclaboussure, ni éclatement d'une poche ni grand et gênant relâchement. Mary se penche pour prendre un bidon de peinture en plastique blanc en bas du présentoir et tout à coup sa culotte est mouillée, puis c'est une perte d'un bon dé à coudre de liquide amniotique ; elle baisse les yeux vers sa robe de coton et ne découvre aucune tache, aucune marque qui prouverait que quelque chose est arrivé. Et rien n'est arrivé, peut-être. Mais si. Six jours se sont écoulés depuis que Mary a dépassé la date prévue, en silence et sans tapage, telle une voiture franchissant une frontière, de nuit, en plein désert. À l'intérieur de Mary fleurit la question : *Bonjour ?* Et : *C'est pour bientôt ?* Elle a perdu les eaux. Elle le sait.

Mary est énorme ; c'est une cathédrale, une aria humaine, un *do* tenu pendant dix minutes. Elle se sent radieuse, au-delà de la pesanteur ; elle est la pesanteur incarnée. O'Neil, son mari, est accroupi, en train d'examiner une batterie de pinceaux. À l'image de tout le magasin, le rayon est immense et confus, comme un menu de dix pages. Il y a des pinceaux fins et des pinceaux épais, des pinceaux plats et des brosses, des pinceaux avec un bout si effilé qu'ils pourraient servir à tracer des motifs en or fondu sur des œufs de Fabergé. O'Neil est sensible aux détails, c'est un homme qui se noie dans les achats les plus dérisoires ; il lui faudra une heure pour choisir un pinceau, mais trente minutes pour acheter une voiture.

— O'Neil...

Il relève la tête à la voix de Mary. Son visage s'illumine d'un sourire de reconnaissance ; elle l'a arraché à sa transe.

— On s'en fiche, c'est ça ? Tu vas me dire que je n'ai qu'à prendre n'importe quoi pourvu qu'on parte enfin d'ici.

Mary s'assied doucement sur le bidon de peinture, comme un enfant sur son pot. « Reçu cinq sur cinq, nounours. » Maintenant qu'elle est assise, la fatigue l'enveloppe telle une lourde étoffe. Repeindre la cuisine lui paraît maintenant une pure folie, la plus mauvaise idée qu'ils aient eue depuis leur mariage.

— Je t'en prie, on doit bien pouvoir trouver quelque chose et s'en aller. Tu veux bien t'en occuper pendant que je reste là ?

O'Neil se redresse.

— Il va nous falloir un caddie.

— Prends-en deux.

Mary essaie de sourire et comme elle n'y parvient pas, elle se rend compte pour la première fois qu'elle a peur.

— Tu me mets dedans et tu me pousses jusqu'à la maison.

Ils emportent leurs achats dehors, dans la chaleur épaisse et la mêlée aux caisses. O'Neil laisse Mary sous l'auvent de béton et disparaît dans le parking, encore très encombré malgré l'heure tardive. Mary attend debout, se tenant le côté ; sous ses doigts, elle sent bouger le bébé, avec une sensation identique à l'intérieur d'elle, un peu comme celle de la langue et des lèvres après la piqûre anesthésiante du dentiste, intime et pas tout à fait réelle. Et c'est alors qu'elle la voit : dans le ciel au fond du parking, au-delà de l'autoroute, au-dessus des toits des immeubles, émerge une lumière large et jaunâtre. Mary croit d'abord qu'il s'agit d'un hélicoptère, ou d'un projecteur, puis elle comprend que c'est la lune — la pleine lune, la lune des moissons. Elle escalade l'horizon surchargé à une vitesse stupéfiante, déposant son éclat liquide sur toute chose. Elle est encore absorbée par ce spectacle lorsque la voiture s'arrête devant elle.

O'Neil range la peinture et leurs courses dans le coffre et suit son regard vers le lointain.

— Je devine à quoi tu penses, dit-il enfin. Une lune pareille. Alors ? Ça veut dire que c'est pour cette nuit.

Mary regarde toujours. D'une certaine manière, la lune semble avoir encore grossi, et elle brille étrangement. Elle est presque trop étincelante pour qu'on puisse la fixer. Elle se demande pourquoi elle n'a encore rien dit à O'Neil à propos des eaux, et puis elle le sait. C'est le dernier de ses secrets ; elle ne veut pas encore s'en défaire, mais ça ne tardera plus.

— Ça peut toujours arriver, dit Mary.

— Je te parie dix dollars que tu auras ton bébé avant le petit déjeuner.

Sur le siège du passager, Mary somnole, et lorsqu'ils pénètrent dans leur allée, elle est surprise de voir sa maison juste devant le capot. Un instant elle croit que le bébé est déjà né puis elle se rend compte qu'elle vient de rêver — qu'elle cassait un œuf dur et découvrait dedans un petit humain. Mary monte l'escalier, se déshabille, enfile une chemise de nuit et se lave le visage. Au-dessous, elle entend s'ouvrir et se fermer la porte d'entrée et elle imagine O'Neil en train de transporter leurs achats à l'intérieur. Elle le retrouve effondré sur le canapé du salon, à boire une bière devant la télévision, son éteint. Sur l'écran, des plongeurs en combinaison jaune descendent un sous-marin de poche à l'aide d'une grue dans une mer clapoteuse. O'Neil adore ce genre d'émissions.

— Et z'est ainzi, dit-il, que les hommes courazeux de la *Calypzo* z'enfonzent dans les profondeurs ténébreuses.

Il remonte ses lunettes sur son front et passe la main sur sa figure fatiguée.

— Ze penze qu'ils cherchent le continent perdu de l'Atlantide. Apparemment, il est zitué près des îles Canaries.

Mary se penche pour embrasser O'Neil ; il lui rend son baiser, puis pose sa bière sur la table basse, prend son gros ventre entre ses mains et l'embrasse aussi.

— Tu me diras zi les hommes courazeux de la *Calypzo* trouvent le temps d'aller peindre la cuisine, dit Mary.

À l'étage, elle s'étend sur le lit, laissant les rideaux ouverts pour que l'étrange clair de lune puisse emplir la chambre. La pendule dit qu'il est minuit juste passé ; trois heures se sont écoulées depuis qu'elle a perdu les eaux, et toujours rien. Elle se cale dans sa position préférée, couchée sur le flanc gauche, avec un oreiller entre les cuisses pour lui redresser le dos, et elle pense au rêve qu'elle a fait dans la voiture, déroulant les images en esprit comme une prière, avec l'espoir de s'y engloutir à nouveau. C'est un rêve agréable, et cette fois il commence dans la cuisine de ses parents, à Minneapolis. Mary est seule, installée à la table, et elle tient dans ses mains un œuf encore chaud d'avoir bouilli dans l'eau. Mary le tapote avec un couteau à beurre, s'interrompant pour arracher la coquille du bout de l'ongle. Crac, slic, crac, slic. Mais quelque chose ne tourne pas rond; l'œuf est en plastique, c'est un œuf de Pâques en plastique. Elle le sépare en deux et découvre à l'intérieur un morceau de papier, comme un rébus de bonbon-surprise, sur lequel quelqu'un a écrit le mot *Atlantide*.

Ensuite elle est dans une autre maison, une maison qu'elle n'a encore jamais vue. Dans une des chambres vit un singe, abandonné là par les précédents propriétaires. Mary et O'Neil discutent pour savoir ce qu'ils vont faire du singe. Doivent-ils lui donner à manger? Est-ce que désormais c'est leur singe? Dans le réfrigérateur, ils trouvent un reste de fromage qu'ils posent sur une assiette et portent dans la chambre. La pièce est sombre, les rideaux soigneusement tirés et Mary entend le singe qui sautille, qui se gratte, qui émet des petits cris de singe. « Viens ici, singe, appelle-t-elle doucement. Viens ici, petit singe. » Et le singe est dans ses bras. Il ne pèse presque rien et s'accroche à elle. Il a un visage doux, humain, avec des yeux verts comme ceux de O'Neil. Mary est heureuse, très heureuse, de le tenir ainsi et cela ne la dérange pas du tout que le singe ait fait pipi, inondant sa chemise de nuit, ses cuisses, ses pieds nus sur la moquette. Il va falloir qu'ils achètent des couches pour le singe.

Puis il est deux heures du matin et Mary s'éveille, ceinturée par une forte contraction, dans une flaque qui sent la paille, et elle va retrouver O'Neil là où il s'est endormi devant la télévision pour lui dire que ça y est, le bébé arrive et qu'il doit la conduire à l'hôpital, tout de suite.

O'Neil à cinq heures du matin, endormi et rêvant : un rêve bref et triste dans lequel il regarde ses parents tomber d'une falaise dans l'obscurité, comme un film sur un écran. Les images défilent devant lui de ses parents qui disparaissent, et il ne peut rien faire. Il est collé à son siège dans le cinéma, et en baissant les yeux, il s'aperçoit qu'il a les poignets attachés ; lorsqu'il les relève, ses parents ne sont plus là.

Puis un nouveau bruit lui parvient, lointain et familier. La première pensée de O'Neil est qu'il s'agit d'une tondeuse à gazon, puis du téléphone, puis de sa femme, Mary, en train de vomir ; ils sont allés à une soirée, une soirée insolite et merveilleuse où tous les invités étaient vêtus de draps de lit et tenaient des petites poupées sans visage, et Mary est ivre, et elle vomit dans la salle de bains.

— *Oooooooo... Neil !*

Il se réveille et aussitôt il se souvient ; c'est à l'hôpital qu'il s'est endormi, la tête renversée, dans un fauteuil glissé tout contre le lit de Mary ; il comprend qu'il se trouve à l'hôpital, et aussi pourquoi. Mary est allongée sur le flanc, le dos tourné, et la chaîne de sa colonne vertébrale est visible dans l'ouverture de la chemise de nuit. C'est le rôle de O'Neil d'appuyer à cet endroit dès qu'arrivent les contractions. Il ne s'est assoupi qu'un moment.

— Seigneur, O'Neil, qu'est-ce que tu fiches derrière ?

O'Neil se lève sur la pointe des pieds et se penche. L'écho de son rêve, de l'obscurité et de la chute, sillonne sa conscience, comme l'ombre d'un oiseau survolant un champ. Étaient-ce ses parents ? Mary et lui ? Il se rappelle sa peur, et le bruit de l'eau, tout en bas. Ses bras sont en caoutchouc, ses yeux ressemblent à de petites billes de plomb. Cela fait trois heures qu'il appuie sur le dos de Mary, d'abord dans leur vestibule, ensuite dans la voiture garée dans leur allée, et ainsi de suite, jusqu'à maintenant.

— Je suis désolé, souffle O'Neil. C'est ton corps. Il faut me dire.

Mary gémit, la respiration prisonnière de sa poitrine comme dans un hoquet.

— Tu crois vraiment ?

L'infirmière, qui se nomme Rachel, apporte quelques oreillers supplémentaires pour surélever les genoux de Mary. C'est une brune au sourire agréable ; au revers de sa blouse blanche un badge annonce : Nous Accouchons. En glissant les oreillers sous Mary elle leur demande s'ils connaissent le sexe du bébé.

Ils le connaissent. C'est une fille. Mary ne répondant rien, O'Neil dit qu'ils n'en sont pas sûrs.

— Moi, je trouve que c'est mieux ainsi, dit Rachel. Vous serez heureux dans tous les cas.

Rachel s'en va. Dehors le soleil pointe, et O'Neil sait qu'il ne se rendormira pas avant la naissance du bébé. Il aimerait sortir de cette pièce, du bâtiment même, pour marcher à grands pas dans la fraîcheur du ciel, juste pour faire le tour de l'hôpital. Mais c'est impossible, c'est un désir égoïste et il n'est même pas question d'en parler, telle l'envie qu'on peut avoir d'acheter une voiture de sport ou de passer un été en France.

La gynécologue de Mary arrive un peu après sept heures. C'est une jolie femme, très petite, qui s'habille avec goût ; ce matin elle porte une robe à rayures bleues sous sa blouse blanche et des chaussures grises à talons plats. O'Neil aimerait l'appeler par son prénom, Amy, mais comme elle ne l'a jamais invité à le faire, il a toujours dit docteur Sullivan.

Elle soulève la chemise de nuit de Mary pour l'examiner. Elle l'ausculte en regardant au-dessus et au loin, comme quelqu'un qui force un coffre-fort. L'examen terminé, elle enlève ses gants.

— Cinq centimètres.

Sur le lit Mary se plaint.

— Oh mon Dieu. Pas *plus*?

Le Dr Sullivan hausse ses minuscules épaules.

— Ce n'est pas mal du tout, cinq. Ça peut vouloir dire huit dans une heure.

Mary laisse retomber sa tête sur les oreillers.

— Je me sens comme si j'avais monté un piano au troisième étage.

Mais à dix heures, Mary est toujours à cinq centimètres, et elle est encore à cinq centimètres à midi, lorsque le Dr Sullivan revient l'examiner. Le bébé se présente bien, dit-elle à O'Neil, mais le col de Mary ne se dilate pas. Elle s'exprime sur un ton feutré, et emploie le mot *têtu.* Le travail a commencé depuis maintenant dix heures, quinze si on compte à partir du Tout-Pour-La-Maison. Mary a le visage trempé et rouge d'avoir tant lutté, et des mèches de cheveux dorées sont collées à ses joues et à son cou — la longue et riche chevelure de la grossesse. Les contractions ne sont plus espacées que de deux minutes, et dans l'intervalle, Mary ne parle presque pas, ni à lui ni à personne. On dirait qu'elle somnole, mais O'Neil sait bien qu'en réalité elle se concentre, qu'elle met son esprit en état de chevaucher la prochaine contraction tel un surfeur se positionnant face à la vague. C'est un sentiment de solitude, songe-t-il, qu'on éprouve en regardant sa femme accoucher. À chaque heure qui passe elle s'éloigne de nous pour rejoindre un lieu où elle puise toute sa force.

— Je comprends que vous trouviez cela interminable, dit le Dr Sullivan, mais techniquement ce n'est pas si long pour un premier enfant.

Le biper accroché à sa ceinture sonne et sa main part toute seule pour l'éteindre. Elle y jette un coup d'œil et se rembrunit.

— Il faut que j'y aille.

Elle lève une nouvelle fois les yeux vers O'Neil.

— Elle a une bonne tension. L'enfant est en pleine forme. Mais comme je l'ai dit, sans péridurale, ça risque d'être pénible. Elle pourrait s'asphyxier.

Dès le début, Mary a spécifié qu'elle ne voulait rien, ni analgésique ni péridurale, pas même une aspirine. Elle s'inscrit dans une histoire dont O'Neil a vu les photographies : des clichés noir et blanc pâlis des femmes de sa famille, une lignée de matrones germaniques austères qui portaient leurs enfants dans des chariots couverts dans les grands vents des plaines du Minnesota. O'Neil sait que mettre son bébé au monde sans calmants est pour Mary une façon de converser avec ces femmes, avec le passé. Mais il n'a pas cessé d'espérer que, le moment venu, elle accepterait une solution qui rendrait l'épreuve plus supportable.

— Pas de péridurale, dit Mary depuis le fond de son lit. Vous voulez rire ! J'ai vu l'aiguille. On dirait une arme secrète du Pentagone.

Le Dr Sullivan court vers son urgence et Mary et O'Neil se retrouvent seuls. O'Neil n'a pas bougé de la pièce depuis l'aube ; quelque part, dans la matinée, son corps a franchi un cap, abolissant la fatigue et le plongeant dans un état nouveau où le jour et la nuit n'ont plus de sens et où rien ne peut advenir tant que Mary n'aura pas son bébé. Les sensations de son corps lui rappellent le soir où ses parents sont morts, quand il avait tout juste dix-neuf ans. Ils lui avaient rendu visite au collège, et sur le chemin du retour leur voiture avait raté un virage et basculé dans le précipice. C'est un souvenir qui ne le quitte jamais. O'Neil rentrait d'une fête, et lorsqu'il avait ouvert la porte de sa chambre et vu que le proviseur était là, avec son copain Stephen, et qu'il s'était aperçu que, derrière eux, il y avait aussi son entraîneur qui parlait à voix basse au surveillant d'internat, et que leurs yeux à tous, chœur lumineux de compassion, s'étaient levés ensemble pour trouver les siens, là où il se tenait, sur le seuil, ses clés à la main, il avait compris que quelque chose d'épouvantable s'était produit, et aussi de quoi il s'agissait ; avant même que quelqu'un ne prononce une parole, un trou s'était creusé dans le cœur de O'Neil, là où il serrait ses parents. Même s'il a continué à vivre, s'il a choisi un métier et fondé une famille, il n'est pas certain d'en être sorti, de ce blanc — un gouffre dans sa vie comme le ravin de pierres et d'arbres où la voiture de ses parents, après des tonneaux, s'est enfin arrêtée sur le toit, les roues tournant encore dans le vide. Il est resté trois jours sans pouvoir dormir. Et c'est ainsi qu'il se sent maintenant — en suspens, comme une montgolfière qui ne montera ni ne descendra plus — et il se demande s'il y a d'autres hommes dans l'hôpital qui éprouvent la même chose.

Le médecin a conseillé à Mary de marcher, et O'Neil l'aide à se lever et à enfiler sa robe de chambre. Il n'est pas certain d'être capable de la porter, aussi décide-t-il de la laisser lui prendre le bras et ils parcourent le service comme un vieux couple. Pendant quatre heures, ils font les cent pas dans le court couloir de la maternité de l'hôpital, depuis la salle d'opération, libre, où l'on pratique les césariennes, jusqu'à la porte d'entrée et inversement, s'arrêtant à chaque contraction de Mary pour lui permettre de s'adosser au mur. Les autres chambres sont presque toutes inoccupées, mais lorsqu'ils passent devant une des portes ils entendent les gémissements profonds d'une femme, et une voix d'homme qui l'encourage à pousser. À leur retour ce sont des cris de bébé qui leur parviennent.

Lorsque Mary n'en peut plus de marcher, le Dr Sullivan l'examine une nouvelle fois. Les contractions sont maintenant si rapprochées qu'il est difficile de séparer la fin de l'une du début de la suivante. Le soir tombera bientôt et quelqu'un a tiré les rideaux dans la chambre de Mary pour lui épargner la lumière basse et aiguë qui vient du dehors. L'épouse de O'Neil lui manque. On dirait qu'elle s'en est allée loin, très loin de lui.

— Vous avez mangé ? s'inquiète le Dr Sullivan.

O'Neil ne s'en souvient plus. Il pense que non. Il tient la main moite de Mary et lui essuie le visage avec un linge qu'il a humidifié avec l'eau de la carafe posée sur la table de nuit.

— Vous devriez prendre quelque chose si vous voulez assister.

Le Dr Sullivan arrache ses gants et parle d'une voix forte et enjouée.

— Dix centimètres, Mary. Je crois que nous abordons la dernière ligne droite.

Une énergie toute neuve envahit O'Neil, et il décide que ça ira ; il y a un distributeur dans le couloir et il demande à Rachel — de retour pour la garde de nuit, toujours avec son sourire heureux et son badge — de bien vouloir aller lui chercher une confiserie, n'importe quoi, pour tenir le coup. O'Neil appelle les parents de Mary dans le Minnesota depuis l'appareil à disposition sur la table de nuit pour leur dire que le bébé est en route. Rachel lui rapporte une petite barquette contenant un fromage jaune et des crackers pendant que le téléphone sonne chez ses beaux-parents, à mille cinq cents kilomètres, et un flot de salive lui emplit la bouche ; jamais il n'aurait cru avoir faim à ce point. Lorsque le répondeur se met en marche, O'Neil renonce à laisser un message, parce qu'il a la bouche pleine de fromage et de crackers. De toute façon, il préfère rappeler plus tard pour leur annoncer que leur petite fille est née.

Dans le lit Mary relève ses cuisses avec ses mains et abaisse le menton sur la poitrine.

— Est-ce que je peux pousser, maintenant ? *Oh, je vous en prie... Je... veux... pousser...*

O'Neil lui prend la main.

— Elle peut ?

— À mon avis, vous poussez déjà, dit le Dr Sullivan.

Mary accouche, et rêve de corbeaux : elle est à genoux, à vomir dans la neige et le blé fauché, et lorsqu'elle se redresse, elle les voit — leurs becs luisants et leurs yeux sombres braqués sur elle, sur la terrible chose qu'elle a faite. Sa voiture est rangée sur le bord de la route, derrière elle. À la clinique on lui a dit de ne pas conduire. Un bébé, pense-t-elle : j'ai vingt-deux ans et *c'était un bébé.*

La vision s'effiloche ; la contraction suivante enfle et l'empoigne tout entière, chassant le moindre souvenir qu'elle ait jamais abrité, la recouvrant d'un cône noir, et un rugissement l'enveloppe comme lorsqu'un métro jaillit du tunnel pour entrer dans la station, mais ici le train ne s'arrête pas. Il rugit et rugit encore, longe le quai à pleine vitesse et autour d'elle l'air vibre de chaleur, de force et de bruit. Un chœur de voix lui demande de pousser, et Mary sait qu'elle pousse. Comme une bande d'oiseaux, chaque atome de son corps se mobilise pour pousser, mais l'endroit où doit opérer la poussée est situé très loin au fond d'elle, un point de lumière qui se déplace dès qu'elle le regarde. Si elle arrive à le trouver, elle en est sûre, la lumière deviendra un visage, le visage de sa fille, et le bébé sera né.

Combien de temps s'est-il écoulé ? Elle l'ignore. Au-delà des rideaux, le soleil est couché, mais Mary est incapable de se rappeler si c'est le premier jour de ses douleurs, ou le deuxième, ou même, bien que ce soit impossible, le troisième. Elle fait cela depuis toujours, essayer de pousser le bébé dehors. Une nouvelle contraction déferle, et elle compte les voitures de la rame qui foncent devant elle — vingt, trente, quarante. O'Neil lui dit de pousser, et elle aimerait l'aider, l'assurer qu'il n'a pas à avoir peur. Entre les contractions, c'est comme un rêve, ce qu'elle sent ; son corps semble démembré et brisé, telles des pièces de puzzle éparpillées sur le sol, chacune représentant un événement différent de sa vie : elle attend sous la pluie que quelqu'un vienne la chercher après un bal du lycée ; O'Neil plonge dans un lac, bras et jambes écartés, et il rit avant d'être avalé par l'eau ; les corbeaux au-dessus du blé fauché et leur regard brillant pointé sur elle. Cela dure un instant, cette oasis du passé. Puis elle ouvre les yeux sur O'Neil, ses lunettes embuées, et derrière lui le bord argenté des lampes mobiles qu'on a apportées dans la chambre pour que le médecin et les infirmières voient bien le bébé sortir ; elle entend sa propre voix qui hurle, qui ulule presque, et elle sait que c'est la main de O'Neil qu'elle tient dans la sienne, et que bientôt elle reviendra vers lui. Elle ferme à nouveau les yeux, autorisant la contraction à disposer d'elle : *Louise*, pense-t-elle, *Louise.* Elle lui avait donné un nom, à la première qu'elle n'a pas eue, qu'elle n'a pas pu avoir, il y a dix ans, quand elle avait vingt-deux ans ; au fond de son cœur elle l'avait appelée Louise, là, dans le champ venteux où elle était tombée à genoux sous le regard des corbeaux qui lui criaient ce qu'elle avait fait et ce que cela signifiait, et que rien — pas même la douleur qu'elle éprouve maintenant — ne la libérerait jamais de ce fardeau. *Louise,* pense-t-elle encore. Et puis *Nora. Nora.* Une voix, la voix de O'Neil, lui dit que la tête du bébé apparaît, et qu'il a les cheveux blonds, comme Mary. Elle est à nouveau happée par le rugissement, mais elle devine que ce sera la dernière fois. C'est un train, une comète, la lune qui s'est décrochée et qui se précipite sur elle, qui la renverse, et aussitôt elle devient la lumière pour laquelle elle a tant peiné. Son corps l'enveloppe, cette lumière qui est d'abord composée de deux visages, puis d'un seul ; un grand calme l'envahit, et Mary pousse la petite fille hors d'elle, saine et sauve : vivante.

Lorsque Mary et le bébé s'installent dans la nouvelle chambre, il est plus de onze heures. On a roulé un lit supplémentaire pour que O'Neil puisse passer la nuit avec elles. Leur fille est menue, trois kilos deux cents, et elle porte une couche et un T-shirt qui semblent à O'Neil plus minuscules que des vêtements de poupée. Assise dans son lit avec Nora dans les bras, Mary déboutonne sa chemise de nuit et lui présente son sein ; le bébé s'y arrime aussitôt, sa bouche rose pompant la chair de Mary avec un rythme désinvolte que O'Neil considère comme un véritable tour de force. Il caresse les cheveux de Mary, puis donne un doigt à Nora, qui referme sa main dessus et serre. Elle le presse en cadence avec la tétée. O'Neil sent fléchir ses genoux.

— Pffou, dit-il.

Lorsque Rachel vient changer la couche du bébé, O'Neil quitte la chambre et descend par l'ascenseur jusqu'au rez-de-chaussée pour se procurer quelque chose à manger. Mais en vérité il est trop fatigué pour manger, et même pour dormir. Ce qu'il veut, c'est être seul un moment pour penser à cette journée et à ce qui est arrivé : il a vu sa femme mettre un bébé au monde, et ce bébé s'appelle Nora. Ça ne le dérange pas de rester une minute dehors, dans un endroit tranquille et ordinaire, même à côté des poubelles. Il longe la cafétéria fermée, puis une pièce pleine de distributeurs automatiques, ainsi qu'un étroit salon où quelqu'un en blouse blanche, médecin ou infirmière, est à demi étendu sur un canapé à lire un magazine *People* dans la pénombre. Puis une porte s'ouvre que O'Neil n'avait pas remarquée, et il comprend qu'il a trouvé ce qu'il cherchait.

La porte donne sur une petite terrasse couverte, avec un plan incliné qui conduit à une sorte de jardin en contrebas et un grand cendrier plein de mégots. Des cigarettes écrasées jonchent également le sol tout autour. O'Neil inspecte les environs et comprend qu'il est à l'arrière de l'hôpital. Ce serait agréable de fumer, songe-t-il, mais il n'en fait rien ; il se contente de le souhaiter. En dessous, il y a une pelouse avec des massifs de fleurs et un banc. La lune s'est levée, et tout est très calme.

La salle des distributeurs automatiques dispose d'un téléphone à pièces et O'Neil appelle ses beaux-parents à Minneapolis. Ils utilisent l'autre ligne de la maison pour organiser leur voyage pendant qu'il continue à leur raconter, avec autant de détails que possible, et lorsqu'il raccroche, ils ont réservé sur un vol pour Philadelphie qui arrivera demain soir. Il s'aperçoit alors qu'il se sent faible à force d'avoir faim et il choisit un sandwich au beurre de cacahuète dans un des distributeurs, qu'il engloutit en quatre bouchées, avale un demi-litre de lait et va s'asseoir à la table en Formica au milieu de la salle déserte. *Ma femme et ma fille dorment au-dessus*, pense-t-il. Puis il le dit : « Ma femme et ma fille dorment au-dessus. » O'Neil se lève et retourne au téléphone. Ses parents sont morts depuis seize ans, mais il se souvient encore de leur numéro, et sans réfléchir il le compose, surpris par ce qu'il est en train de faire, et par ce qu'il ressent et entend : une série de sons tonitruants qui résonnent en lui comme un écho dans un canyon, aussi étranges et familiers que les battements de son propre cœur. L'intention de O'Neil est de laisser sonner deux ou trois fois avant de raccrocher, mais aussitôt il y a un déclic sur la ligne.

— Allô ?

C'est une voix féminine, voilée par le sommeil.

— Chéri ?

Il imagine d'abord que c'est une vieille femme, puis une jeune, puis ni l'un ni l'autre ; jeune ou vieille, il ne sait plus.

— Je ne voulais pas...

— Chéri ? Quelle heure est-il ?

Il entend la femme bouger, puis le tic-tac d'un réveil qu'elle approche pour voir le cadran.

— Il est minuit ? demande-t-elle. Où es-tu ?

Pendant un moment O'Neil ne répond rien.

— Il est tard, dit-il enfin. Je suis désolé. Je n'aurais pas dû te réveiller.

Dans l'écouteur, la respiration est profonde et régulière,

comme un soupir, et O'Neil pense qu'elle s'est peut-être rendormie.

— Mmmmm. Je viens de faire un rêve bizarre. Tu vas bien ?

— Très bien, dit O'Neil.

Il hésite puis ajoute :

— Je crois que tout se passe exactement comme je l'avais souhaité.

— Je suis contente. C'est parfait quand tout marche bien.

Le récepteur frotte contre son visage alors qu'elle remonte les couvertures.

— Chéri ? Tu as l'air... je ne sais pas... lointain.

— Je vais tout à fait bien, dit O'Neil. Un peu fatigué. C'était une rude journée. Et j'ai une bonne nouvelle, en plus.

— Je la connais, dit la femme d'une voix endormie. Tu m'aimes.

La réponse est facile.

— Oui, je t'aime. Évidemment.

— Tu me manques, chéri. Laisse donc quelqu'un d'autre prendre les choses en main pendant quelque temps. Tu ne veux pas ? Rentre à la maison.

— C'est ce que je vais faire, dit O'Neil. Dès que tout est réglé ici, je rentre tout droit à la maison.

— Rentre, mon chéri. Dis-le : je rentre.

— Je rentre...

— Et cette séparation est dure, dis-le.

O'Neil pense à ses parents, disparus depuis si longtemps, arrachés à lui quand il était encore à l'université, debout sur le seuil, ses clés à la main.

— Oui, cette séparation est dure. C'est terrible, ce qu'elle est dure.

— Elle est dure pour moi aussi, dit la femme.

Puis — avec tant de douceur que O'Neil ne se rend pas compte de ce qui s'est passé — elle raccroche.

De retour dans la chambre, O'Neil se met en caleçon dans le noir et s'allonge sur le lit étroit. Il aimerait raconter son coup de téléphone à Mary, mais il ferme les yeux et s'endort aussitôt.

Puis il se réveille et se demande où il est. Il lui faut quelques secondes pour rassembler ses esprits, et pour prendre conscience que ce qui l'a réveillé est le bruit de quelqu'un qui pleure : pas Nora, comme il l'a d'abord supposé, mais Mary.

— Je suis tellement désolée, dit Mary.

Elle murmure pour elle-même, pour la petite Nora, pour O'Neil. Elle berce tendrement le bébé.

— Je suis tellement désolée.

Elle est assise dans son lit avec Nora dans les bras, et O'Neil sait qu'elle pense à l'autre enfant, celui d'il y a des années. C'était bien avant leur rencontre. Le père était son petit ami du moment, le fils d'un juge qui voulait être peintre. Il était sérieux et doué, mais n'avait pas d'idée quant à son avenir à lui, sans parler de Mary ou du bébé. À la fin, il avait totalement démissionné; et Mary était allée à la clinique toute seule.

O'Neil se glisse dans le lit et Mary se déplace un peu pour qu'il la prenne contre lui, comme il le fait toujours quand elle est triste. Dans la pièce obscure, il sent l'odeur des larmes de sa femme qui se mêle à l'odeur de leur nouveau-né. Il a les bras emplis de sa famille.

— Je suis tellement désolée, répète Mary en se laissant bercer. Je n'aurais pas dû.

— C'est elle, dit O'Neil.

Et en disant cela il en est persuadé. Il voulait seulement la réconforter, lui offrir des mots, mais instantanément il sait que c'est vrai.

— C'est elle, dit O'Neil. C'est l'enfant que tu as perdu, et qui revient vers toi.

Mary ne répond rien, et O'Neil continue à l'étreindre jusqu'à ce qu'elle ait cessé de pleurer. Il aimerait l'avoir convaincue. Autour d'eux l'hôpital est silencieux, comme une maison quand tout le monde est couché.

— Je veux sortir d'ici, dit finalement Mary.

— Rentrer chez nous, tu veux dire ?

Mary secoue la tête. Dans ses bras Nora émet un minuscule miaulement. Elle bâille d'une manière étonnamment humaine.

— Non, juste un petit moment. Emmenons-la dehors.

Près de la lingerie, O'Neil trouve une couverture et un fauteuil roulant qu'il pousse jusqu'à la chambre, contre le lit de Mary. Il prend le bébé pendant qu'elle s'installe. Dans ses bras, on dirait un morceau de pain. Elle s'agite un peu quand il la donne à Mary, puis s'apaise presque aussitôt.

— Comment ose-t-on faire ça ? murmure Mary.

— On le fait, c'est tout, je pense.

Il les roule dans le couloir, devant le local des infirmières qui est vide jusqu'à l'ascenseur. La pendule murale indique un peu plus de deux heures du matin. En bas, ils longent la cafétéria et la salle des distributeurs automatiques avec son téléphone à pièces. Il est sur le point de croire qu'ils se sont égarés lorsque, après un angle, il reconnaît la porte.

— Et voilà le travail, dit O'Neil.

Il la gagne et appuie sur la barre de métal. Ils sont accueillis par le silence, et une bouffée d'air frais de la nuit chargé d'un parfum d'herbe. O'Neil tourne le fauteuil et franchit le seuil en marche arrière. Demain, ce sera autre chose, songe-t-il. Demain, il y aura des papiers et des questionnaires à remplir, et la visite du pédiatre, et les affaires à regrouper ; il y aura d'autres coups de téléphone à donner, et le retour inquiet en voiture suivant un itinéraire compliqué pour éviter la circulation, et les parents de Mary arrivant de Minneapolis, les bras chargés de cadeaux encombrants et inutiles. Il y aura les repas à préparer, les lits à recouvrir et les couches à changer. Il y aura mille détails, puis mille milliers d'autres, et au bout du compte, un jour lointain, très lointain, l'un d'eux se retrouvera tout seul.

Mais pour le moment tout est encore facile puisque le vœu le plus simple, le plus beau, est exaucé : ils sont tous les trois et un rafraîchissant clair de lune argente l'herbe verte pour la première nuit qu'ils vivent ensemble.

— Je voulais juste qu'elle voie ça, dit Mary.

Et O'Neil pousse femme et fille dehors, sur le plan incliné, jusqu'au jardin qui dort au-delà des lumières de l'hôpital.

Si vous les aviez vus, vous auriez pu vous croire en présence de fantômes, ou d'anges. Vous auriez pu vous demander s'ils étaient réellement là, ces corps rayonnants sur la pelouse. Et vous auriez compris qu'ils étaient heureux.

LES RETROUVAILLES DES OMBRES

Mars 1999 - septembre 2000

La première fois après l'opération, O'Neil prit sa voiture. Kay lui avait dit de ne pas venir, que les médecins en sauraient bientôt un peu plus et qu'à ce moment-là il pourrait lui rendre visite s'il le souhaitait. Mais il partit quand même, arrivant à l'hôpital, citadelle de lumière entourée d'une épaisse forêt verte, dans l'obscurité du petit matin. L'air était froid, immobile et empreint de l'odeur des pins qui cernaient le parking éclairé. Huit heures passées au volant de sa minuscule voiture : il ne s'était arrêté qu'une seule fois, dans un McDonald's, au sud d'Albany, pour vider sa vessie douloureuse et appeler Mary qui était déjà couchée. Le bébé était enrhumé, avait-elle dit d'une voix ensommeillée ; la nuit risquait d'être longue.

L'infirmière était impatiente de le voir, ce frère de Philadelphie ; sa sœur était réveillée, annonça-t-elle, et l'attendait. Kay sourit, les paupières lourdes, quand il entra dans la chambre. Elle portait une chemise de nuit, bien sûr, aussi fine qu'une taie d'oreiller, qui la mettait mal à l'aise ; on lui avait posé une perfusion dans le bras. Quelqu'un dormait dans le lit voisin, forme sombre que O'Neil aperçut en ouvrant la porte, protégée par un rideau en plastique. Il aida Kay à se lever et à passer sa robe de chambre, et la suivit le long du couloir jusqu'à une petite pièce où ils pourraient parler.

Le cancer lui avait volé un sein huit ans plus tôt. Il y avait des correspondances, encore mal connues, entre le cancer du sein et celui du colon, et c'était ce dernier qui s'en prenait à elle aujourd'hui. Elle observa sans crainte, dans un premier temps, fatigue et perte de poids, puis des saignements qu'elle attribua d'abord à des hémorroïdes finirent par l'inquiéter ; la maladie était apparue lentement, puis d'un coup, comme tout. Ce n'est que deux semaines plus tôt qu'elle avait fait le rapprochement entre les divers signes. Le cancer s'était propagé hors du colon par le système lymphatique, expliqua-t-elle, mais le foie et les poumons demeuraient sains ; c'était du moins ce qu'avaient révélé les analyses. Ses cheveux étaient plus gris que lors de sa précédente visite, huit mois auparavant. Par ailleurs elle n'avait pas changé. Il avait apporté des photos de Nora, sa fille aînée qui avait trois ans, et de la petite Leah, tout juste âgée de six semaines, qu'ils appelaient Roo ; il lui offrit aussi un baladeur pour CD qu'il avait acheté en quittant la ville, et quelques disques : Bob Marley qu'elle aimait tant quand elle était au lycée, *Birth of the Cool* de Miles Davis, *Sticky Fingers* des Rolling Stones. Celui-là, il l'avait choisi en souvenir d'un jour, il y avait bien des années, où il l'avait vue danser sur *Brown Sugar* lors d'une fête d'été. Elle était alors la grande sœur étudiante en vacances qui l'avait emmené dans cette soirée chez des amis et il était resté sur le seuil de la cuisine, un verre de bière tiède à la main, à la regarder danser. Pourquoi certaines images se gravent-elles ainsi en nous ? se demanda-t-il. Des instantanés de vie arbitraires qui s'archivent dans la mémoire, alors que d'autres s'effacent à jamais ? Kay le remercia pour ces cadeaux, et lorsqu'elle se sentit fatiguée, il la raccompagna jusqu'à sa chambre et l'embrassa avant de partir, ce qu'il n'avait pas fait depuis des années. « Je suis contente que tu sois venu, souffla-t-elle d'une voix endormie, et elle lui pressa la main. Les garçons seront heureux de te voir. »

Mars finissait sous un ciel pluvieux et sale. Autour de la ville, les montagnes étaient couronnées de blanc, et dans les rues, toutes les voitures avaient gardé leurs chaînes. O'Neil dormit dans un canapé transformable installé dans le débarras qui avait été le bureau de Jack avant le divorce, et passa les journées de son séjour avec ses neveux — patinage sur glace, pizzas, séances de cinéma et balades. L'aîné, Sam, avait quinze ans, Noah douze et Simon six. O'Neil pensait qu'il n'aurait jamais de fils, et il appréciait ces moments en compagnie des garçons, surtout Sam, qui avait l'âge de beaucoup de ses élèves et était devenu un adolescent étonnamment doux et capable de touchants enthousiasmes d'adulte : il jouait magnifiquement de la flûte, appartenait aux scouts, et aidait ses jeunes frères, surtout Noah qui était autiste et nécessitait presque autant d'attention que Simon. Les soirs, après dîner, O'Neil retournait à l'hôpital. La chambre croulait sous les fleurs, les cartes, les cadeaux. Des visiteurs entraient et sortaient sans arrêt, surtout des femmes mais quelques hommes, et même des collègues d'université de Jack. Kay avait du mal à se reposer, mais était réconfortée de se compter autant d'amis. J'ai le colon le plus célèbre de Lower Champlain Valley, disait-elle. Ici, tout le monde se connaissait.

Ce qu'il fallait, c'était que le transit reprenne ; si de l'air circulait, cela signifierait que tout était à nouveau en ordre de marche. Cela se produisit le quatrième jour après l'opération.

Les garçons assistaient à un match de hockey avec leur père et O'Neil et Kay lisaient ensemble le *Sunday Times*. Elle posa son journal et fit la grimace. « Chéri, dit-elle, je crois bien que j'ai pété », et elle éclata de rire. Comme c'était bon de la voir rire! Il l'étreignit, l'embrassa. « Tu as un gage », lança-t-il. Comme s'ils étaient redevenus des enfants.

Son chirurgien annonça qu'elle pouvait sortir le lendemain. Cela semblait un peu prématuré, mais Kay refusait d'attendre. O'Neil proposa de rester plus longtemps, pour s'occuper des garçons jusqu'à ce qu'elle aille tout à fait bien, mais elle ne voulut pas en entendre parler. « Tu crois qu'on n'a pas besoin de toi là-bas? dit-elle. Tu n'as pas de cours à donner? Je vais bien. Mes garçons me manquent. Je veux recommencer à travailler. Rentre chez toi. » Il vint avec eux le lendemain matin, et ils la trouvèrent debout, habillée et l'air en forme. Ils rassemblèrent les fleurs encore fraîches, les livres, les magazines, les cartes et les photos de ses fils et des filles de O'Neil qu'elle avait disposées sur sa table de chevet. Les garçons se jetèrent dans ses bras. « Mes bébés, mes bébés », dit-elle. Son visage rayonnait. « Est-ce que papa a fait des choses amusantes avec vous? Et oncle O'Neil? Et toi, Simon, ce que tu as grandi en une semaine! » Le petit garçon rosit de fierté. Il avait les cheveux de sa mère, le nez de son père, des yeux qui n'appartenaient qu'à lui, irisés et intelligents. Elle les prit à nouveau contre elle, chacun son tour, puis tous les trois ensemble. « C'est merveilleux de vous voir, tous. »

Il se demandait comment ils allaient se débrouiller. Elle devait débuter sa chimiothérapie dans trois semaines, après la cicatrisation complète de l'opération; cela durerait six mois, chaque séance puisant largement dans ses forces. Jack vivait dans un modeste logement sur le campus, et même si Kay et lui partageaient les frais, les garçons n'avaient jamais encore passé une seule nuit chez lui. Comment réussirait-elle à les faire manger, à régler les factures dans les délais, à maintenir à flot tout le bâtiment que représente une maison avec des enfants ? Les premiers effets étaient déjà visibles : les garçons se nourrissaient de pizzas et de hamburgers, Noah portait le même maillot depuis trois jours, la salle de bains empestait l'urine. L'un des lapins des enfants — O'Neil n'avait jamais pu savoir s'il y en avait trois ou quatre — s'était échappé de son clapier et avait semé des crottes dans tout le garage. Avant son départ, O'Neil se consacra à la seule chose qui lui paraissait utile : il rangea la maison de la cave au grenier et fit une dizaine de machines de linge. Il s'en voulait de ne pas avoir pris cette initiative plus tôt et d'avoir laissé Kay rentrer de l'hôpital dans un taudis.

Il avait prévu de partir le soir même ; il projetait de conduire de nuit, passer chez lui prendre une douche, voir Mary et les filles au petit déjeuner et aller directement au lycée. Il s'était déjà absenté cinq jours. Ses élèves le soutiendraient toujours, trop contents de ces vacances inespérées ; mais il lui faudrait au moins une semaine pour rattraper le retard. Il travailla toute la journée dans la maison, puis chargea sa voiture après le dîner et monta à la chambre de Kay pour dire au revoir. Noah et Simon étaient avec elle sous les couvertures, à l'écouter lire *L'Île au trésor*; Sam, étendu à ses pieds en travers du lit, le casque du baladeur que O'Neil avait offert à Kay sur les oreilles, tapait des nombres sur une calculette et les recopiait sur un bloc jaune. Tous levèrent les yeux à son entrée.

— Allez embrasser votre oncle, les garçons.

Ce qu'ils firent, même Sam qui lui donna en même temps

une poignée de main. *Quinze ans*, songea O'Neil. *Tu es responsable, maintenant.* Il se pencha au-dessus du lit pour embrasser sa sœur. Elle portait une chemise de nuit de flanelle, et il sentit, contre sa poitrine, le vide là où il y avait eu son sein gauche. Il ne pouvait imaginer revivre une telle épreuve. Leurs parents étaient morts, discrètement, ensemble, des années auparavant, alors que O'Neil était encore étudiant ; et c'était Kay qui l'avait pris en charge pour la traversée de cette horrible période. Un terrible sentiment de solitude le frappa et il se rendit compte, avec surprise, que ce n'était pas à ses parents qu'il pensait, ni même à Kay. Il pensait à sa femme et à ses filles. Il avait envie de les serrer contre lui.

— Tu me promets que... ? commença-t-il.

— Tout va bien se passer, dit gaiement sa sœur. N'est-ce pas, les garçons ?

Et elle lui fit signe qu'il pouvait s'en aller.

À partir de là, il prit l'avion : en avril quand elle commença la chimio, au milieu de mai quand les malaises atteignirent un paroxysme, et encore au début juin quand son taux de globules blancs chuta et qu'elle finit par l'appeler au secours — « Voudrais-tu venir ? Pour les garçons ? » Il prenait l'avion le vendredi, toujours par le même vol de dix-sept heures, et louait une voiture à Burlington pour ne déranger personne et parce qu'une voiture supplémentaire pouvait toujours être utile : courses à l'épicerie ou au bazar, chez le médecin, chez le thérapeute de Noah — il passait son temps au volant. Ses rencontres avec Jack étaient cordiales et superficielles, toujours entre deux portes, lorsque l'un ou l'autre raccompagnait les garçons. Le divorce, deux ans plus tôt, s'était réglé à l'amiable, comme Kay lui avait expliqué, Jack s'éloignant doucement, telle une comète glissant progressivement sur une orbite plus lointaine. O'Neil la croyait, mais il savait bien que ce n'était pas aussi simple. Même si personne n'en avait parlé, il était persuadé qu'il y avait eu d'autres femmes.

— D'une certaine manière, nous sommes de meilleurs amis qu'avant, lui confia Kay.

Ils pliaient des serviettes tièdes sur la table de la cuisine ; on était au début de l'été, et les garçons étaient partis à la piscine avec des copains.

— Pendant toutes ces années, j'ai attendu qu'il s'adapte. Dès que j'ai cessé de compter là-dessus, j'ai pu l'apprécier pour ce qu'il est.

— Parfait, et qu'est-ce qu'il est ?

O'Neil voulait juste plaisanter, mais il s'aperçut qu'il l'avait atteinte. Elle lissa une serviette et la plia contre sa poitrine, entre ses bras maigres.

— C'est le père des garçons, O'Neil. Il n'est pas méchant. Je comprends que tu le voies autrement, mais il est vraiment très bien.

Elle soupira et détourna le regard.

— Il y a seulement qu'il est incapable de faire face à ce genre de situation.

Toutes les trois semaines elle se rendait à l'hôpital pour son traitement et si l'une de ces semaines coïncidait avec une visite de O'Neil, il la conduisait. Pendant l'heure qui précédait ces expéditions, Kay ne disait rien ; un calme inquiet descendait sur la maison, et O'Neil savait que l'heure du départ avait sonné lorsqu'elle enfilait son manteau dans l'entrée ou, en été, une veste légère et une écharpe, en prévision des frissons du retour. L'hôpital disposait d'un parking réservé aux patients de cancérologie et à l'intérieur du service d'une vaste pièce meublée de chaises longues en cuir déployées face à un téléviseur grand écran, que O'Neil n'avait jamais vu personne allumer. Il avait entendu appeler cet endroit la « station-service ». La décoration suggérait une banale salle d'attente, mais le sol était couvert d'un simple linoléum et à chaque siège était associée une table roulante pour les soins d'urgence : gaze, sparadrap, aiguilles stériles, cuvettes. De nombreux patients bavardaient entre eux comme des clients chez le coiffeur, et comparaient leurs traitements. Ils se présentaient à O'Neil en mentionnant à la fois leur profession et leur maladie — Peter, par exemple, était ingénieur mécanicien avec une leucémie chronique, Dolores était avocate au bureau du procureur général avec un cancer des ovaires — et lorsqu'ils revoyaient O'Neil, ils ne manquaient jamais de l'interroger sur sa vie : ses filles, l'enseignement, les films qu'il avait vus, les livres qu'il avait lus. Puis une infirmière venait poser une perfusion d'un liquide transparent à Kay, et pendant qu'elle recevait le goutte-à-goutte dans le bras, ils feuilletaient des magazines et écoutaient les nouveaux CD que O'Neil apportait à chaque voyage : Charlie Parker, « L'Album blanc » des Beatles, un enregistrement récent des Concertos brandebourgeois. Parfois, on commençait par faire une piqûre à Kay, pour juguler ses nausées, et elle s'endormait aussitôt, laissant à O'Neil le soin de veiller sur elle avec, dans ses écouteurs, la musique où flottait sa sœur parmi ses rêves.

Elle perdit du poids, se stabilisa, en perdit encore ; au milieu de l'été elle n'avait presque plus de cheveux. En août, il y eut une interruption du traitement et O'Neil loua une maison pour tout le monde sur la côte du New Jersey. Il avait tout arrangé par téléphone, sans voir les lieux, mais c'était parfait : un charmant cottage dans une rue tranquille aboutissant à un escalier qui descendait à la plage. Il avait menti à sa sœur sur le prix qui s'élevait à mille cinq cents dollars pour la semaine. Il lui fallut deux jours avant de se rendre compte qu'il avait eu tort, avec son corps squelettique, son sein unique et sa calvitie impossible à dissimuler, quel que soit le chapeau : évidemment, aller à la plage lui briserait le cœur. Elle n'ôtait son T-shirt que pour nager ; où que son regard se pose, ce n'étaient que corps bronzés et pleins de santé sous le soleil. Le lendemain matin, il parcourut la ville en voiture à la recherche d'un coiffeur, mais dut se rabattre sur un salon de luxe appelé Trendz.

Son tour venu, il s'assit dans le fauteuil.

— Courts, ordonna-t-il.

La fille mâchait placidement son chewing-gum ; elle était très séduisante, avec des yeux noisette et des bracelets d'argent sur toute la longueur de ses bras nus. Elle leva légèrement son peigne et ses ciseaux, comme un chef d'orchestre prêt à diriger.

— Courts comment, exactement ?

— Ras.

Elle utilisa ses ciseaux, puis une tondeuse et enfin un rasoir mécanique. À ce dernier stade, O'Neil reçut la fraîcheur de l'air comme cela ne lui était pas arrivé depuis ses premiers jours. Lorsque ce fut terminé, il se passa plusieurs fois la main sur le crâne, stupéfait. Et pourtant, dans le miroir, son visage n'avait pas changé.

— On me demande très rarement ce genre de choses, dit la fille, troublée. La plupart de ceux qui poussent cette porte, surtout les vieux, souhaiteraient même plutôt que je les *rallonge.*

Il paya, laissant un généreux pourboire, et retourna à la

maison. C'était l'heure du déjeuner : Mary et les enfants se confectionnaient des sandwiches dans la cuisine. Sam, qui lisait à table, fut le premier à le voir et éclata de rire.

— Putain, O'Neil, dit-il. Tu ressembles à un Michael Jordan blanc.

Mais son expression trahissait sa fierté — il comprenait ce que venait de faire O'Neil.

— Papa a perdu ses cheveux, chanta Nora en pouffant. Le chauve, le chauve !

— Chut ! dit Mary.

Elle posa le couteau avec lequel elle était en train d'étaler du beurre de cacahuète sur les sandwiches des enfants. Elle s'essuya les mains avec une serviette de table et le considéra.

— O'Neil ?

— C'est seulement un essai, dit-il en haussant les épaules. Qu'est-ce que tu en dis ? La *sensation* est extraordinaire.

Elle plissa les paupières, pencha la tête à droite et à gauche pour l'examiner.

— Eh bien, je crois que ça me plaît. Vraiment. Tourne-toi, que je voie derrière.

Il obéit, pivotant vers la porte juste comme Kay entrait et leurs regards se croisèrent. Elle avança et toucha son crâne. Des larmes lui montèrent aux yeux, et le cœur de O'Neil se serra : encore une bêtise ?

— Oh, chéri, dit-elle en riant. Alors, c'est à ça que je ressemble ? Tu es *monstrueux*.

Le soir, ils allèrent nager ensemble. Kay lui avait demandé s'il pouvait lui procurer un peu de marijuana, pour l'aider à retrouver de l'appétit, et il l'avait apportée sur la plage — trois joints roulés dans du papier vert et rouge, comme des petits cadeaux de Noël. Cela faisait des années qu'il n'avait pas fumé : il les avait achetés à un ami de Mary, un sculpteur qu'elle avait rencontré à l'université, qui connaissait quelqu'un qui connaissait quelqu'un — l'itinéraire restait obscur. Comment Kay l'avait-elle cru capable, lui plutôt qu'un autre, d'en obtenir ? Et pourtant il l'avait fait, et sans aucune gêne. O'Neil avait prévu un grand repas pour après : spaghetti en sauce, salade composée, maïs frais au beurre, et tarte au citron comme dessert. Il ne lui en avait pas parlé ; le repas était un traquenard. Les joints étaient dans le sac de plage et quand ils eurent nagé, il en sortit un et réussit à l'allumer malgré le vent.

— J'ai l'impression d'être au lycée, dit-elle en le prenant. Et ce n'est pas péjoratif.

Sur la langue de O'Neil, la fumée avait un goût de poivre. Ils fumèrent le joint à peu près à moitié avant que le vent ne l'éteigne, et O'Neil le remit dans le sac. Les substances qu'il avait prises au lycée et à la faculté étaient entièrement naturelles — il leur arrivait de fumer la nuit entière et d'être à peine secoués — mais tous les échos qui lui étaient parvenus lui soufflaient que, maintenant, un demi-joint suffirait sans doute amplement à l'effet recherché. Il ne se trompait pas : en regardant autour de lui, il s'aperçut que, déjà, le paysage semblait un peu flou, comme un film lorsque le point est imprécis. Cette constatation était en même temps vaguement comique.

— Comment te sens-tu ? demanda-t-il.

Elle était assise sur le sable, jambes croisées, une serviette sur les cuisses, paupières closes.

— Des chœurs d'anges planent dans les cieux en chantant Alléluia.

Elle ouvrit grands les yeux et se retourna vers lui avec un large sourire.

— Non, mais sérieusement, je suis *défoncée.* C'est comme si on m'avait ramenée en 1979. Où est-ce que tu as dégoté ce truc ?

O'Neil haussa les épaules.

— On dirait que ça n'a pas beaucoup évolué dans ce domaine. Quelques coups de téléphone, le tour est joué ; une voiture se gare dans une allée et l'argent change de mains.

— Intéressant.

Elle regarda l'eau en clignant des yeux. Le soleil était derrière eux, bas derrière les constructions qui découpaient la lumière.

— Sincèrement, c'est sacrément merveilleux, O'Neil. J'aurais bien aimé en avoir la dernière fois, mais Jack n'aurait sans doute pas apprécié. Est-ce que Mary est au courant ?

— Mary *a aidé.*

— Un bon point pour Mary. Remercie-la pour moi. Non, je la remercierai moi-même.

Elle se redressa et caressa le crâne chauve de son frère.

— Tu n'étais pas obligé de faire ça, tu sais. N'oublie pas de mettre de la crème protectrice. Tu ne te figures pas comme on brûle vite.

— Tu as faim ?

Elle réfléchit un moment et hocha la tête.

— Je pourrais essayer de manger.

Elle dévora : deux rations de spaghetti, trois épis de maïs et elle reprit deux fois de la tarte. O'Neil était ravi. Mais plus tard dans la nuit, un bruit qu'il reconnut aussitôt l'éveilla. Il descendit et attendit derrière la porte jusqu'à ce que Kay ait fini comme il en avait désormais l'habitude, puis il entra dans la salle de bains et humidifia une serviette pour lui rafraîchir le visage.

— J'ai essayé, dit-elle avec lassitude. J'ai vraiment essayé.

— C'est ma faute.

Il lui tapota les joues et la bouche avec la serviette.

— Je t'ai laissé exagérer. C'était si bon de te voir manger.

Sam apparut en caleçon en se frottant les yeux. Au loin, Leah s'était réveillée et appelait Mary. Quelques instants après toute la maisonnée se retrouvait dans les couloirs.

— Maman est malade ?

Assise sur le couvercle abaissé des toilettes, Kay réussit à sourire.

— Je vais très bien, chéri, retourne te coucher.

Le garçon jeta un coup d'œil méfiant à O'Neil.

— C'est sûr qu'elle n'est pas malade ?

— Elle va très bien, fils, répondit-il. Elle a juste un peu abusé des coquillages.

Ils ne refumèrent pas. À la fin du séjour, malgré la mise en garde de Kay, il avait un coup de soleil sur le crâne. Déjà ses cheveux repoussaient ; il aurait presque son image habituelle au début de l'année scolaire, dans juste trois semaines. Ils rentrèrent chez O'Neil et Mary à Philadelphie et le lendemain matin, dans une chaleur étouffante, O'Neil conduisit Kay et les garçons à l'aéroport pour qu'ils prennent leur avion pour le Vermont. À l'embarquement, quand Sam accompagna ses frères aux toilettes, O'Neil sortit le sachet de sa poche et le glissa dans le sac de Kay. Elle plissa le front.

— C'est prudent ? Je n'ai pas envie d'être arrêtée.

— Tu ne le déclares pas, c'est tout, expliqua O'Neil. On le faisait tout le temps au collège.

Ce n'était pas vrai ; il n'avait jamais rien fait de tel. Mais en y repensant, il ne put imaginer que quelqu'un aurait seulement l'idée de fouiller une femme si évidemment malade.

— Tu mens, dit Kay au bout d'un moment. Mais c'est bien. Qu'est-ce qu'ils pourraient contre moi ? Ils me fuiraient plutôt.

Elle s'interrompit et laissa échapper un petit rire.

— Ce qu'il y a de bien avec le cancer, chéri, la seule chose qu'il y ait de bien je veux dire, c'est que tous les détails deviennent dérisoires.

L'avion était annoncé. Sam sortit des toilettes hommes en tenant ses frères par la main. Noah, presque aussi grand que lui, serrait un sac en papier plein de coquillages qu'il avait ramassés sur la plage. O'Neil vit que Simon avait dû avoir quelques ennuis ; une boucle de sa salopette était dégrafée et ses deux chaussures délacées. Tous trois étaient très bronzés et portaient des T'shirts-souvenirs offerts par O'Neil, bleu électrique, avec un dessin de surfeur et les mots *Sea Isle, New Jersey* imprimés sur la poitrine. Kay se leva et leur fit signe de se dépêcher.

— L'ami de Mary, dit-elle calmement... Le sculpteur... Il s'appelle Mike, je crois ?

O'Neil acquiesça ; il savait ce qu'elle allait lui demander.

— Est-ce qu'il pourrait m'en avoir encore ?

— Je t'en apporterai, dit-il.

Puis il embrassa sa sœur et les garçons et les regarda s'envoler loin de lui.

En septembre, Mary ne reprit pas son poste d'enseignante ; ils avaient discuté du problème tout au long du printemps et de l'été en pesant le pour et le contre, mais au bout du compte, ce fut leur situation financière qui décida pour eux. Le salaire de O'Neil était modeste, mais ses parents lui avaient laissé un petit héritage et au fil du temps ces fonds, auxquels il n'avait presque jamais touché, avaient bien fructifié, surtout depuis deux ans. Il leur parut stupide que Mary continue à travailler si elle n'en avait plus envie, maintenant que son salaire n'était plus nécessaire. Mary avait abandonné son doctorat des années plus tôt et l'avait toujours regretté. En août elle téléphona à son vieux directeur de thèse pour voir si un retour était encore possible. C'était le cas ; son directeur éclata même de rire en entendant la question et dit « Vous en avez mis du temps ! Nous avons toujours placé en vous de grands espoirs, Mary. » Ils transformèrent en bureau un coin du grenier et engagèrent une femme pour s'occuper des filles l'après-midi tandis que Mary travaillait à sa thèse, et même si au début elle eut du mal à se concentrer — la machine, jadis si robuste, si souple, s'était atrophiée en dix ans d'enseignement du français au lycée, d'organisation de débats et de direction de club d'horticulture — elle fut bientôt lancée. Quand O'Neil rentrait de l'école, l'après-midi, Mrs Carlisle lui présentait les enfants comme un cadeau qu'elle aurait enveloppé toute la journée — et il n'était pas rare de les trouver toutes les trois occupées à la cuisine, Nora léchant voluptueusement une cuillère de crème au chocolat pendant que la petite Leah, changée de frais, gazouillait avec satisfaction dans sa chaise haute — et alors que la vieille dame enfilait manteau, chapeau et écharpe dans le vestibule, Mary descendait l'escalier, un stylo derrière l'oreille, en bâillant ou en rajustant son chignon. Il était quatre heures ? demandait-elle, le visage enflammé par la concentration. Déjà cinq heures ? Ils passaient les soirées tous ensemble et une fois les filles nourries, lavées et couchées, ils se préparaient un thé et l'emportaient au salon pour rester une heure tranquille à se raconter leur journée : les élèves qu'il avait gagnés et perdus, l'incessante bataille avec Nora à propos de la télévision et les douleurs d'oreilles persistantes de Leah, les recherches de Mary et ses différends avec la bibliothèque au sujet de certains manuscrits et ses espoirs d'une bourse de voyage pour la France. Elle expliquait que sa préoccupation principale s'était légèrement déplacée. Ce qui la captivait en ce moment, c'était l'étude des écrivains femmes des XVIe et XVIIe siècles, les premières modernes. On venait juste d'en découvrir littéralement des dizaines, même si évidemment elles avaient toujours été là ; et c'était ça l'intérêt, disait-elle, la chose passionnante, le fait qu'elles aient été à ce point *ignorées* ; toute cette recherche était nouvelle. O'Neil n'avait jamais vu sa femme si heureuse. En travaillant dur, il lui faudrait deux ans, prévoyait-elle. En tout cas pas plus de trois même s'ils allaient en France. Ensuite elle pourrait reprendre l'enseignement, ou avoir un autre enfant, ou faire tout ce qui lui plairait. Certains des collègues de O'Neil avaient eux aussi de l'argent — une femme du département de mathématiques conduisait une Mercedes et possédait une maison de campagne à Sienne ; le doyen de la grande section était marié avec un célèbre chirurgien esthétique ; l'une des secrétaires, racontait-on, avait gagné un million de dollars à la loterie, mais elle avait tout donné à l'église. Leurs situations n'étaient pas comparables à la sienne, mais O'Neil savait que, comme eux, il avait de la chance — qui aurait pu deviner qu'une entreprise appelée Yahoo connaîtrait cette réussite ? — et qu'une telle bonne fortune ne devait pas s'ébruiter. Quand les gens lui posaient des questions sur Mary, il se contentait de répondre qu'elle avait décidé de s'occuper de Leah à la maison un peu plus longtemps, suggérant par son silence que ce nouvel arrangement était temporaire et qu'elle ne tarderait pas à revenir. Eh bien, c'était tout à fait compréhensible, approuvaient-ils tous, avec une enfant encore si petite. Dites-lui qu'elle nous manque. Le dernier vendredi d'octobre, l'école organisa sa parade d'Halloween annuelle et comme la foule de parents et d'enseignants s'agglutinait, O'Neil se retrouva à côté du directeur, un grand homme athlétique de cinquante-cinq ans qui en paraissait quarante. Les bâtiments bas en pierre de l'institution formaient un U autour d'une cour spacieuse et sous le soleil frais de l'automne tout le monde regarda les petits, déguisés en fées, en sirènes et en pirates, certains se tenant par la main, faire trois fois le tour avant que leurs maîtres ne les ramènent à l'intérieur pour éviter qu'ils ne s'effraient des costumes des aînés qui suivaient. Des déments en masque de hockey, des cadavres pourrissants, des vampires avec des traînées de ketchup sur le menton, la victime d'un accident transportant un membre coupé dans un panier plein de neige carbonique fumante : l'un des élèves de O'Neil, un jeune de seconde, précoce, qui aimait souffrir devant les pires subtilités grammaticales, lui fit signe en passant, habillé comme pour un jour normal d'école, mais avec une hache plantée dans son crâne sanguinolent.

— Mr Burke, Mr Burke, lança-t-il, vous avez vu le mal de tête que vous m'avez donné ?

Quand tous les prix eurent été remis, le directeur se tourna vers O'Neil, affirmant que c'était là une des plus belles parades de tous les temps et lui demanda, comme si la pensée venait juste de le traverser, Alors dites-moi, comment va Mary ? Et les filles ? O'Neil l'assura que tout allait pour le mieux, que sa chère école lui manquait beaucoup mais que, au fond, il fallait admettre que ça lui faisait le plus grand bien de rester un peu à la maison. Bon, dit le directeur, il était vraiment content d'entendre cela. Il remua les pieds sur le gravier.

Il avait lui-même deux enfants, l'un en faculté et l'autre adulte et loin. Tout va si vite, soupira-il en secouant la tête. Qu'elle en profite, surtout. Dites-lui que j'ai pris de ses nouvelles, d'accord ? Ce n'est plus pareil, ici, sans elle. Dites-lui qu'elle peut revenir dès qu'elle se sent prête.

Ses élèves étaient brillants, parfois à un point inquiétant. O'Neil avait longtemps douté de ses compétences pédagogiques et s'était attendu que son imposture soit démasquée, mais, le temps passant, il était en quelque sorte devenu, il s'en rendait compte, un indispensable rouage de l'institution et de son histoire. Pantalon de treillis, chaussures de sport, chemise Oxford élimée au cou et aux poignets, cravate vieille de quinze ans — tel était son uniforme. Son autre vie, sa vie réelle, demeurait pour tous un mystère. Presque chaque année, il recevait une lettre ou une carte postale d'un ancien élève qui le remerciait pour tout ce qu'il lui avait apporté. Il comprenait que ces lettres étaient dictées par la nostalgie (beaucoup commençaient par « Aujourd'hui j'ai obtenu mon diplôme de Harvard/Penn/Princeton/Yale... » et se poursuivaient par l'évocation de quelques gentillesses minuscules mais déterminantes dont O'Neil ne se souvenait pas) et pourtant elles le touchaient profondément. Il les conservait toutes ensemble dans une chemise cartonnée dans son bureau, sachant qu'un jour elles pourraient bien le sauver.

Le dimanche suivant la parade, son neveu Sam téléphona. O'Neil dessinait avec Nora dans la cuisine et Mary et le bébé faisaient une sieste. Leah était à présent Leah : le surnom Roo n'avait pas réussi à s'imposer.

— Maman ne veut pas que tu le saches, mais ça va mal.

Il serra le récepteur. La voix de son neveu était sourde de terreur ; il sentit qu'il avait pleuré.

— Où es-tu ? demanda O'Neil.

Question ridicule : le garçon était à des kilomètres et à des heures de lui.

— Je suis à l'étage.

Il baissa le ton jusqu'à un murmure désespéré.

— On dit que c'est le foie, O'Neil, elle n'arrête pas de vomir.

Il pensa d'abord conseiller à Sam d'appeler son père, mais se censura aussitôt.

— J'arrive, dit-il.

Il prit un avion l'après-midi même, arrivant chez sa sœur un peu après vingt heures. C'était le soir d'Halloween ; toutes les maisons de la rue étaient décorées. Des bandes d'enfants parcouraient encore le quartier, des taies d'oreillers pleines de bonbons sur l'épaule, le faisceau de leur torche électrique glissant d'arbre en arbre. Mais le perron était nu, toutes lumières éteintes. Il se demanda si elle n'avait pas accompagné les garçons dans leur tournée, mais alors qu'il montait les marches la porte s'ouvrit devant lui. Kay se tenait sur le seuil, dans l'ombre.

— Je lui avais dit de ne pas t'appeler, dit-elle en le prenant dans ses bras, tremblant et fondant en larmes.

Elle déclina rapidement. Après Noël, Jack revint s'installer pour s'occuper des garçons ; trois semaines plus tard Kay partit à l'hôpital en sachant qu'il n'y aurait plus de retour. Un vertige d'aéroports et de voitures de location : chaque semaine, O'Neil donnait ses cours puis prenait l'avion de dix-sept heures le vendredi, se rendant directement à l'hôpital dans des conduites intérieures immaculées de moyenne catégorie qui avaient toutes plus ou moins l'air de la même voiture. Certaines semaines, il ne vidait même pas sa valise. Ses cours s'en ressentaient, mais ses élèves ne semblaient pas au courant ou, s'ils l'étaient, s'en soucier. Il se contentait parfois d'éteindre les plafonniers de la classe et de faire la lecture — *Les raisins de la colère* qu'arpentaient péniblement les secondes tels des explorateurs perdus dans la jungle — ou d'envoyer les enfants à la bibliothèque pour des travaux qu'il n'était pas sûr de noter. Vous allez bien ? lui demandaient-ils sans vraiment chercher à cacher leur plaisir. Qu'est-ce qui vous arrive, Mr Burke ? Quoi que ce soit, l'assuraient-ils, ça nous plaît. Il dormait par à-coups ou pas du tout, et pourtant son corps et son esprit étaient emplis d'une énergie étrange qu'il ne pouvait exprimer. Quand ces bouleversements intérieurs devinrent trop lourds à porter, pendant la pause-déjeuner il enfilait son survêtement et s'en allait courir dans les allées autour de la chapelle, au fond du domaine, laissant son esprit dériver. L'hiver fut doux et sans neige ; beaucoup d'arbres perdaient encore leurs feuilles bien que l'automne soit terminé depuis longtemps et que les premières fleurs de Mary, les crocus et les jacinthes, soient sorties du sol. Peut-être ne l'avait-il tout simplement pas remarqué, les années précédentes, ce chevauchement anachronique des saisons. La forêt où il courait était traversée d'un ruisseau envahi d'herbes, et par un jour venteux de février il s'arrêta, pour souffler, sur le vieux pont de pierre qui l'enjambait, tandis qu'autour de lui tombait une ondée de feuilles, aussi légères que du papier. Il renversa la tête et ferma les yeux pour les recevoir sur le visage. Il y avait des années qu'il n'était pas entré dans une église, et il avait depuis longtemps oublié le rituel. Des feuilles lui pleuvaient sur les épaules, dans les cheveux. Et il comprit soudain qu'il était en train de prier, debout dans une cathédrale de feuilles mortes.

Plus tard il parla de ce qu'il avait vu à un collègue qui enseignait les sciences.

— Ce sont des chênes blancs, répondit celui-ci, amusé.

Encombrée de toutes sortes de plantes, sa classe ressemblait à une serre.

— Ils gardent leurs feuilles tout l'hiver. Tu ne le savais pas ?

Les week-ends, il couchait dans un motel, sur l'autoroute qui menait à l'hôpital. De nombreux clients se trouvaient là parce qu'un de leurs proches était mourant, du moins le supposait-il. D'autres que lui devaient forcément vivre la même existence écartelée entre deux mondes, un pied dans chacun des deux. Il passait de longues journées à l'hôpital avec Kay : amenant et remmenant les garçons pour les visites, mangeant sur un plateau à la cafétéria, espérant toujours la lueur d'une bonne nouvelle mais sachant qu'il n'y en aurait pas. Le soir il s'écroulait dans son lit, épuisé mais encore vibrant d'insomnie ; il lui arrivait de bavarder pendant des heures au téléphone avec Mary pour finalement s'endormir, le récepteur posé sur l'oreiller, à côté de sa tête. Pour Simon c'était presque une période joyeuse : leur père était à nouveau avec eux à la maison. Noah considérait cela comme le reste, avec un intérêt vague mais neutre ; maman était malade, papa dormait là où il dormait avant, c'était l'hiver, il devait mettre des gants et quelque chose sur la tête. Sam essayait de se montrer courageux, mais derrière la façade, O'Neil en avait conscience, une perturbation lui parcourait tout le corps, comme un accès de fièvre. Un dimanche de début mars, O'Neil l'avait observé à son insu. Sam se tenait dans la cour couverte de neige ; à ses pieds, il avait amassé un tas de boules de neige, une dizaine peut-être, bien sphériques et idéales pour le lancer. Depuis la fenêtre, O'Neil l'avait vu bombarder le mur du garage, boule après boule, aussi fort qu'il pouvait. Il ne risquait pas de rater sa cible et la précision n'était pas son but. Ni l'élégance du geste ; il y mettait à chaque fois toute son énergie, à la limite du déséquilibre. Lorsqu'il eut terminé, il se pencha en avant, les mains sur les genoux, suffoquant de fatigue. Puis il fabriqua de nouvelles boules et recommença.

O'Neil s'attendait que Sam lui parle. Il le fit enfin, deux semaines plus tard. C'était un samedi matin, une journée glaciale de la fin mars. O'Neil l'accompagnait à sa répétition d'orchestre, au lycée. Ensuite, ils devaient retrouver ses deux frères et Jack au McDonald's, puis O'Neil conduirait les trois garçons à l'hôpital.

— Je pense qu'on devrait aller vivre chez toi, annonça-t-il.

Après la mort de sa mère, voulait-il dire. Évidemment, c'était impossible, même si O'Neil l'avait voulu. Il arrêta la voiture.

— Sam...

— Il s'en fiche, d'elle, éclata le garçon. Il s'en est toujours foutu.

Il baissa la tête.

— Personne ne m'a rien raconté, mais j'ai toujours su ce qu'il faisait.

Que pouvait-il lui dire ? Que le mariage était une chose complexe, qu'il y avait dedans plus que ce qu'il était capable de comprendre pour le moment, qu'un mauvais mari ne donnait pas nécessairement un mauvais père ? Comment aurait-il pu éclairer un sujet qu'il ne connaissait pas très bien lui-même ?

— C'est ton père, dit O'Neil. Il t'aime.

— C'est un connard.

Il soupira puis expira profondément, la bouche tordue par la colère.

— Et toi aussi. Tu ne veux pas de nous, toi non plus. Je le vois bien.

Le garçon essayait de le blesser, de blesser n'importe qui.

— Sam, écoute-moi. Ce n'est pas ça, pas du tout. S'il y avait une once de bon sens dans ce que tu imagines, je te le dirais. Mais ce n'est pas le cas. C'est impossible légalement, et c'est impossible pour cent autres raisons.

— Il est persuadé que tu vas essayer, tu sais. Il a contacté son avocat.

O'Neil fut surpris.

— Eh bien, ils ont dû se dire des tas de choses intéressantes. Mais crois-moi, ça ne le mènera nulle part.

Ils repartirent et gardèrent le silence jusqu'au lycée. Sam descendit et transporta son instrument jusqu'à l'entrée, mais devant la porte il s'arrêta.

— Sam, dit O'Neil. Tu n'entres pas ?

Mais le garçon était figé, totalement immobile.

— J'en ai marre, de l'orchestre, dit-il froidement en se retournant vers O'Neil. Qu'il aille se faire foutre, l'orchestre. Et toi aussi, tu peux aller te faire foutre. J'en ai marre de tout.

De retour chez lui, O'Neil appela son avocate. C'était la femme d'un ami, elle-même devenue une amie — une belle femme calme et malicieuse qui respirait la compétence juridique. Les murs de son minuscule bureau étaient couverts de diplômes : droit, sciences sociales, urbanisme, et même une maîtrise d'histoire de l'art qu'elle avait, disait-elle, « cueillie en passant ». Il lui décrivit la situation, sans savoir exactement ce qu'il était venu chercher.

— Je ne peux pas être très rassurante, dit Beth. C'est peut-être différent dans le Vermont, mais en Pennsylvanie la loi est parfaitement claire. Il te faudrait prouver, dans un premier temps, que c'est un mauvais père, et c'est toujours compliqué.

— En plus, il ne l'est pas. Je ne crois pas qu'il mérite une médaille, mais ce n'est pas un mauvais père.

Elle réfléchit un moment.

— Le seul risque, à mon avis, c'est qu'il demande à ta sœur de lui signer un document lui accordant la garde exclusive des enfants. C'est ce qui se pratique partout, dans ce genre d'histoires. Avec cette décharge, il te priverait de tout recours. Il n'y aurait plus rien à faire, tu comprends.

Elle s'interrompit.

— Dis-moi, O'Neil, quand as-tu dormi une vraie nuit ?

Il éclata presque de rire.

— Quel mois sommes-nous ?

— N'y pense plus, lui conseilla Beth. Son avocat est probablement en train de lui dire la même chose. Passe une bonne nuit de sommeil et n'y pense plus.

Au cours du printemps Kay se fana, comme une image qui se brouille. Son corps devint frêle et gris. Lorsqu'elle était entrée à l'hôpital en janvier, les médecins lui avaient dit qu'elle pouvait tenir un mois ou deux, peut-être moins. Son foie, ses poumons, sa colonne vertébrale, tout était soudain envahi par le mal. Et pourtant avril arriva, puis mai.

— Je suis comme notre vieille Volvo, dit-elle à O'Neil.

C'était une voiture que Jack et elle avaient conduite pendant des années.

— On n'arrivait pas à tuer cette sacrée guimbarde.

Il approuvait ce genre de remarques, ou même riait si elle

souhaitait le voir rire, mais ne savait jamais quoi répondre. Certains jours il s'étendait à côté d'elle sur son lit en faisant très attention aux tubes et aux fils, et à ses os fragiles, pour lui lire le journal ou lui brosser les cheveux qui, vers la fin de l'été, avaient recommencé à pousser.

— Tu te souviens de la fois où tu t'étais rasé la tête ? dit-elle comme si l'événement avait eu lieu des années plus tôt. Tu étais affreux.

— Je crois que Mary ne détestait pas.

Elle ferma les yeux.

— Je regrette de devoir te dire ça, chéri, mais elle essayait juste de te ménager.

Le sommeil lui tombait dessus comme une hache. Ils étaient en train de bavarder et, d'une seconde à l'autre, elle n'était plus là. Il la regardait dormir pendant des heures. Puis, sans prévenir, elle se réveillait et reprenait le fil de la conversation comme si elle s'était excusée quelques secondes afin de renouer son lacet ou répondre au téléphone. « Noah se sent mieux lorsqu'on le laisse faire la sieste après déjeuner », déclarait-elle, ou « Sam a besoin de nouvelles chaussures de sport, tant pis si elles coûtent soixante dollars », ou « Ce qu'il y a avec Jack, c'est qu'il est extrêmement brillant. Il est la preuve vivante des effets sociopathes du brio ». Et elle finit par dire : « O'Neil ? C'est toi seul que je voudrai ici. »

Un jour, très près de la fin, Jack se présenta à l'hôpital avec sous le bras une grande enveloppe qui contenait, O'Neil le devina, les papiers dont Beth lui avait parlé. Les garçons étaient en bas, dans la salle d'attente, à jouer au gameboy. Kay dormait et avant que Jack ait pu prononcer un mot, O'Neil l'entraîna dans le couloir.

— Qu'est-ce qu'il y a dans cette enveloppe ?

Jack détourna le regard.

— Je ne vois pas en quoi ça te concerne, O'Neil. Tu nous as tous énormément aidés. Mais il s'agit d'un problème privé.

— Arrête ton cirque, Jack. Réfléchis plutôt à ce que tu lui demandes de faire.

Son beau-frère soupira, inquiet et furieux.

— Très bien, puisque tu as l'air si renseigné, permets-moi de te poser une question. Comment ferais-tu à ma place ? Tu n'en sais rien, hein ? Eh bien, je vais te le dire : exactement pareil.

— Je ne veux pas être à ta place, Jack. Je veux seulement t'empêcher de faire quelque chose que tu regretteras plus tard.

— Mais bon sang, O'Neil ! C'est une simple formalité, quelques papiers à signer !

Il eut une expression exaspérée et baissa la voix.

— Tu sais aussi bien que moi qu'elle ne sortira jamais d'ici. C'est affreux à dire, mais c'est la vérité. Je dois penser à l'intérêt des garçons. Il faut que je m'organise. Elle le comprendra très bien.

Le comprendrait-elle ? O'Neil regarda vers la chambre où Kay dormait. Elle comprendrait peut-être. Mais la question était inutile. Elle n'aurait jamais l'occasion de comprendre.

— Allons parler de tout ça ailleurs, dit O'Neil. Pour le moment elle dort, de toute façon. Je dois te parler. Écoute seulement ce que j'ai à te dire, et ensuite tu agiras comme tu l'entendras.

Jack se croisa les bras sur la poitrine.

— Ne compte pas me faire changer d'avis, prévint-il.

— Fais-moi confiance, dit O'Neil. Ce n'est pas du tout mon intention.

Il suivit Jack jusqu'au parking, laissant son beau-frère marcher trois pas devant lui. Jack allait se demander où il l'emmenait et c'était exactement ce qu'attendait O'Neil. Dès que Jack se retourna, il avança de deux pas et le frappa de toutes ses forces, juste sous l'œil gauche. C'était la première fois que O'Neil s'en prenait physiquement à quelqu'un et la sensation n'était pas du tout celle qu'il aurait imaginée s'il s'était jamais interrogé sur le sujet. Son poing s'abattit très facilement sur le visage de Jack, sans qu'il ressente la moindre douleur, et sembla le soulever de terre tel un chiffon. Comme Jack s'écroulait, une seconde décharge d'adrénaline traversa le corps de O'Neil, et son poing se referma, prêt à l'action.

— Bon Dieu, O'Neil !

O'Neil rouvrit le poing et alla vers Jack qui était assis par terre, le dos appuyé contre la roue d'une camionnette, une main couvrant la zone du visage qui avait reçu le coup. O'Neil s'accroupit près de lui.

— Sale con !

Jack tapait du pied sur le sol.

— Fiche-moi la paix.

— Allez, arrête, dit O'Neil. Fais-moi voir cet œil.

Une infirmière des admissions donna un flacon d'alcool en plastique et une compresse pour la coupure de Jack, et une bande pour les phalanges de O'Neil qui étaient fendues et venaient finalement de se mettre à saigner. De retour sur le parking, O'Neil assit Jack sur le pare-chocs de la camionnette et nettoya la plaie de son œil.

— Oh, et puis merde, O'Neil, j'imagine que je ne l'ai pas volé. J'ai dit à mon avocat que c'était une idée pourrie.

— Pourrie, le mot est encore trop faible, si tu veux mon avis.

Un calme déterminé l'emplissait maintenant, un sentiment

situé plus loin que l'épuisement, la colère ou la peur ; il ne se montrait pas menaçant, s'en tenant aux faits. Il fixa un pansement sur la coupure de Jack qu'il avait fini de désinfecter.

— Voilà, comme neuf. Maintenant tu me donnes ces papiers ou je t'en colle une autre.

Avec un soupir de vaincu, Jack sortit l'enveloppe toute froissée de la poche de sa veste et la lui tendit. O'Neil l'ouvrit pour en vérifier le contenu. Comme il s'y attendait, il s'agissait d'un document accordant à Jack la tutelle exclusive sur les garçons. Il y avait aussi autre chose — quatre pages de charabia qu'il était trop fatigué pour lire — mais c'était là l'essentiel. Jack avait déjà signé en bas de la dernière page, et juste à côté une flèche rouge indiquait la place où Kay devait inscrire son nom. O'Neil vit que la signature de Jack datait de deux semaines. Ainsi avait-il au moins hésité avant de se lancer là-dedans.

— Je ne te chercherai pas d'ennuis, si c'est ce que tu crains.

O'Neil plia l'enveloppe et la mit dans sa poche. Qu'allait-il en faire ? La brûler ? La jeter dans la première poubelle ?

— Si tu m'en avais parlé, voici ce que je t'aurais dit : ce sont tes enfants et ils ont besoin de toi. Mais je ne veux pas que tu embêtes Kay avec ça. Je ne veux même pas qu'elle sache que cette pensée a pu t'effleurer. C'est d'accord ?

Jack fit une grimace désespérée.

— Pourquoi est-ce que je te croirais ? Tu viens de m'agresser, bordel.

— Oui, mais c'est fini, maintenant, dit O'Neil.

Sur le seuil de l'hôpital, Jack s'arrêta.

— J'ai une dernière chose à te demander. As-tu une petite idée de la raison pour laquelle j'ai fait ça ?

— Pas la moindre, non.

— Saloperie de saint O'Neil, dit Jack en hochant la tête. Encore plus parfait qu'il n'imagine.

O'Neil laissa Jack avec les enfants et monta à la chambre de Kay.

— Un scoop : je viens de mettre mon poing dans la figure de ton mari.

— Est-ce que tu l'as tué ? interrogea Kay avec un faible sourire. Tu as l'air tellement content.

Il lui montra sa main bandée.

— Seulement des dégâts minimes. Mais si tu veux, je peux le tuer.

C'était une plaisanterie, mais il l'aurait fait si elle l'avait voulu.

Kay dit non de la tête.

— Plus tard, peut-être.

Elle soupira profondément, péniblement. Deux phrases et elle était épuisée.

— Maintenant, j'aimerais voir mes fils, s'il te plaît.

Il alla chercher les garçons et attendit dehors avec Jack. Il était midi quand ils ressortirent : Noah et Simon l'air troublé et indécis, Sam affichant une expression résolue pour qu'ils ignorent ce qui arrivait. Sois fort, lui avait murmuré Kay. Aide tes frères. O'Neil laissa Jack avec elle et emmena les garçons à la cafétéria pour essayer de les faire manger. Une heure plus tard, Jack redescendit. O'Neil le vit le premier, alors qu'il franchissait la porte et s'arrêtait un instant pour essuyer ses lunettes et se passer son mouchoir sur le visage. Puis il avança d'un pas ferme vers la table.

— Alors, les gars, dit-il en se frottant les mains.

Lorsque O'Neil revint dans la chambre, Kay somnolait. Elle avait la pompe à morphine dans la main, le pouce sur le bouton. Sans ouvrir les yeux elle appuya. O'Neil la regarda, alors que la morphine l'envahissait, comme des cercles concentriques sur l'eau, la plongeant dans un état beaucoup plus profond que le sommeil et pourtant si peu utile. Depuis des années ils n'étaient plus que tous les deux. Aujourd'hui, pour la première fois depuis que Kay était tombée malade, il ressentait l'épuisement de sa sœur comme s'il s'agissait du sien. Il savait ce qu'elle voulait, et il le voulait aussi ; son désir de voir s'arrêter ses souffrances l'emportait sur celui de la garder en vie.

— Je ne pars pas, lui murmura-t-il.

L'infirmière lui apporta à dîner, il ne quitta la chambre que pour aller aux toilettes, et le temps d'appeler Mary depuis le téléphone à pièces. C'était la fin, lui dit-il. Il ne pouvait pas parler longtemps. Plus tard dans la soirée Kay s'éveilla et gémit : « Oh mon Dieu, chéri. » Elle avait les yeux ouverts mais ne regardait nulle part. Est-ce qu'elle le reconnaissait? Savait-elle où elle se trouvait? Sa voix était tailladée par la douleur ; ses paroles semblaient pendre en lambeaux du plafond, non comme des sons mais comme des objets avec une forme et une densité. « *Oh, mon Dieu,* chéri, *mon Dieu.* » Puis elle ne dit plus rien.

Il passa la nuit dans un fauteuil près de son lit, et aussi la nuit suivante, et comme il l'avait promis, il était là, dans la chambre, quand elle mourut, au petit matin.

Ils allèrent quand même à Paris. O'Neil avait d'abord pensé annuler le voyage, mais, à la dernière minute, quand Mary reçut sa bourse, il accepta de partir ; rien n'assurait qu'elle aurait droit à une seconde chance. Avec l'aide d'un des professeurs de Mary, ils louèrent un appartement pour le mois à Saint-Germain-en-Laye, qui était desservi par le RER et où O'Neil avait habité avec des amis lors d'un séjour à sa sortie de l'université. O'Neil gardait les filles pendant que Mary écrivait et travaillait à la bibliothèque, et le week-end ils faisaient de longues promenades dans la campagne avec la voiture qui, ils en avaient eu la bonne surprise, était comprise dans la location de l'appartement — une vieille Fiat qui empestait la fumée de cigarette et dont le moteur avait la taille d'une bouteille de lait. Le soir, dès que Mary rentrait, il faisait la cuisine pour tout le monde, expérimentant des recettes avec les ingrédients trouvés au marché juste en bas de la rue. Même ces petites courses exigeaient de lui une concentration constante qui le laissait étourdi d'adrénaline ; essayant de ne pas perdre les filles de vue tout en surmontant son horrible français, il demandait le plus souvent ce dont il n'avait nul besoin, ou bien achetait des quantités gigantesques de ce qu'il désirait : une tranche de pâté grande comme une boîte à chaussures, un kilo de sel, un fromage entier de Roquefort. Ce n'était pas grave ; Mary travaillait, les filles s'amusaient, Nora riant comme une folle au spectacle des innombrables crottes de chiens dans les allées, Leah baragouinant un mélange d'anglais et de français qui parfois ressemblait à une langue nouvelle et inconnue.

— Je me sens tellement coupable, lui dit Mary un soir.

Ils étaient couchés dans l'immense lit à baldaquin.

—Tu es coincé toute la journée avec Nora et Leah. Tu n'as même pas encore pu aller au Louvre.

Le Louvre l'indifférait totalement.

— Qu'est-ce que j'irais faire au Louvre ? dit-il en riant. Je vais bien, je suis parfaitement heureux.

Il la serra contre lui pour le prouver.

— C'est très agréable d'être ici, et de passer autant de temps avec les filles. Je suis resté si longtemps loin de vous.

Malgré tout, il décida d'y aller. La voiture aurait créé trop de problèmes ; il choisit de prendre le train. Il lui fallut deux heures pour se préparer et habiller les filles, ensuite elles voulurent manger. Après le repas, Leah réclama une sieste ; lorsqu'elle se réveilla en pleurant pour avoir sa tasse de lait chaud comme d'habitude, Nora commençait à somnoler. Elle dormit deux heures, jusqu'à quatre heures de l'après-midi, pendant que O'Neil lisait le *Tribune* en faisant sauter Leah sur ses genoux. Ensuite ils entendirent les pas de Mary dans l'escalier.

— Comment était-ce ? dit-elle, joyeuse.

Elle posa sa pile de livres sur la table et câlina ses filles.

— Les tableaux t'ont plu ? demanda-t-elle en français.

— Mona Lisa tient la forme ! Tu sais, j'avais toujours imaginé qu'elle était plus grande.

Blottie contre lui, Mary le regarda attentivement. Son visage s'emplit de compassion.

— Ça n'a pas été possible, n'est-ce pas ?

— Ça n'a aucune importance, dit-il en haussant les épaules.

Le dernier soir, ils prirent une baby-sitter et allèrent dîner dans un café, au bout de la rue. En attendant d'être servis, ils écrivirent leurs ultimes cartes postales pour leurs amis : la famille de Mary dans le Minnesota, Mrs Carlisle, le couple de voisins qui surveillaient leur maison. O'Neil n'avait pas revu les garçons depuis le lendemain de l'enterrement, lorsque Jack lui avait annoncé qu'il allait les ramener à St Louis en août. O'Neil avait d'abord compris que c'était juste pour une visite, mais en parlant il se rendit compte qu'il voulait dire de façon définitive, pour y vivre. Jack y avait toute sa famille et il aurait besoin d'aide pour élever les garçons, surtout Noah et Simon. Il avait obtenu un poste d'enseignant là-bas — un remplacement temporaire qui, avec un peu de chance, pouvait devenir définitif. Il avait déjà démissionné et mis la maison en vente. Le changement serait pénible pour Sam, il en avait conscience, mais de toute façon il n'avait plus qu'une année avant de partir à l'université.

O'Neil garda la dernière carte postale pour Sam. Le garçon ne lui avait presque pas adressé la parole depuis le jour où, dans la voiture, il lui avait demandé — quoi ? D'être son père ? O'Neil n'avait pas vraiment su comment répondre à une telle requête. Le garçon avait eu du chagrin, sans aucun doute, et il en avait encore. Seize ans, et toute sa vie on avait exigé de lui qu'il soit fort à la place des autres. Les problèmes de Noah, le divorce, la maladie de sa mère. Peut-être ne voulait-il qu'être déchargé de son fardeau. Mais qu'aurait pu faire O'Neil ? Il considéra la carte postale vierge — de l'autre côté il y avait une vue de la Tour Eiffel — espérant que les mots viendraient. Mais ils ne venaient pas.

— O'Neil, souffla Mary avec un regard compatissant. Qu'est-ce qui ne va pas ?

— Rien, dit-il en refermant son stylo et en réussissant son meilleur sourire. Je le verrai en rentrant. D'ici là, je trouverai bien quoi lui dire.

Mary tendit la main au-dessus de la table.

— Je voudrais que tu saches à quel point j'ai apprécié ce mois. Cette année a été terrible pour toi, et en plus, maintenant, tout ce temps que tu consacres seul aux filles...

— Sincèrement, j'ai été heureux de le faire. Nous avons passé un magnifique séjour, tous ensemble. Tu avais envie de revenir depuis des années.

— Tout de même, ça signifie quelque chose, O'Neil.

Elle avait le visage et la voix graves, presque solennels.

— Ça signifie quelque chose pour *moi*. Je veux seulement te dire à quel point je te suis reconnaissante. Après tout ce que tu as fait, je ne crois pas que quelqu'un d'autre te l'ait dit.

C'était vrai. Personne ne le lui avait dit.

Il fit une dernière fois le voyage dans le Nord, la semaine avant que l'été ne finisse et que ne recommence l'école. Il prit la voiture, comme tant de mois plus tôt. Le temps était clair et le ciel d'un bleu sans taches ; il s'accorda le plaisir, au lieu de tourner vers l'est à Albany pour entrer dans le Vermont, ce qui était le chemin le plus court, de continuer vers le nord en longeant le lac et de le traverser en ferry. Le bateau reliait l'État de New York à celui du Vermont en quarante minutes ; il passa ce moment étendu sur le capot de sa voiture, les yeux fermés, le visage baigné de soleil, les oreilles et le corps en harmonie avec le rythme des machines et le clapotis de l'eau contre la coque métallique.

Un camion de déménagement était garé dans l'allée, et deux hommes en salopette vidaient la maison de son contenu : meubles, appareils ménagers, vêtements, jouets. Mille cartons de livres. Jack avait mis de côté des objets ayant appartenu à Kay à l'intention de O'Neil — dans une seule boîte renfermant principalement des photographies et dans laquelle O'Neil trouva aussi le diplôme de doctorat de sa sœur, la brosse à cheveux en argent gravée qu'elle avait reçue toute petite, et un exemplaire de sa thèse de sortie de l'université, un mince opuscule jauni intitulé « Femmes rebelles : Les poèmes de Sylvia Plath et Anne Sexton ». C'est cela qu'il choisit. En le lisant, il en était sûr, il entendrait la voix de Kay.

— Ce n'est pas grand-chose, je sais, s'excusa Jack.

Il portait un short et un T-shirt trempé de sueur ; il y avait plusieurs jours qu'il ficelait des paquets.

— Franchement, s'il y a un objet qui te ferait plaisir...

— C'est parfait, dit O'Neil.

Toute sa colère l'avait quitté, depuis longtemps.

— Je te remercie.

Le lendemain, il emmena les garçons déjeuner chez Friendly. La maison était vide, silencieuse, comme hantée. Ses neveux devaient rester encore un jour en ville, et lundi, Jack les mettrait dans un avion pour St Louis. Puis il prendrait en voiture la route de l'ouest pour les rejoindre, et ils commenceraient alors ensemble leur nouvelle vie.

— À quoi ressemble St Louis ? voulut savoir Simon.

— Voyons, dit O'Neil avant de réfléchir un instant. Eh bien, ça ressemble beaucoup à ici. Il y fait plus chaud, c'est la grande différence. Il n'y neige presque pas.

— Pas de neige ! s'écria le petit garçon, choqué.

— Disons qu'il *peut* neiger, expliqua O'Neil. Je ne dis pas qu'il n'y neige *jamais*. Juste que, la plupart du temps, il n'y neige pas. Et puis vos grands-parents habitent là-bas. Ainsi que tous vos oncles, vos tantes, vos cousins.

— Et toi, tu vas venir habiter avec nous ? demanda Noah.

— Non, mais je viendrai vous voir. Ou bien vous, vous viendrez me voir.

— Où c'est, la Pennsylvanie ? demanda Simon.

Il le prononçait avec ostentation, comme un mot nouveau tout juste appris : *Pen-cil-va-nie.*

— Eh bien, ce n'est pas si loin.

— M'man, elle est au paradis, décréta Noah.

Il griffonnait avec des crayons sur son napperon de papier et ne levait pas les yeux lorsqu'il parlait.

— C'est vrai, dit O'Neil. C'est là qu'elle est.

— Avec sa maman et son papa. Nos autres grands-parents.

— Oui, ils y sont tous ensemble.

— Calme-toi, Noah, dit Sam. Laisse-le manger.

Il se tourna vers son oncle.

— Je suis désolé, O'Neil.

— Non, tout va bien, dit O'Neil. Nous pouvons en discuter. Ça ne me gêne pas du tout.

— Ils sont morts, eux aussi ? demanda Simon.

— Oui, ils sont morts, il y a très longtemps. Mais ça n'a pas d'importance. Tu comprends, au paradis, il n'y a ni hier, ni aujourd'hui, ni demain. C'est toujours pareil au paradis. Et donc tu y es déjà, toi aussi, avec ta maman. Réfléchis. Comment est-ce que ça pourrait être le paradis si elle ne t'avait pas avec elle ?

Noah fronça les sourcils.

— Mais je suis vivant, dit-il.

— Oui, bien sûr. Et tu vas vivre encore de nombreuses années, de très nombreuses années. Ta vie tout entière. Mais quand tu arriveras là-bas, ce sera comme si un seul jour s'était écoulé. Même pas un jour. Pas de temps du tout. C'est ça, le paradis.

Noah le considéra avec scepticisme.

— Comment tu le sais ?

O'Neil le regarda, puis il regarda Sam. S'ils avaient été seuls, il aurait serré le garçon dans ses bras et lui aurait dit à quel point il était désolé, à quel point il l'aimait.

— C'est ta mère qui me l'a dit, souffla O'Neil.

Cela se produisit en septembre. O'Neil avait repris ses cours depuis quatre semaines. Il venait d'avoir quarante ans ; plus tard il devait s'interroger pour savoir si cela avait joué un rôle dans ce qui se passa. Comme la date approchait, Mary lui demanda s'il désirait qu'elle organise une fête, et même s'il répondit non, il se douta bien qu'elle ferait quelque chose. Ce soir-là, la maison était éteinte quand il rentra. En ouvrant la porte il se dit que l'attendait sans doute la fête qu'il avait refusée, mais il ne trouva que Mary et les filles, occupées à des coloriages sur la table de la cuisine. Bon anniversaire, papa, s'écrièrent les filles en s'accrochant à son cou. Elles lui montrèrent ce qu'elles avaient préparé : un portrait d'elles deux inscrit dans un cœur. Va prendre ta douche, dit Mary, comme il admirait le dessin. J'ai réservé au restaurant pour sept heures ; Mrs Carlisle sera ici d'une minute à l'autre. Ils s'habillèrent et se rendirent au restaurant en voiture, et c'est seulement une fois assis qu'il remarqua les ballons et les cadeaux et que, en levant les yeux, il vit que tous ses amis étaient là, hilares, autour de O'Neil l'amnésique.

Quarante ans : cela semblait incroyable. Petit garçon, O'Neil avait imaginé l'an 2000 — un futur inatteignable — et calculé qu'il aurait alors quarante ans. Sous les poutres de sa chambre, il avait rêvé, À quoi ressemblerait le monde à ce moment-là ? Habiterions-nous dans l'espace, dans des cloches au fond de la mer, irions-nous au travail en hélicoptère ? Serait-il encore capable de profiter de toutes ces merveilles, à un âge aussi avancé ? Et pourtant voilà qu'il y était, la même personne, appartenant au même monde, sans aucun réel changement. Il allait travailler en voiture, occupait une maison deux fois plus vieille que celle de son enfance, regardait les étoiles chaque fois qu'il en avait envie, en n'y accordant que cette vague attention que l'on prête aux belles choses inutiles et lointaines. Chaque jour il se rendait à l'école, exactement comme quand il était petit. Stupéfiant.

Tu as aimé ton anniversaire ? demanda Mary au volant de la voiture, en rentrant. Est-ce que c'était ce que tu souhaitais ? Des dizaines de vieux amis s'étaient déplacés, certains qu'il n'avait pas vus depuis des années. Son vieux copain de collège, Stephen, avait même fait la route depuis Boston. O'Neil répondit oui, c'était parfait. Tu sais, dans cet éclairage, tu ne parais pas quarante ans, murmura Mary en lui pressant la main d'un geste prometteur. Mon cadeau pour toi viendra plus tard, bel homme.

Elle voulait dire qu'elle était enceinte. Elle ne lui confia rien ce soir-là, mais il pensa que ce serait pour bientôt ; c'est ainsi que les choses s'étaient déroulées les deux premières fois, Mary gardant la nouvelle pour elle jusqu'à ce qu'elle soit sûre, vivant seule avec son secret comme avec la réponse à une question que personne, peut-être, ne lui avait posée. Par ailleurs, songea-t-il en s'endormant, ce n'était peut-être pas ça du tout. Elle lui dirait, ou pas. Elle l'était, ou pas. Il attendrait qu'elle parle. Et dans l'intervalle, sa certitude — car c'en était une — serait elle aussi un secret.

Le lundi il alla travailler, l'esprit frémissant d'allégresse. Tout ce qu'il voyait — le soleil matinal redonnant de l'éclat aux feuilles brunissantes, les bus scolaires jaune vif et les impeccables auxiliaires de la circulation, une femme se maquillant devant son rétroviseur à un feu rouge — l'emplissait d'une étrange satisfaction. Elle le parcourait comme un doux flux électrique. Quelle joie ! Quel devenir ! Les terribles mois étaient derrière lui ; il réintégrait la vie. En salle des professeurs, les discussions entre collègues tournaient encore autour des vacances, du jardinage et des excursions, des lectures et des sorties au cinéma, des montagnes escaladées et des torrents descendus en kayak, et des longues journées sans montre à paresser. Ils étaient enseignants, avec plus de temps libre que d'argent; leurs plaisirs, modestes à l'excès, semblaient posséder aux yeux de O'Neil la pureté sans prétention de l'herbe verte, de la lumière d'été, des fleurs dans un seau, et il écoutait leurs histoires avec un sentiment d'identification. Cette existence qu'ils décrivaient était bien, après tout, la même que celle qu'il avait choisie.

— Qu'est-ce qui t'arrive, O'Neil? demanda quelqu'un — le professeur de sciences qui, il y avait si longtemps, lui avait expliqué les feuilles. Neuf mois à tirer. Tu crois qu'il y a de quoi se réjouir? Tu souris comme une baleine.

— Ah bon? s'étonna O'Neil en éclatant de rire avant de boire son café.

Il ne s'était rendu compte de rien.

— Quarante ans, dit un autre en secouant la tête.

C'était un jeune homme, tout juste sorti de l'université, qui avait été engagé l'année précédente. Il avait passé son été à enseigner la voile sur les côtes du Maine et était brun comme une rasade de whisky.

— Ce n'est pas si désagréable, le rassura O'Neil.

Le jeune homme prit un gâteau sur le plateau.

— Tu fais ce que tu veux, mais moi, à ta place, j'irais me pendre.

Il releva la tête et sourit pour que tout le monde voie bien qu'il plaisantait. Un petit rire nerveux voleta dans la pièce.

— Crois-moi, dit O'Neil. Quand ce sera ton tour, tu ne penseras plus du tout la même chose.

La sonnerie retentit ; ils rejoignirent tous leur classe, dérivant dans le fleuve d'élèves qui coulait dans les couloirs. Bruits de casiers, livres et cartables abandonnés partout — en tas énormes, sous les escaliers et dans tous les coins —, le vacarme pressant des voix, cris des filles, croassements et vagissements des garçons : c'était comme pénétrer dans le chaos. Allez, on se dépêche, s'entendit lancer O'Neil. Ils se bousculèrent comme des crevettes dans une flaque. *Avancez, s'il vous plaît.* Quel ton professoral, songea-t-il. Ses secondes étudiaient *L'Odyssée.* C'était, selon la tradition de l'école, un rite de passage ; le directeur du département se plaisait à répéter que, dans l'établissement, on avait ce texte au programme depuis la guerre de Troie. Les niveaux précédents appréhendaient ce devoir comme une fatalité terrible. *L'Odyssée*! se plaignaient-ils. Et en entier ! Ça doit faire au moins mille pages ! Et pourtant ils finissaient presque tous par l'aimer, même ceux qui ne voulaient pas l'admettre. La guerre, la magie, l'adultère, les saccages, les trahisons ; les nymphes et les cyclopes et les hommes changés en pourceaux ; un si long voyage et la nostalgie du foyer. Qu'était-ce, après tout, sinon une métaphore sur les épreuves qui nous séparent de l'âge adulte ? Ils en étaient au Chant XI, « Les retrouvailles des Ombres », dans lequel Ulysse et ses hommes, poussés par Circé, reine de Aiaié, sur une rive sombre et sans nom, remplissent un fossé de sang pour attirer les âmes des défunts.

— Que voyons-nous ici ? leur demanda-t-il. Est-ce que Circé lui fait ou non une faveur ?

Une demi-douzaine de mains se levèrent.

— C'est comme si on accordait une deuxième chance à Ulysse, dit une fille. Tirésias lui révèle tout ce qui va lui arriver, et donc il peut éviter les dangers. C'est comme s'il lisait son horoscope.

Elle eut un sourire.

— Ou comme se présenter à un examen avec des antisèches.

D'autres n'étaient pas d'accord ; un garçon, rationaliste passionné, l'interprétait comme un sale tour :

— Quel bien peut-il en tirer ? À quoi sert de connaître l'avenir, si on ne peut pas le changer ?

— Eh bien, c'est justement la question, répondit O'Neil. Est-ce que le futur est écrit à l'avance ou non ? Qu'en pensez-vous ?

Le garçon demeura inflexible :

— Le futur, c'est le futur.

La discussion était animée ; ils avançaient ligne après ligne dans le texte. Vers la fin du cours ils en étaient au passage où Ulysse est confronté au fantôme de sa mère. Bien qu'il ait étudié le livre une dizaine de fois, cette scène restait pour O'Neil un moment profondément bouleversant — le grand héros, si plein d'arrogance, réduit à un petit enfant espérant une caresse de sa mère. Il se leva, prit son exemplaire dans son bureau, et leur lut ces lignes :

L'angoisse me poignait plus avant dans le cœur. Je n'avais qu'un désir : serrer entre mes bras l'ombre de feu ma mère... Trois fois je m'élançai ; tout mon cœur le voulait. Trois fois, entre mes mains, ce ne fut plus qu'une ombre ou qu'un songe envolé.

Un songe envolé. O'Neil s'interrompit, le livre niché au creux de la main ; il savait ce qui allait se passer. Il avait toujours souhaité que cela se produise quand il serait seul, ou alors avec Mary. Il pénétra dans un intervalle de temps comme en suspens, et pendant cet instant il eut à la fois conscience de qui il était, d'où il se trouvait et du moment qu'il traversait — tous les paramètres physiques de sa lucidité — ainsi que de toutes les semaines et de tous les mois qui l'avaient conduit jusqu'à ce moment : les avions et les aéroports et les voitures de location, les longues heures blanches à l'hôpital, les mâchoires ouvertes du camion de déménagement. Il sut qu'il n'allait plus tarder à pleurer, et que le torrent de ses larmes allait l'aveugler. Il allait pleurer et pleurer et pleurer, et chercher sa respiration comme un mourant, jusqu'à ce que les larmes se séparent les unes des autres à la surface de ses yeux et qu'il y voie à nouveau — qu'il voie le monde à travers des larmes. Il sentit que tout cela fondait sur lui, comme une avalanche du haut d'une montagne, et c'est ce qui se produisit, encore plus puissamment que ce qu'il avait imaginé. Il dut s'agripper au bord du bureau pour ne pas tomber.

— Mr Burke, qu'est-ce que vous avez...

— Tais-toi, imbécile, dit quelqu'un. Tu n'es pas au courant ? Sa sœur vient de mourir.

Ses enfants : pourquoi avait-il pensé qu'ils ne savaient rien. Bien sûr qu'ils savaient. Puis il comprit : tout le monde savait. Ils attendaient seulement qu'il en parle. La sonnerie retentit, mais il ne perçut aucun mouvement, ni l'habituel raclement de pieds ni le crépitement des cahiers ou des livres qu'on referme. Personne ne bougea. D'autres allaient arriver — l'interclasse était terminé depuis longtemps — mais il entendit alors le bruit qu'il espérait tant : on tirait le rideau devant la fenêtre carrée, et on tournait doucement la clé dans la serrure.

— Chut, dit une petite voix.

Et il sentit leurs mains se poser sur lui.

— Tout va bien.

Ses enfants l'entouraient. Ils s'étaient coupés du monde. Ce moment aurait une fin, mais jusque-là, personne n'allait nulle part.

REMERCIEMENTS

L'auteur tient à exprimer sa gratitude aux personnes et organismes suivants :

Susan Kamil et Carla Riccio ; Ellen Levine ; Stephen Kiernan et Susan Chernesky ; Andrea McGeary, M.D. ; les élèves de CP à 5e ; le Bureau des Arts de Pennsylvanie ; le Collège des Arts et des Sciences de l'Université de La Salle ; la MacDowell Colony ; et K. M., pour son courage communicatif.

La traduction française de la citation de *Automne* de John Updike (dans le recueil *Confiance, Confiance...*) est de Maurice Rambaud.

Celle de la citation de *L'Odyssée* est de Victor Bérard.

DANS LA MÊME COLLECTION

FRED D'AGUIAR, *Les cris de l'océan*
ALAIN DE BOTTON, *Les consolations de la philosophie*
ALAIN DE BOTTON, *L'art du voyage*
JULIAN BARNES, *England, England*
JULIAN BARNES, *Dix ans après*
IVAN BOUNINE, *L'amour de Mitia*
SYLVIA BROWNRIGG, *Des pages pour toi*
JEROME CHARYN, *Mort d'un roi du tango*
JEROME CHARYN, *Rue du Petit-Ange*
ACHMAT DANGOR, *La malédiction de Kafka*
ANITA DESAI, *Le jeûne et le festin*
ANITA DESAI, *Poussière de diamant*
STANLEY ELKIN, *Mrs. Ted Bliss*
JHUMPA LAHIRI, *L'interprète des maladies*
PENELOPE LIVELY, *Paquet de cartes*
PENELOPE LIVELY, *Le tissu du temps*
MARGOT LIVESEY, *Tous des criminels*
MARGARET MASCARENHAS, *La couleur de la peau*
JILL PATON WALSH, *La grotte serpentine*
CARYL PHILLIPS, *La nature humaine*
SOLEDAD PUERTOLAS, *Une vie inattendue*
SOLEDAD PUERTOLAS, *Ils étaient tous à mon mariage*
JOSÉ MIGUEL ROIG, *Souviens-toi, Schopenhauer*
MIHAIL SEBASTIAN, *L'accident*
ISAAC BASHEVIS SINGER, *Ombres sur l'Hudson*
ISAAC BASHEVIS SINGER, *De nouveau au tribunal de mon père*
JOSEPH SKIBELL, *Bénédiction sur la lune*
MADELEINE ST JOHN, *Rupture et conséquences*
VIDOSAV STEVANOVIC, *La même chose*
HITONARI TSUJI, *Le bouddha blanc*
HITONARI TSUJI, *La lumière du détroit*
DAVID VOGEL, *Le sanatorium*

JIANG YUN, *Délit de fuite*
LAJOS ZILAHY, *L'ange de la colère*
LAJOS ZILAHY, *Le siècle écarlate*

À paraître

HITONARI TSUJI, *L'arbre du voyageur*
TERRENCE CHENG, *L'étudiant chinois*

Composition CMB Graphic.
Achevé d'imprimer par la
Société Nouvelle Firmin-Didot
à Mesnil-sur-l'Estrée, le 20 février 2003.
Dépôt légal : février 2003.
Numéro d'imprimeur : 63074.

ISBN : 2-7152-2308-0/Imprimé en France.

5384